悦阅
YUEYUE

成长，从阅读开始。

Contes et
Nouvelles de Maupassant

# 莫泊桑
# 中短篇小说精选

[法]莫泊桑 著　郑克鲁 译　　辽宁人民出版社

图书在版编目（ＣＩＰ）数据

莫泊桑中短篇小说精选／（法）莫泊桑著；郑克鲁译.—沈阳：辽宁人民出版社，2019.7
（世界文学经典名译文库：有声导读版）
ISBN 978-7-205-09624-3

Ⅰ.①莫… Ⅱ.①莫…②郑… Ⅲ.①中篇小说—小说集—法国—近代②短篇小说—小说集—法国—近代 Ⅳ.①I565.44

中国版本图书馆CIP数据核字(2019)第099234号

---

| | |
|---|---|
| 出版发行： | 辽宁人民出版社 |
| | 地址：沈阳市和平区十一纬路25号　邮编：110003 |
| | 电话：024-23284324　http://www.lnpph.com.cn |
| 印　　刷： | 嘉业印刷（天津）有限公司 |
| 幅面尺寸： | 145mm×210mm |
| 印　　张： | 10.5 |
| 字　　数： | 263千字 |
| 出版时间： | 2019年7月第1版 |
| 印刷时间： | 2019年7月第1次印刷 |
| 项目策划： | 张珊妮 |
| 策划编辑： | 陈　昊 |
| 责任编辑： | 冯　莹 |
| 特约编辑： | 周媛媛　俞婷 |
| 封面设计： | 蒋宏工作室 |
| 版式设计： | 徐晓倩 |
| 责任校对： | 刘再升 |
| 书　　号： | ISBN 978-7-205-09624-3 |

---

定　　价：29.80元

当你阅读文学经典时,你便与三个灵魂对话:

与作家对话:为你提供解读时代和人类命运的奇异空间;

与译者对话:为你搭建沟通的桥梁,保留浮华世界的真性情;

与自我对话:用自己的方式感知现实世界,探索内在精神宇宙。

一部文学经典,它不向你保证财富,

不承诺功利,不执着于教导,

但却能为你打开一扇精神世界的大门,

陪你体悟更广阔的世界与人生。

文学经典承载着人类所共有的情感与追求,

每一次阅读,都会使读者

更好地理解世界,建立珍贵品质。

我们希望悦阅精选的文学经典,

是你穿过时间密林、触碰大师笔尖的引路者。

扫码进入《向经典致敬》,开启阅读新旅程。

一千个人眼中有一千个哈姆雷特，
从这里出发，唤醒阅读经典的兴趣，
扫码收听导读，升级你的文学素养。

即使再忙碌，也要记得阅读，
扫码即可收听名著精华版篇章朗读，
即刻享受文学的乐趣。

名著是人类的精神食粮，阅读经典，能够让你见识到人类文明的伟大成果，从而不断丰富自己的阅历，增长见识，开阔眼界，获得无穷的精神财富！

郑志鲁
2019年于上海
师范大学生科实验楼

# 总 序

顾名思义，外国经典名著指的是外国文学作品中的精品，它们都是经过时代的考验，得到广大读者的推崇和确认，从浩如烟海的作品中选择出来的。《世界文学经典名译文库：有声导读版》就是这样一套名副其实的丛书，它包括了世界各国最受群众欢迎的佳作，有适合成人阅读的，也有适合青少年阅读的。

一个人的成长，离不开精神食粮的滋养。孩童时期阅读过的书籍，一生都不会忘记，在成长过程中时刻起着潜移默化的作用。随着年龄的增长，个人阅读的兴趣和对象会有变化，又能从不同的角度去领会和吸取书中的营养，与自己的生活经历相对照，并通过书中反映的现实与社会相联系。当然，名作家具有丰富的想象力，他们除了真实地描绘现实生活以外，往往还构想出千奇百怪、情节曲折的故事，这能大大提升读者的思维能力。这套书的内容还包括载着孩子的想象飞翔的北欧儿童故事、中世纪的浪漫故事、爱情的悲欢离合、底层人民的辛酸生活，甚至变幻了的现实。况且，外国文学作品写的是外国人的生活和想象，与我们的生活大相径庭，是我们所不熟知的，这能扩大我们的视野，增长我们的见识。这些经典作品对读者，特别是青少年读者有莫大好处。

这套丛书的最大特点是包含有声读物。丛书配以专业水平的朗读，能让人深入到作品中去。你可以一面看书，一面听朗读，这能加深对作品理解和记忆。你也可以不看书，仅仅听朗读，这也能帮助你领会书的内容。文学作品中往往有不少字是我们读错的或者根本不认识的，有声读物可以帮助你解决这个问题，使你掌握某些字词，扩充词汇量。大多数人看书碰到新词总是回避，不求甚解，听有声读物就能解决这种问题。总结起来，有声读物是一种新的创造，是一种新的阅读方法。

这套丛书的每部作品，还配有专业的导读音频，帮助读者领会作品的内容、意义和艺术特点。须知，要真正抓住作品的要点不是那么容易的，需要经过比较深入的研究才能办到，而导读正好帮助读者弥补了无法快速抓住阅读要领、掌握作品核心内容的遗憾。此外，导读也是一篇短议论文，还能帮助青少年读者学习该如何创作议论文。

这就是《世界文学经典名译文库：有声导读版》的几大特色，希望这套丛书能够让更多的读者热爱外国文学，热爱阅读经典！

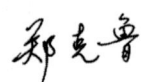

# 目 录

羊脂球　/ 001

菲菲小姐　/ 043

两个朋友　/ 056

剥皮的手　/ 064

西蒙的爸爸　/ 070

泰利埃公馆　/ 079

修软垫椅的女人　/ 108

米龙老爹　/ 115

我的叔叔于勒　/ 122

一场决斗　/ 132

勋章到手了！　/ 139

一个女雇工的故事　/ 145

绳子　/ 166

老人　/ 174

伞　/ 182

项链　/ 192

索瓦热大妈　/ 202

俘虏　/ 210

骑马　/ 224

皮埃罗　/ 232

首饰　/ 238

穷鬼　/ 246

小酒桶　/ 252

散步　/ 259

珍珠小姐　/ 266

一笔买卖　/ 283

图瓦纳　/ 290

月光　/ 301

哈丽特小姐　/ 307

# 羊脂球[1]

溃退的残军,连续好几天穿越城市。这根本不是军队,而是一些溃散的乌合之众。个个挂着又长又脏的胡子,军装褴褛,走路迈着软弱无力的步子,不打军旗,不分团队。人人显得无精打采,精疲力竭,提不起精神想一个主意,下一个决断,仅仅出于习惯往前走,但只要一止步,就累得倒下。尤其可以看到战时被动员入伍的人,这是些与世无争的人、安居乐业的食利者,被步枪压得弯腰曲背;还有一些年轻机警的国民别动队[2],他们动辄大惊失色,瞬间热情勃发,随时准备冲锋陷阵,也随时准备逃之夭夭;然后,在他们中间,有几个穿红军裤[3]的老兵,这是一场大战役中疲乏不堪的一个师的残部;同各式步兵羼杂在一起的、脸色阴沉的炮兵;时而是一个龙骑兵闪闪发亮的头盔,他步子沉重,艰难地跟在步兵比较轻松的行进步伐后面。

---

[1] 本篇首次发表于1880年出版的中短篇小说集《梅塘之夜》(合著),1885年收入同名短篇小说集。

[2] 1868年2月,尼埃尔元帅改编了国民自卫军,称为国民别动队,这支部队下属于正规军,却是重要的辅助部队;征兵时经过抽签,抽中者也可以出钱买一个代替者。普法战争中,这支队伍显出缺乏纪律和训练的样子;巴黎郊外居民畏惧他们,甚于畏惧普鲁士人。

[3] 法国步兵穿茜红色军裤,直至第一次世界大战之初,炮兵穿灰军装,龙骑兵的头盔有羽饰和饰物。

接着走过一队队义勇军①，分别有豪迈的称号："战败复仇支队""墓地公民支队""视死如归支队"，士兵神情活像强盗。

他们的军官是以前的呢绒商或者种子商、油脂商或者肥皂商，出于形势成了军人，他们被任命为军官是因为有钱，要么因为胡子长，浑身披挂武器，身穿法兰绒军服，佩戴军阶饰带，说话声音洪亮，侈谈作战计划，口称唯有他们这些夸下海口的人以自己的肩膀支撑着岌岌可危的法国；不过他们有时害怕自己的士兵，这是一些十恶不赦之徒，常常骁勇过人，打家劫舍，浪荡成性。

据说普鲁士人即将进入鲁昂②。

国民自卫军③两个月来在附近森林里小心翼翼地侦察，有时误杀自己的哨兵，一只小兔子在荆棘丛中动弹一下，他们便准备战斗；如今他们早已返回自己家中。他们的武器，他们的军服，不久以前他们在周围三法里④国家公路之内起威慑作用的一切杀人凶器，一时之间匿影藏形了。

最后一批法国士兵终于刚刚渡过塞纳河，取道圣瑟维尔和阿沙镇，前往奥德梅桥；绝望的将军走在末尾，带着这些不相协调、衣衫破烂的士兵，徒唤奈何；一个惯于旗开得胜，论勇敢闻名遐迩，却一败涂地的民族，丢盔弃甲；将军自己也失魂落魄，由两个副官伴随，徒步前行。

再说，一片死寂和惊惶不安而又默默无声的等待早已笼罩着城

---

① 义勇军最早成立于1792年，驻守在孚日省；1867年在法国的主要城市照此模式重建义勇军，它不属于正规军；色当战役以后和巴黎围城期间，这支队伍起到重要作用，对普鲁士人有威慑力。
② 鲁昂：法国滨海塞纳省省会，位于法国西北部。
③ 国民自卫军是由25岁至50岁的军人组成的护城部队。
④ 一法里约合四公里。

市。许多大腹便便、做生意累得体衰力弱的商人，惴惴不安地等待着战胜者到来，想到会把他们的烤肉铁钎或者大厨刀看作武器，便心惊胆战。

生活仿佛中止了；店铺门关户闭，街上悄无声息。偶尔有个居民，被这种沉寂唬住了，沿着墙根迅速溜过。

在忧心忡忡中等待，反倒使人希望敌人早点到来。

法军撤走的第二天下午，不知从哪里冒出来的几个枪骑兵，快马加鞭地掠过城市。过了一会儿，黑压压一群人马从圣卡特琳山坡上蜂拥而下，而另外两股入侵者也出现在达纳塔尔的公路和布瓦吉约姆的公路上①。这三支队伍的先头部队恰好同时会合在市政厅广场；普鲁士军队从邻近的所有街道到达，营队相继显现，沉重而整齐的步伐踏得街石橐橐地响。

用陌生的、喉音很重的嗓音喊出的命令，沿着似乎死寂和空荡无人的房屋回荡，而在紧闭的百叶窗后面，一双双眼睛窥视着这些胜利者，他们依仗"战争法则"，成为城市、财产和生命的主宰。居民躲在黑黝黝的房间里，惶惶不安，就像遇到大洪水和毁灭性的大地震，任何智慧和任何力量对此也无能为力。每当事物的既定秩序被推翻，安全不再存在，社会法律和自然法则保护的一切受到无序和凶残的暴行蹂躏的时候，就会重新出现同样的感觉。把整个民族压死在倒塌的房屋下的地震，把淹死的农民连同死牛和冲走的屋顶木梁一起卷走的泛滥河流，或者屠杀抗击者、带走俘虏、依仗刀剑抢掠、在炮声中感谢上苍的耀武扬威的军队，这些都是可怕的灾难，动摇了我们对永恒正义的全部信仰，以及人们教导我们的对上天保

---

① 1870年12月初，一支25000人的普鲁士军队直扑向鲁昂，法军于12月5日决定放弃该城。

佑和人类理性的一切信念。

小批敌军分别去敲每家的门，然后消失在屋里。这是入侵后的占领。战败者开始履行义务，对战胜者要和蔼可亲。

过了一段时间，最初的恐惧一旦消失，新的平静建立起来。在很多家庭里，普鲁士军官同桌吃饭。有时候，他很有教养，还出于礼貌，为法国喊冤叫屈，说是不得已才参加这场战争。房主感谢他有这份情感；再说，有朝一日可能需要他的保护。迁就他兴许能少供养几个士兵。既然要完全依附他，那又何必使他不快呢？这样做并不是勇敢，而是鲁莽。——鲁莽如今不再是鲁昂的有产者的一种缺憾，如同这个城市负有盛名的英勇奋战的时代① 已经过去。——最后，从法国文明礼仪得出的最高理由，说是在自己家里对外国军人尽可以礼相待，只要在公共场合不表现出亲热就行。在外互不认识，而在家里则随意交谈，普鲁士人每天晚上便更久地待在炉边取暖。

甚至城市也逐渐恢复了平日的气象。法国人仍然不大出门，但普鲁士军人在街上随处可见。再说，蓝色轻骑兵军官趾高气扬地在街上挎着偌大的杀人武器，他们对普通市民的蔑视，比起前一年在同样几家咖啡馆喝酒的轻装兵军官，似乎也并不显得更咄咄逼人。

可是，空气中总有点别的东西，不可捉摸，十分陌生，一种难以忍受的异样气氛，犹如一种无处不在的气味，像外敌入侵一样扩散。它充满了住户和公共广场，改变了人们的饮食口味，让人觉得旅行到遥远的野蛮可怕的部落。

战胜者索取金钱，多多益善。居民总是掏腰包；反正他们很富有。不过，一个诺曼底商人发财致富后，他若做出任何牺牲，看到

---

① 1431年5月31日，贞德在鲁昂被入侵的英国人活活烧死；1449年，英国人被逐出鲁昂。

自己的财富落到别人手里时，他就越是痛苦。

然而，顺流而下，在克罗瓦塞、迪耶普达尔或比埃萨尔，离鲁昂下游二三法里的地方，船夫和渔民常常从水底捞出德国人的尸体，穿着军装，身体膨胀，被一刀砍死，或者被一棍打死，脑袋被石头砸开，或者从桥上推到水里淹死。河里的淤泥掩埋着这些默默无闻的、野蛮的却合理的复仇，这是不为人知的英雄业绩，无声无息地袭击，比光天化日下的战斗更加危险，却享受不到荣耀。

因为对外族入侵者的仇恨总是能激发某些大无畏的勇士，他们准备为一种理想而牺牲。

侵略者尽管把城市置于他们无情的管制之下，但是，据传他们在整个胜利进军途中犯下的恐怖罪行，在城里却一件也没有干过，因而人们终于壮起胆来。做生意的需要重新激励当地商人的心。有几个商人在法军依然据守的勒阿弗尔拥有大宗买卖关系，他们很想尝试一下，通过陆路到达迪耶普，再从那里坐船到那个港口。

他们利用几个早先熟识的德国军官的影响，从总司令部弄到了一张离境准许书。

于是，为这次旅行预订了一辆四匹马驾辕的大型驿车，有十个人在车行里订下了座位，决定在星期二早上，黎明之前出发，以免被围观。

曾几何时，地面已经冻得硬邦邦的，而星期一，三点钟左右，从北方吹来大片乌云，下起雪来，不停地下了整个晚上和一个通宵。

凌晨四点半钟，旅客们聚集在诺曼底旅馆的院子里，他们要在这里上车。

他们依然睡眼惺忪，在衣服下面冻得瑟瑟发抖，在幽暗中互相辨认不清；沉重的冬衣十分臃肿，使他们的身体活脱脱像穿上教士长袍的肥胖神父。不过有两个人还是彼此认了出来,第三个人凑了上去,他们聊了起来。一个说:"我带上我的妻子。""我也一样。""彼此彼此。"第一个又说:"我们不会返回鲁昂,如果普鲁士人接近勒阿弗尔①,我们就到英国去。"由于性情相似,他们的计划不谋而合。

可是马车还没有套好。一个马夫拎着一盏提灯,不时从一个黑黝黝的门里出来,旋即消失在另一个黑黝黝的门里。马蹄踢蹬着地面,马厩地上垫了草和马粪,蹬地声音减弱了一些,从房子深处传来一个男人对牲口说话的声音和咒骂声。一阵轻轻的铃铛声表明有人在搬动挽具;不一会儿,这铃铛声变成清脆和连续的颤响,牲口的动作使铃铛声变得很有节奏,时而停止,然后骤然一阵铃响,伴随着铁蹄敲击地面的沉闷响声。

门猛然关上了。声音全部消失。挨冻受冷的财主早已沉默无言;他们一动不动,身体发僵。

绵延不绝的白色雪花织成的幕布垂落大地,不断闪烁发光;它抹去了万物的形象,撒下了一层冰苔;在隆冬笼罩下的宁静城市的死寂中,只能听到雪片飘落的隐约、不可名状的沙沙声,与其说是一种声响,还不如说是一种感觉,这是一些轻飘飘的细屑,仿佛要充满空间,覆盖住世界。

马夫拎着提灯又出现了,手执缰绳拉着一匹不乐意跟着走的驽马。他把马牵到车辕之间,系好缰绳,在马的周围转了好半天,确定马具安放稳妥了,因为他只能用一只手做事,另一只手上有提灯。他正要去拉第二匹牲口时,发现所有旅客纹丝不动地站着,身上落

---

① 法军一直占据着勒阿弗尔的阵地,勒阿弗尔在塞纳河口,是个海港。

满了白雪,便对他们说:"你们干吗不上车呀,至少可以有个遮挡。"

他们大概没有想到,于是急匆匆赶过去。那三个男子把他们的妻子安置在车厢里面,然后也上了车;随即另外几个身影模糊和戴着面纱的人,在剩下的位子上坐下,彼此没有交换一句话。

车厢底板上面铺着麦秸,旅客都把脚插入麦秸里。坐在尽里头的几位太太,带着装好化学炭的小铜手炉,这时都点燃起来,好一会儿低声列举这种设备的优点,彼此重复早已晓得的事。

临了,驿车套好了六匹马,而不是四匹马,因为一路上拉车更难。车厢外有一个声音问道:"所有人都上车了吗?"车里一个声音回答:"是的。"驿车出发了。

车速很慢,很慢,马儿迈着小步。车轮陷进雪里;整个车厢咿咿呀呀地低声呻吟;牲口一呲溜滑一下,气喘吁吁,汗气蒸腾;车夫巨大的鞭子不停地噼啪作响,四处飞舞,宛若一条细长的蛇,忽而卷起,忽而展开,突然落在圆鼓鼓的马臀上,于是马儿使劲将臀部绷紧了。

天色不知不觉越来越亮。有个旅客是个纯粹的鲁昂人,将轻盈的雪花比作棉花雨;这雪不再下了。一道灰暗的亮光穿过层层浓密的乌云透射出来,彤云将白茫茫的田野照得分外明亮,时而出现一排披上霜雪的大树,时而出现一间戴着雪帽的茅屋。

借着黎明惨淡的亮光,车厢里的人彼此好奇地互相打量。

在车厢尽里头最舒适的座位上,大桥街[①]的批发酒商洛瓦佐夫妇,面对面地在打盹。

洛瓦佐先生以前是个伙计,老板做生意破了产;他盘下了铺子,

---

① 此街至今还存在,有最华丽的商店和摊位。

发财致富。他把质次价廉的葡萄酒卖给乡下的小零售商，在熟人和朋友中被看作一个狡猾的骗子，一个诡计多端而又达观的真正诺曼底人。

他这骗子是这样臭名昭著，以致有一晚，在省长府，当地的名流、头脑犀利而且细腻的寓言家和歌谣诗人图奈尔先生，看到女宾们有点儿困乏，建议她们玩一局"洛瓦佐在飞翔"①，这句妙语飞过省长的各个客厅，继而飞到全城的各个客厅，全省人有一个月笑得合不拢嘴。

此外，洛瓦佐以各种各样的恶作剧闻名，有善意的也有恶意的玩笑；无论谁谈到他，都会立马添上说："这个洛瓦佐，真是爱捉弄人。"

他五短身材，腆着个球一样的大肚子，上面顶着一张红通通的脸，两边是灰白色的颊髯。

他的妻子却人高马大，体格健壮，果断坚决，嗓门洪亮，决断迅速，是铺子里的秩序和算术的化身，而洛瓦佐则以其欢快的活力使铺子兴旺。

坐在他俩旁边的是卡雷-拉马东先生，他更为尊贵，属于更高的阶层，拥有三座纺织厂，在棉织业中地位显赫，获得荣誉勋位勋章，是省议会议员。在整个帝政时期②，他一直是温和反对派的领袖，之所以这样做仅仅是由于要先用他所谓的"谦恭有礼的武器"抨击提案，转而加以赞成，要价便可以更高。卡雷-拉马东太太比她的丈夫年轻得多，被派到鲁昂驻防的富裕人家出身的军官，总是从她身上得到慰藉。

她坐在丈夫对面，小巧玲珑，娇滴滴的，楚楚动人，蜷缩在皮

---

① 洛瓦佐（Loiseou）与鸟（Poiseau）同音，故有这句隽语。
② 指拿破仑三世统治下的第二帝国（1852—1870）。

大衣里,用哀怨的目光望着车厢凄切的内部。

坐在她旁边的于贝尔·德·布雷维尔伯爵夫妇,有着诺曼底最古老和最高贵的姓氏之一。伯爵是个气宇轩昂的老绅士,竭力在穿着打扮上费心思,增加与国王亨利四世①天生的相似之处,根据令家族十分荣耀的传说,这位国王曾使德·布雷维尔家的一位夫人怀孕,她的丈夫因此而成为伯爵和省长。

于贝尔伯爵与卡雷-拉马东先生在省议会里共事,代表的是省里的奥尔良党②。他与南特一个小造船厂主之女的婚史,始终是神秘莫测的。但是伯爵夫人雍容华贵,比谁都善于接待客人,甚至被认为路易-菲利普的一个儿子倾心于她,贵族社会对她热情相待,她家的沙龙在本地首屈一指,唯有在那里还保持昔日的典雅风气,想踏入她家的沙龙很难。

布雷维尔家的财产全是不动产,据说每年收入达到五十万利弗尔③。

这六个人构成车上的全部人员,是社会上收取年金、生活安定、家境殷实的一方,属于信奉宗教和各种原则的、有权势的正人君子。

出于奇怪的巧合,女乘客都坐在同一条长凳上;伯爵夫人旁边是两位修女,她们一面数着一长串念珠,一面喃喃地念着《天主经》和《圣母经》。年纪大的一个脸上布满小麻斑,仿佛迎面贴近挨了一梭子机关枪。另一个十分瘦削,在被强烈信仰蚕食、害肺病的胸腔上面,长着满脸病容的标致面孔;这样的虔诚影响了多少殉教者和

---

① 亨利四世(1553—1610),法国国王,波旁王朝的开创者,后被暗杀。
② 奥尔良党:支持七月王朝国王路易-菲利普(1773—1850)一系的政客。
③ 这样多的收入表明财产可观,当时一个公务员每年的收入为1800至2400法郎(与利弗尔相当)。

有宗教幻想的人啊。

在两位修女对面,一男一女引人瞩目。

男的很有名气,是民主党人科纽岱,有体面的人都畏惧他。二十年来,他那把红棕色的大胡子,在民主党人聚会的所有咖啡馆的啤酒杯里浸湿过。他同兄弟和朋友一起吃掉了来自糖果商父亲相当可观的一笔财产,急煎煎地期待共和国来临,最终获得他为革命喝了那么多啤酒以后应得的位置。九月四日①,兴许有人要他,他以为自己被任命为省长了,但他去上任时,办公室的杂役已成了那里的唯一主人,拒绝承认他,逼得他抽身而退。不过他是个好样的男子汉,与人无犯,乐于助人,以无比的热情负责组织抗敌。他指挥在平原挖坑,砍倒附近树林里的所有小树,在各条公路上布下陷阱,敌人逼近时,他迅速撤回城里,对自己的准备工作心满意足。如今他想到勒阿弗尔去,以便更有英雄用武之地,那里即将需要构筑新的防御工事。

女的是个所谓卖笑的,年纪轻轻就发胖,得了个绰号叫羊脂球②,以此闻名。她小个儿,浑身处处圆滚滚的,像猪油那样肥,手指肉鼓鼓的,关节处如同勒出来似的,活像几节短香肠;皮肤绷紧、发亮,硕大的胸脯隔着连衣裙高高隆起;但她依旧秀色可餐,令人追逐,她的鲜嫩叫人赏心悦目。她的脸是一只红苹果,一朵含苞欲放的牡丹;脸庞上部闪烁着两只美丽的黑眼睛,两道浓眉弯弯,阴影映在眼里;脸庞下部是一张迷人的小嘴,湿润得适于接吻,配备

---

① 拿破仑三世(1808—1873)于1870年7月2日色当战役大败后被俘,9月4日,议会宣布他逊位。

② 据考证,羊脂球的原型为阿德丽安娜·卢赛(在《菲菲小姐》中也出现过)。她生于埃莱托,年轻时来到鲁昂,做了一个骑兵军官的情妇,以后是一个商人的情妇,后来生活悲惨,因付不起房租于1892年自杀。

着两排亮闪闪的细小牙齿。

据说,她还有的是难以估量的优点。

她一旦被认出来,在正派女人之间便传开一阵窃窃私语,"婊子""公众耻辱"的字眼说得那样响,她不禁抬起了头。于是她向旁边的人扫视了一眼,又大胆又充满挑战意味,车上的人马上噤若寒蝉,大家垂下眼睛,只有洛瓦佐以被挑起欲望的神态窥伺着她。

不一会儿,那三位太太又谈起话来,这个妓女在车上,突然使她们变成朋友,几乎是至交。她们觉得,面对这个不知羞耻的卖淫妇,她们应该把作为人妻的尊严结合在一起;因为合法的爱情总是高傲地对待不受约束的爱情。

面对科纽岱,三个男人也出于保守的本能接近起来,用看不起穷人的口吻谈论钱财。于贝尔伯爵谈到普鲁士人已给他造成的损害、牲畜被偷走和失去收成引起的损失,摆出一副亿万巨富的自信,这些灾难只不过带来一年的困厄罢了。卡雷-拉马东先生在棉织业上久经考验,未雨绸缪,提前将六十万法郎汇到英国,这是一只他以备不时之需的解渴梨子。至于洛瓦佐先生,他已谈妥生意,将存在他酒窖里的低级葡萄酒全部卖给了法军后勤部,因此国家欠着他一笔巨款,他一心期待在勒阿弗尔领到这笔款子。

这三个人互相投以迅速而友好的目光。纵然他们的地位不同,但是他们因为有钱而感到彼此是兄弟,就像拥有财富、手插入裤兜里拨弄得金币叮当响的人处在偌大的共济会中的兄弟。

车行驶得非常慢,直到上午十点钟还走不到四法里。男乘客三次下车,徒步爬坡。大家开始焦虑不安,因为本应在托特[①]吃午饭,

---

[①] 托特是离鲁昂29公里的村子,位于到迪耶普的公路上。

如今无望在天黑以前到达那里。每个人都在窥探，想在大路上发现一个小酒馆，这时驿车陷入雪堆中，花了两个小时才把车拖出来。

饥肠辘辘，弄得人心神慌乱；看不到一间低级小饭馆和一间小酒馆，普鲁士人临近、饥饿的法军经过，吓坏了各行各业。

男乘客跑到路边的各个农庄去找吃的，可是他们连面包也找不到，因为心存疑惧的农民担心士兵来抢，把储存的食物藏起来；士兵们吃不到什么东西，发现什么就硬是抢走。

约莫下午一点钟，洛瓦佐表示，他觉得胃里显然空空如也，难受得要命。大家都像他一样早就饿得难熬；要吃东西的强烈需要不断增加，谈话早就停止了。

不时有人打哈欠；几乎立刻有另一个人模仿他；每个人轮流按自己的性格、教养和社会地位，要么张开嘴巴，发出嘈杂声，要么赶快谦逊地用手掩住冒出一股水汽的大口。

羊脂球好几次弯下腰来，仿佛她要在衬裙底下寻找什么东西。她犹豫了一下，看看她的邻座，然后沉静地直起身来。大家的脸显得苍白，抽搐几下。洛瓦佐声称，他愿意出一千法郎换一只肘子。他的妻子做了一个手势，似乎表示抗议；随即她平静下来。她听到要乱花钱，总是好不自在，甚至不明白这方面的玩笑话。"事实上我也觉得不好受，"伯爵说，"我怎么没有想到要带些吃的东西呢？"人人都这样自责。

不过科纽岱有满满一壶朗姆酒；他请大家喝酒；大家冷淡地谢绝。只有洛瓦佐接受喝了一小口，归还酒壶时，他表示感谢："毕竟不错，能暖身子，又骗过自己不觉得饿。"烧酒使他兴致勃勃，他提议模仿歌谣中那只小船上的做法：将最肥胖的乘客吃掉。这句间接影射羊脂球的话，刺伤了那些有教养的人。大家都不搭理他，只有科纽岱微微一笑。两个修女不再念《玫瑰经》，双手捕入宽大的袖子，她们一动也不动，执着地低垂眼睛，大概是把上天派给她们的痛苦再奉献给上天。

末了，下午三点钟，来到一片一望无际的平原上，连一个村子也看不到，羊脂球倏地弯下腰，从长凳下抽出一只盖上白餐巾的大篮子。

她先取出一只小瓷碟、一只精细的银杯，还有一只大罐，里面放了两只切开的整仔鸡，酱汁结冻了；可以看见篮子里还有别的包着的好东西，糕点呀，水果呀，糖果呀，为三天旅行准备的食物，根本用不着去碰旅店厨房的饭菜。四只酒瓶的细瓶颈从这些食品包中伸出来。她拿了一只鸡翅膀，灵巧地开始啃起来，就着吃在诺曼底被称之为"摄政"[①]的小面包。

人人的目光都投向她。香味扩展开来，使人张开鼻孔，垂涎欲滴，耳根下的颌骨收缩得疼痛。这些太太对妓女的蔑视变得凶狠起来，仿佛想杀死她，或者把她扔到车下雪地里，把她、她的杯子、她的篮子和她的食品统统扔掉。

可是，洛瓦佐的目光盯住那只鸡罐不放。他说："好极了，太太比我们更有先见之明。有些人总是能未雨绸缪。"她朝他抬起头来："您想吃一点吗，先生？从一清早饿到现在，真不好受。"他表示敬意说："坦率地说，我不拒绝，我再也支持不住了。打仗时就得按打仗时的情况办，不是吗，太太？"他环视一周，又说："像眼下这样的时候，遇到您这样助人为乐的人，真是快事。"他有一张报纸，摊了开来，免得弄脏裤子，然后用总是放在兜里的一把刀子的尖端，

---

[①] 这是一种味道清淡的面包，专门就着咖啡吃。

挑起一只沾满亮晶晶的冻汁的鸡腿，用牙齿撕开，吃得津津有味，在车里引起一片艳羡的叹息声。

羊脂球以谦逊和温柔的声音向两个修女提议分享她的冷食。她们立马接受了，而且没有抬起眼睛，含糊地道谢几声，然后开始很快地吃起来。科纽岱也没有拒绝邻座女人的提议，大家同修女一起，将报纸摊在膝上，铺成餐桌似的。

一张张嘴不停地张开又闭上，狼吞虎咽，大快朵颐。洛瓦佐待在一角，埋头苦干，低声地催促他的妻子学他的样儿。她抗拒了好一会儿，由于她的肠胃痉挛起来，她才让步。于是她的丈夫字斟句酌，询问他们"可爱的旅伴"，是不是同意给洛瓦佐太太一小块东西。她说："好的，当然可以，先生。"便笑容可掬地把罐子递过去。

当第一瓶波尔多葡萄酒打开的时候，令人为难的事出现了：只有一只杯子。只好把杯子揩下再递给别人。唯有科纽岱，想必出于调情，把嘴唇按在他邻座女人嘴唇弄湿了的地方。

德·布雷维尔伯爵夫妇和卡雷－拉马东夫妇处在又吃又喝的一群人之中，食物的香味逼得他们透不过气来，他们忍受着坦塔洛斯[①]那种苦难的煎熬。蓦地，纺织厂主的年轻妻子发出一声叹息，使大家转过头来；她的脸色像外面的雪一样煞白；她的眼睛闭上了，额头耷拉下来：她昏厥过去了。她的丈夫张皇失措，哀求大家救人。人人都束手无策，这时年长的修女托住病人的头，把羊脂球的杯子塞进她的嘴唇，让她喝下几滴酒。俏丽的太太蠕动了一下，睁开眼睛，露出微笑，用半死不活的声音说，现在她感到好多了。但是，为了不让这个场面重新出现，修女逼着她喝了满满一杯波尔多葡萄

---

[①] 塔坦洛斯：神话中宙斯之子，由于犯有罪过，被罚永远喝不到水，吃不到水果，痛苦不堪。

酒,又说:"是饿出来的,没别的事。"

这时,羊脂球红着脸,十分窘迫,望着那四个仍然饿肚子的旅客,期期艾艾地说:"天哪,我想斗胆请这几位先生和夫人……"她住了口,生怕出言不逊。洛瓦佐开了口:"当然喽,在这种情况下,大家都是兄弟,理应互相帮助。嗨,太太们,别客气啦,接受吧,见鬼!要知道,我们能不能找到一座房子过夜呢?照现在这样走法,明天中午以前我们还到不了托特呢。"那几位还迟疑着,没有一个敢于负责任说一声"好吧"。但伯爵解决了问题。他转身对着那个胆怯的胖妓女,摆出他那副贵族自命不凡的派头,对她说:"太太,我们感激地领情了。"

万事开头难。一旦跨过鲁比贡河①,就万事大吉了。篮子的食物被一扫而空。那里面本来还有一份肥鹅肝糜、一份肥云雀糜、一块熏口条、几只克拉萨纳梨、一方块"主教桥"牛排、几块奶油小点心、满满一瓶醋渍小黄瓜和醋渍葱头,羊脂球像所有女人一样,酷爱生腌菜蔬。

吃了这个妓女的食物,不能不跟她说话。于是,开始谈话有些保留,继而,由于她举止非常得体,大家就随便多了。德·布雷维尔太太和卡雷-拉马东太太很有交际手腕,显得和蔼可亲而又关怀备至。尤其是伯爵夫人,表现出接触任何人也不会被玷污的、天潢贵胄的命妇般的可爱的屈尊俯就,十分温文尔雅。但是,具有宪兵活力、强壮的洛瓦佐太太,一脸严肃,说得很少,吃得很多。

大家自然而然谈起战争,叙述普鲁士人的暴行和法国人的英勇事迹;这些想逃走的人却对别人的勇敢表示敬意。过了一会儿,大

---

① 鲁比贡河:位于意大利北部,公元前49年恺撒越过此河同罗马执政官庞培决战,跨过鲁比贡河意为采取断然行动。

家讲起自己的经历,羊脂球带着真正的激动和以姑娘们表达自发的愤怒时常用的激烈言辞,叙述她是怎样离开鲁昂的:"起初我以为可以待下来。我家里储满了食物,我宁愿供养几个士兵,也不愿离家到别的地方。但当我看到这些普鲁士人所作所为的时候,我真是受不了!他们把我的肺都气炸了,我整天羞耻得掉泪。噢!如果我是一个男人就好了,唉!我从窗口望着他们这些戴尖盔帽的大肥猪,我的女仆抓住我的手,不让我把家具扔到他们背上。后来,有几个普鲁士人上门来住在我家里;当时我扑到第一个普鲁士人的脖子上。他们并不比别人更难掐死!要不是有人揪住我的头发,把我拖住,我就把他结果了。打这以后,我不得不躲起来。末了,我找到一个机会跑了出来,眼下我就在这里。"

大家把她大大夸奖了一番。她的旅伴表现得不如她这样胆识过人,对她心生敬意,她变得高大了;科纽岱边听边露出嘉许和善意的微笑,犹如一个教士听到一个信徒在赞美天主,因为留大胡子的民主党人拥有爱国主义的专利,宛若穿长袍的教士拥有宗教的专利一样。轮到他用教训人的口吻和从每天贴在墙上的宣言里学来的夸张言辞侃侃而谈,最后以慷慨陈词结束,声色俱厉地叱责那个"巴丹盖恶棍"[①]。

可是羊脂球立即发火了,因为她是波拿巴主义者,她的脸涨得比樱桃还要红,气得结结巴巴地说话:"我倒是想看看你们,你们这些人处在他的位置会怎样。啊,是的,这真是卑鄙!正是你们背叛了他,背叛了这个人!要是由你们这些淫棍来统治,那就只好离开法国了!"科纽岱无动于衷,保持不屑一顾、高人一等的微笑,但

---

[①] 巴丹盖原是一个泥瓦匠的名字,1846年,未来的拿破仑三世关在昂堡,巴丹盖将自己的衣服给了他,让他潜逃,巴丹盖于是成了章破仑三世的绰号。

大家感到，粗鲁话就要脱口而出了。这时伯爵居间调停，用权威的口吻宣称，凡是真诚的见解都应受到尊重，好不容易才使发火的妓女平静下来。不过，伯爵夫人和纺织厂老板娘心里对共和国抱着体面人的那种莫名其妙的仇恨，而且像所有女人那样对威风凛凛的专制政府怀有天生柔情，她们都不由自主地被这个充满尊严的妓女吸引，她的感情和她们是多么相似。

篮子里已经空无一物。十个人把一篮子食物吃光并不费事，只可惜篮子不够大。谈话继续了一会儿，但自从吃完东西以后，变得有点冷淡下来。

夜幕降临，黑暗越来越浓重，尽管羊脂球很肥胖，但是仍禁不住打哆嗦。于是德·布雷维尔太太将自己的手炉借给她，从早晨以来，好几次往炉里加过炭。羊脂球马上接受了，因为她感到双脚冰冷。卡雷-拉马东太太和洛瓦佐太太把她们的手炉递给了两个修女。

车夫已经点上马灯。在强烈的灯光映照下，几匹驾辕的马汗淋淋的臀部上面蒸腾起一片水汽，大路两边的积雪在摇曳的光影里似乎朝后掠过。

在车里已经什么东西也分辨不了了；但突然在羊脂球和科纽岱之间起了一阵骚动；洛瓦佐的目光在黑暗中搜索，确信看到大胡子赶紧躲闪了一下，似乎无声地着实挨了一拳。

大路前方出现星星点点的灯光。这是托特镇。驿车走了十一个小时，外加两小时马匹歇息四次吃荞麦、喘口气，总共十四个小时①。驿车开进了镇子，在贸易旅馆②停了下来。

车门打开了！一下很熟悉的声音使所有旅客哆嗦起来；这是刀

---

① 法国学者认为，十四个小时过于夸张，但这并不重要。
② 现今为天鹅旅馆，这是一个很古老的旅店。

鞘触地的响声。一个德国人的嗓音在叫嚷什么。

虽然驿车一动不动,但却没有人下车,仿佛会料到一出去就会有杀身之祸。这时车夫手里拎着一盏提灯出现,灯光骤然照亮车厢深处两排惶惶然不安的脸,嘴巴张开,眼睛惊恐地瞪大了。

车夫旁边有一个德国军官在明晃晃的灯光中站着,这是高挑个的年轻人,极其瘦削,金黄头发,像穿紧身胸衣的姑娘一样紧裹在军装中,歪戴着平顶的漆布鸭舌军帽,俨然一个英国饭店穿制服的侍役。胡须参差不齐,又长又硬,向两边越来越细地伸展,最后只有金黄色的一根须毛,细得看不出顶端;胡须仿佛压在嘴角上,脸颊往下坠,在嘴唇上压出下垂的皱褶。

他用阿尔萨斯口音的法语请旅客下车,语气生硬地说:"你们愿意下且(车)吗,先生们和女斯(士)们?"

两个修女最先乖乖地从命,这些圣洁的女子习惯于什么事都逆来顺受。伯爵和伯爵夫人随后出现,紧接着是纺织厂厂主夫妇,再后是洛瓦佐,前面推着他的大胖婆娘。洛瓦佐下得地来,对军官说:"你好,先生。"这样说更多是出于谨慎,而不是出于礼貌。那一个像有权有势的人那样傲慢无礼,一声不吭地望着他。

羊脂球和科纽岱虽然坐在车门旁边,却是最后下车,在敌人面前显得庄重和高傲。胖姑娘竭力控制住自己,保持平静;民主党人用微微发抖的手悲壮地捋着棕红色的长胡子。他们明白,在这种遭遇场合,每个人都有点代表自己的国家,因此想保持尊严;他们对旅伴的软弱都同样感到愤慨。她尽量表现得比邻座那几位正派女人更有铮铮傲骨,而他感到自己应该做出榜样,一举一动继续履行在公路挖坑开始的抗敌使命。

大家走进旅馆的大厨房,德国人要他们出示司令签署的离境许可证,每个旅客的名字、特征和职业都写在上面;他久久地观察这些人,将本人同记载的情况作对照。

然后他突然说:"很豪(好)",走了出去。

于是大家松了一口气。人人都还感到饿,便订了晚饭。要半小时才准备好;在两个女招待忙于做事时,大家去看看房间。房间位于一条长走廊里,尽头是一扇玻璃门,门上标明是一个"厕所"。

大家终于入席,这时旅馆老板亲自出现了。他以前是马贩子,这个胖子患哮喘病,总是呼哧呼哧的,咕噜咕噜的,喉咙里的黏痰响个不停。他的父亲传给他的姓是弗朗维。他问道:

"哪位是伊丽莎白·卢塞小姐?"

羊脂球哆嗦了一下,转过身来:

"是我。"

"小姐,普鲁士军官要立刻跟您说话。"

"跟我?"

"是的,如果您就是伊丽莎白·卢塞小姐。"

她局促不安,沉吟了一下,然后干脆地声称:

"也许是找我,但我不去。"

她周围的人一阵骚动;大家在议论,寻找这道命令的缘由。伯爵走了过来:

"您错了,太太,因为您的拒绝不仅对您,而且对您所有的旅伴,可能带来极大的麻烦。绝对不应违拗强大有力的人。他这个举动断然不会包含任何危险,大概是忘了办一项手续吧。"

大家附和他的看法,一起央求她,催促她,劝说她;因为大家担心她一时冲动的行为,可能引起事情复杂化。末了她说:

"当然,我正是为了你们才去!"

伯爵夫人拉住她的手：

"我们就多谢您了。"

她走了出去。大家等她回来才开饭。

人人都觉得很懊丧，没有处在这个动辄易怒、脾气暴躁的姑娘的位置，得到召见，心里准备着轮到自己被召见时要说的奉承话。

但是，过了十分钟，她重新出现时，气喘吁吁，脸憋得通红，怒气冲冲。她嗫嚅地说："噢，混蛋！混蛋！"

大家迫不及待要知道怎么回事，但是她什么也不说；由于伯爵一再追问，她才正言厉色地回答："不，这事与你们无关，我不能说。"

于是大家围着一只高高的有盖大汤碗坐下，从碗里散发出白菜香味。尽管受了一场惊吓，晚饭还是吃得很开心。苹果酒很可口，洛瓦佐夫妇和两个修女出于节省，要的是这种酒。其他人要的是葡萄酒；科纽岱要了啤酒。他开酒瓶有特殊的方法：让酒冒出泡沫，倾斜酒瓶加以观察，然后将酒瓶举到灯和眼睛之间，鉴别酒的成色。他喝酒的时候，与他喜爱的饮料色泽相仿的大胡子仿佛因偏爱而颤抖；他的眼睛斜睨着，一点也不放过酒杯，他的神态仿佛在完成一项独一无二、与生俱来的使命。简直可以说，在他的脑子里，烈性白啤酒和革命这两种占据着他整个一生的伟大激情，已结合在一起，像有亲缘关系；他品味这一种，断然不能不想到另一种。

弗朗维夫妇坐在桌子的顶端吃饭。男的像一辆破火车头那样喘气，胸膛里呼出的气太多，无法边吃边说话；但是女的永远不会沉默不语。她讲述普鲁士人到达以后自己所有的印象、他们的所作所为、他们的说话。首先，她憎恨他们，因为他们使她损失了许多钱，其次是因为她在军队里有两个儿子。她尤其爱跟伯爵夫人说话，跟一位贵妇交谈，她觉得脸上有光。

然后她压低声音，要谈一些微妙的事，她的丈夫不时打断她："你最好闭嘴别说，弗朗维太太。"但她根本不予理会，继续说：

"是的，夫人，那些人一味吃土豆和猪肉，猪肉和土豆。不要相信他们爱干净。才不呢，他们到处拉屎，我本该对您放尊重点。如果您看到他们连续几小时和几个白天进行操练，那才有好看的呢；他们全都集合在一个场地上：往前走，往后退，往这边转，往那边转。至少，如果他们种地或者在他们的国家修路，那也是好的！但不是这样，夫人，这些军人，对任何人也没有好处！穷苦百姓养活他们，有必要让他们只学会杀人吗！不错，我只是一个没有受过教育的老妇人，但看到他们从早到晚踏步，累得筋疲力尽，我心里想：有些人为了有益于人，研究出那么多的发明，与此同时，有必要让其他人去吃苦头，损害他人吗？当真，不管是普鲁士人、英国人、波兰人还是法国人，杀人不是可恶透顶的事吗？如果有人损害过你，你就报仇雪恨，那是不好的，因为别人要谴责你；可是，有人像打野味一样枪杀我们的孩子，这就好吗？为什么杀人最多的人要给他颁发勋章呢？不，要知道，我百思不得其解！"

科纽岱提高了嗓门：

"如果进攻一个爱好和平的邻国，战争是一种野蛮行为；如果是保卫祖国，那是神圣的责任。"

老妇人点了点头：

"是的，自卫是另一回事；但更确切地说，难道不应该杀死所有以发动战争为乐的国王吗？"

科纽岱的目光炯炯发亮：

"说得好，女公民！"

卡雷-拉马东先生陷入沉思。虽然他十分崇拜那些名将，但这个农村妇女的见识使他不禁思索，那么多只手无所事事，因此从事毁灭，那么多不事生产的人力，如果用来从事需要几百年才能完成的大规模的实业，会带来多少财富啊。

洛瓦佐离开他的座位，去同旅馆老板低声聊天。那个胖子笑着、咳嗽、吐痰；洛瓦佐的风趣话使他的大肚子高兴得一起一伏，他向洛瓦佐订购了六桶①波尔多葡萄酒，明年春天，等普鲁士人走了再交货。

晚饭一结束，由于大家累垮了，所以都去就寝。

然而洛瓦佐已经观察到事情蹊跷，他让妻子睡下，时而将耳朵贴在锁孔上，时而往锁孔张望，竭力发现他所谓的"走廊秘密"。

过了大约一小时，他听到一阵窸窣声，不久就看到羊脂球身穿一件蓝色羊绒、白色花边的晨衣，显得更胖。她手里拿着一只烛台，朝走廊尽头那扇"厕所"的门走去。但旁边一扇门打开了一点，过了几分钟她又返回，科纽岱身穿背带裤，跟随其后。他们悄声细语地说话，然后止住脚步。羊脂球似乎坚决守住自己房门的入口。可惜洛瓦佐听不到谈话，最后，由于他们提高了声音，他抓住了几个字。科纽岱热切地坚持。他说：

"唉，您真蠢，这对您算得了什么呢？"

她显出生气的神情，回答说：

"不，亲爱的，有的时候这种事是不能干的；再说，在这里，这会是一种耻辱。"

他想必莫名其妙，问是什么原因。于是她冒起火来，提高了

---

① 这种酒桶容量约135升。

声音：

"什么原因？您不明白什么原因？也许隔壁房间里就有普鲁士人，您不明白吗？"

他无言以对。一个妓女，因为敌人在旁边，就根本不让人温存，这种爱国主义的廉耻心大概唤醒了他心中虚弱的庄重，因为他仅仅拥抱了她以后，蹑手蹑脚地回到自己房间。

洛瓦佐欲火炎炎，离开锁孔，在房里做了一个击脚跳，戴上马德拉斯布睡帽①，掀开被子，他妻子硬邦邦的身子躺在那里；他吻了她一下，弄醒了她，他喃喃地说：

"你爱我吗，亲爱的？"

于是整个旅馆变得无声无息。但是，不一会儿，在某个地方，在一个说不准的方向，可能是地窖，也可能是阁楼，传来一阵有力、单调、有节奏的鼾声，一种低沉、持续、带着大锅在蒸汽压力下的颤动声。这是弗朗维先生在酣睡。

大家原来定好次日早上八点钟动身，所以在厨房里集中；可是，马车的篷布上积满了雪，马车孤零零地停在院子中央，看不到马匹和车夫。在马厩、饲料房、车棚里都徒劳地找不到车夫。于是所有人决定到镇上去找一遍，走了出去。他们来到广场，尽头是教堂，两侧是两排矮房子，可以看到里面有普鲁士士兵。他们看到的第一个普鲁士人在削土豆；第二个在稍远一些的地方，在清洗理发店；另一个胡子一直长到眼睛旁边，抱着一个啼哭的孩子，在膝上摇晃着他，让他安静下来；那些胖农妇的丈夫都在"作战部队"，她们指手画脚地支使俯首听命的战胜者干必不可少的活计：劈木柴、做大

---

① 这种睡帽用一条马德拉斯布的手巾打结而成。

锅饭、磨咖啡;其中一个甚至给女房东洗衣服,老女人手脚不灵便。

伯爵十分惊奇,询问一个从本堂神父住宅出来的教堂执事。教堂老职员回答他:"噢!这些人并不凶;据说他们不是普鲁士人。他们来自更远的地方;我不知道打哪儿来;他们都把老婆孩子撇在家乡;战争并不令他们开心啊!我确信,那边的人也在为男人伤心落泪;战争给他们造成的苦难也跟我们这里一样惨。眼下这里还不算太惨不忍睹,因为他们不干坏事,像在自己家里一样干活。您看,先生,穷人之间应该互相帮助……发动战争的是那些大人物。"

科纽岱看到战胜者和战败者这样真诚地和睦相处,十分愤怒,回身就走,宁愿关在旅馆里。洛瓦佐说了句俏皮话:"他们在移民。"卡雷-拉马东先生说了句庄重的话:"他们在弥补过错。"可是找不到车夫。末了,在村子的咖啡店里发现了他,他和普鲁士军官的传令兵友好地同桌共饮。伯爵质问他:

"不是吩咐过你八点钟套车吗?"

"不错,可是后来又给了我一个命令。"

"什么命令?"

"绝对不能套车的命令。"

"谁给你这个命令?"

"毫无疑问是普鲁士指挥官。"

"什么理由?"

"我一点不知道。您去问他吧。不许我套车,我就不套车。就是这么回事。"

"是他亲自给你下的命令?"

"不,先生,是旅馆老板代他给我的命令。"

"什么时候下的命令?"

"昨天晚上,我正要去睡觉时。"

三个男人惴惴不安地走回旅馆。

他们要见弗朗维先生,但是女仆回答,由于害哮喘病,弗朗维先生从来不在十点钟之前起床。他甚至明确不许更早叫醒他,除非发生火灾。

他们想见普鲁士军官,但这是绝对不可能的,虽然他住在旅馆里,凡是平民百姓的事,只有弗朗维先生被准许同他说话。于是只得等待。女的上楼回到自己房间,有些琐碎小事要做。

科纽岱坐在厨房高高的壁炉边上,炉火熊熊。他叫人把一张小咖啡桌搬过来,要了一小瓶啤酒,掏出一支烟斗。这只烟斗在民主党人中间享有的威望,几乎同他本人的威望一样高,仿佛它给科纽岱服务,就是为祖国效劳。这是一只精致的海泡石烟斗,熏得乌黑,像它主人的牙齿一样,不过香喷喷的、弯弯的、亮锃锃的,总不离手,这烟斗补全了他的相貌。他一动不动,时而目光盯住炉火,时而盯住盖满杯子的啤酒泡沫;每喝一口酒,他都心满意足地用又长又瘦的手指插入又长又油腻的头发里,同时吮吸着沾上泡沫的胡须。

洛瓦佐借口活动一下腿脚,向当地的零售商推销他的酒。伯爵和纺织厂主开始谈论政治。他们预测法国的未来。伯爵相信奥尔良王室,另外一位相信会有一个不知名的救世主①,这是眼看陷于绝望之际,应运而出的英雄:兴许是一个杜·盖克兰②、一个贞德?要么

---

① 战后,法国人一是将希望寄托在麦克-马洪身上,一是寄希望于布朗瑞将军身上;莫泊桑创作这篇小说时,前者已经失败,后者像明星一样升起。小说折射出人们对现制度的不满。
② 杜·盖克兰(1320—1366),法国战将,与英国人作战,以骁勇闻名。

是另一个拿破仑一世？唉！如果皇太子①不是这样年幼，那有多好！科纽岱听着他们的谈话，像一个掌握命运奥秘的人那样微笑着。他的烟斗熏香了厨房。

十点钟敲响的时候，弗朗维先生露面了。大家连忙询问他；但他只能一字不差地将这几句话说上两三遍：长官这样告诉我："弗朗维先生，您不要让车夫明天给这些旅客套车。我不希望没有我的命令，他们就动身。你们听到了。这就够了。"

于是大家想求见普鲁士军官。伯爵给他递上名片，卡雷-马拉东先生附上自己的姓名和所有头衔。普鲁士人派人回话，一俟他吃完午饭，也就是一点钟左右，他允许这两个人同他谈话。

太太们重新露面，尽管大家心里不安，还是吃了一点东西。羊脂球好像生病了，出奇地心绪不宁。

刚喝完咖啡，传令兵便来找那两位先生。

洛瓦佐加入到他们当中。由于大家竭力拖上科纽岱，以壮行色，他骄傲地宣称，他永远不想跟德国人打交道；他重新待在壁炉边，要了另一小瓶啤酒。

三个男人上楼，被带到旅馆最漂亮的房间里；普鲁士军官在那里接待他们，他躺在一张安乐椅里，双脚搁在壁炉架上，叼着一支很长的瓷烟斗，身穿一件闪光的睡衣，大约是从某个趣味低劣的有产者丢下的住宅偷来的。他没有站起来，不向他们致意，不看他们一眼。他提供了一个获胜军人自然而然的傲慢无礼的样品。

停了半晌，他终于说：

"你蒙（们）有什么斯（事）？"

---

① 拿破仑三世的儿子生于1856年，1870年是14岁，他于1879年在祖鲁朗被害。

伯爵开了口:"我们想动身,先生。"

"不行。"

"我冒昧问一下您,为什么不准许?"

"因为我不元(愿)意。"

"我怀着敬意向您指出,先生,您的司令已经发给我们前往迪耶普的许可证;我想我们没有做错什么事,却得到这样严厉的对待。"

"我不元(愿)意……如次(此)而已……你蒙(们)可一(以)下楼了。"

他们三个人鞠了一躬,退了出去。

下午令人烦躁不安。谁也不明白德国人为什么这样任性;稀奇古怪的想法搅得人头脑发涨。大家待在厨房里,没完没了地讨论,设想出不可信的事。或许要把他们当作人质扣压起来,——不过出于什么目的?——或者要把他们当作俘房带走,更确切地说,是为了向他们勒索一大笔赎金?想到这一点,他们吓得慌了手脚。最有钱人是最惊慌失措的,他们已经看到自己为了赎身,迫不得已把满袋金钱倒在那个无耻军人的手里。他们搜索枯肠,要发现可以令人接受的谎言,隐瞒他们的财富,打扮成穷人、一贫如洗的穷人。洛瓦佐摘下怀表的金链子,藏到衣袋里。黑夜降临,越发增加他们的恐惧。华灯初上,由于离吃晚饭还有两小时,洛瓦佐太太提议来一局"三十一点"①。这会是一种消遣。大家接受了。科纽岱出于礼貌,熄灭了烟斗,加入牌局。

伯爵洗牌、分牌,羊脂球一上来就拿了个三十一分;过了一会儿,打牌的兴致就平息了脑子里纠缠不休的恐惧。科纽岱发现洛瓦

---

① 这种纸牌类似二十一点,即不能超过三十一点。J、Q、K为十点。

佐夫妇串通作弊。

大家正要入席吃饭时，弗朗维先生又露面了；他带着痰堵在喉咙的嗓音说："普鲁士军官派人来问，伊丽莎白·卢塞小姐是否还没有改变主意？"

羊脂球站在那里，脸色煞白，随后又蓦地变得通红，她气得语塞。最后她爆发出来："您去告诉他这个混蛋、这个坏蛋、这个普鲁士僵尸，我永远不愿意；您听明白了，永远，永远，永远。"

大块头旅馆老板出去了。于是，羊脂球被大家围住，恳请她披露上次同普鲁士军官谈话的秘密。她先是不肯说，但过了一会儿，气愤压倒了她，她嚷道："他想干什么？……他想干什么？他想同我睡觉！"大家义愤填膺，没有人觉得这话刺耳。科纽岱使劲将酒杯砸在桌上，打碎了酒杯。响起了一片痛骂声，指向那个无耻的兵痞，这是一股愤怒的气浪，大家同仇敌忾，仿佛要每个人分担羊脂球被要求做出的牺牲。伯爵厌恶地指出，这些家伙像昔日的野蛮人一样行事。女的尤其向羊脂球表示深深的和亲切的同情。只在饭桌上出现的两个修女，低垂着头，一言不发。

第一阵愤怒平息下来以后，大家还是吃饭；只是少言寡语，都在想心事。

太太们很早退席；男人们一面抽烟，一面凑起一桌埃卡泰牌局，弗朗维先生受到邀请，大家想巧妙地向他打听，用什么办法去说服一意孤行的军官。可是他一心放在牌上，什么也不听，什么也不回答；他不断地重复："打牌，诸位，打牌。"他聚精会神，连吐痰也忘了，有时他的胸腔像风琴奏出音符。他呼呼有声的肺发出哮喘的全部音响，从重浊、深沉的音符到小公鸡试啼的嘶哑尖叫声。

他的妻子困得要命，下来找他，他甚至不肯上楼。她只好独自走了,因为她属于"早班",总是太阳一出就起床,而她男人属于"晚班",总是准备同朋友们闹个通宵。他对妻子喊道:"等一下你把我的牛奶冲蛋黄放在火边。"便又顾着打牌。大家看出从他嘴里什么也探听不到,便表示到散局的时候了,各自上床睡觉。

翌日,大家还是起得相当早,怀着朦胧的希望,动身的愿望更强烈,又担心白天要在这个可怕的小旅馆度过。

唉!牲口依然拴在马厩里,车夫不见踪影。大家百无聊赖,在马车周围打转。

早饭吃得愁容满面,大家对羊脂球的态度冷淡下来,因为黑夜给人带来主意,改变了一点先前的看法。如今大家几乎埋怨这个妓女没有悄悄地去找普鲁士人,在醒来时给她的旅伴们一个惊喜。还有什么比这更简单的事呢?再说,又有谁知道呢?她只消让人告诉那个军官,她可怜旅伴们的困苦,委曲求全,便可以保全面子。对她来说,这实在是区区小事!

不过没有人把这些想法说出来。

下午,由于大家厌烦得要命,伯爵提议到村子附近散步。大家仔细穿暖裹紧,这一小群人出发了,除了科纽岱宁愿待在炉火边,还有两个修女在教堂和本堂神父那里度过白天。

一天天加剧的严寒,无情地冻得鼻子和耳朵刺痛;脚也冻得每走一步都生疼;田野展现在眼前,他们觉得,在这广袤无边的白雪覆盖下,田野阴森得可怕,大家马上回转来,心里感到冰凉和揪紧了。

四个女的走在前面,三个男人稍后一点跟随着。

洛瓦佐明白眼前的情势,突然问道,这个"婊子"难道要让他们长久待在这个鬼地方吗?伯爵一向温文尔雅,说是不能要求一个女人做出如此艰难地付出的牺牲，应该让她自愿地去做。卡雷－马拉东先生指出，如果法国人真像传闻的那样，从迪耶普反攻过来，会战的地点只可能在托特镇。这个想法令另外两个人发愁。洛瓦佐说："能步行逃出去就好了。"伯爵耸耸肩："您想得到吗，在这冰天雪地里，带着我们的妻子，怎么逃呢？再说我们马上会受到追捕，在十分钟之内会被抓住，当作俘虏带回来，任凭大兵处置。"确实如此，大家闭口不语了。

太太们谈论打扮；但是她们在约束着自己，显得貌合神离。

突然，普鲁士军官在路的尽头出现了。一直伸展到天边的白雪，映衬出他穿着军装的细长身影，他走路时双腿分开，这是军人特有的动作：竭力一点不弄脏擦得锃亮的靴子。

他经过太太们身边时，向她们鞠躬致意，轻蔑地看了男人一眼，他们倒是保持尊严，没有脱帽，虽然洛瓦佐做了个动作，想脱下帽子。

羊脂球的脸一直红到耳根；三个已婚女人感到极大的屈辱，因为被这个大兵撞见同一个受他凌辱的妓女一起散步。

于是大家谈论他、他的举止和容貌。卡雷－拉马东太太以前认识许多军官，鉴别起来是个行家，她感到这个军官一点不差；她甚至可惜他不是法国人，因为他会是一个俊俏的轻骑兵，所有女人一准对他神魂颠倒。

一返回旅馆，他们不知道做什么好。即使对毫无意义的事也说些尖酸刻薄的话。吃晚饭的时间很短，大家默不作声，人人上楼睡觉，希望在睡觉中消磨时间。

第二天，人人下楼时脸上带着倦容，心里气鼓鼓的。女的几乎不同羊脂球说话。

钟声响起。这是举行洗礼。胖姑娘有一个孩子，寄养在伊弗托的农民家里。她一年也见不到孩子一次,从来不想孩子;可是,一想到这个就要受洗的孩子,在她心里产生了对自己孩子突如其来的强烈温情,她说什么也要参加洗礼仪式。

她刚刚走掉,大家面面相觑,然后把椅子聚拢来,因为大家深深感到,最终必须决定做点事。洛瓦佐灵机一动:他主张向军官提议,把羊脂球单独留下,让其余人上路。

弗朗维先生仍然充当传话的角色,他几乎马上又下楼。德国人深谙人性,把他赶了出来。他声称,只要他的愿望不能满足,就扣留所有的人。

这时,洛瓦佐太太的下等人品性发作了:"我们可不能在这里老死。既然这个婊子的职业就是跟所有男人干那件事,我感到她没有权利拒绝这一个,而要另一个。我倒要问一下你们,她在鲁昂碰到什么人都干吗?甚至马车夫也要!是的,太太,跟省府的马车夫!我呀,我一清二楚,他到我的店里买酒。眼下是要她给我们解困,这个黄毛丫头,倒装腔作势!……我呀,我觉得这个军官行得正。他也许独居的时间长了;他当然更喜欢我们三个。可是不,他只满足于人皆可夫的这一个。他尊敬有夫之妇。想想吧,他是这儿的主人。他只要说:'我要',他的士兵一齐动手,他便可以强奸我们。"

另外两个女人轻微地哆嗦了一下。漂亮的卡雷-拉马东太太的目光闪闪发亮,脸色有点儿苍白,仿佛她已经感到被军官用暴力占有了。

在一边商量的几个男人凑了过来。洛瓦佐怒不可遏,想将"这个贱货"手脚捆起来交给敌人。但伯爵是三代大使出身,具有外交家的外貌,却主张采取灵活手腕,他说:"要使她下决心。"

于是大家密谋起来。

几个女的凑得更紧些，嗓音压低，泛泛而论，各抒己见。再说，主意都很得体。这几位太太谈论的是极其淫秽的事，却特别找到委婉的说法和可爱的灵活字眼。一个局外人根本听不懂，字斟句酌何其小心翼翼。上流社会妇女那层薄薄的羞耻心，只是用来装门面的，在这行为令人不齿的遭遇中，她们心花怒放，暗暗快活得发狂，感到如鱼得水，怀着欲火去为别人拉纤，如同一个馋嘴的厨子为别人烹调晚饭。

这件事在她们看来毕竟显得非常古怪，快乐油然而生。伯爵说了些有点猥亵的玩笑，用语巧妙，她们不禁露出微笑。轮到洛瓦佐说出几句更加露骨的下流话，大家却根本不觉得刺耳；他的妻子粗俗地发表出来的想法，使所有人折服：“既然这是那个婊子的本行，为什么她还要挑三拣四呢？”温柔的卡雷-拉马东太太甚至好像在想，如果她处在羊脂球的地位，她宁愿拒绝别人，也不拒绝这一个。

他们好似要占领一座被围困的堡垒，长时间在准备封锁。各人商定要扮演的角色，要依据的论点，要采用的手腕。大家制订了攻击计划、要运用的诡计和突袭，以便迫使这座活堡垒就地接待敌人。

然而科纽岱待在一角，完全不参与这件事。

大家聚精会神，一点儿没有听到羊脂球回来了。但伯爵轻轻嘘了一声，大家才抬起了头。她站在那里。大家说话戛然而止，先是有点尴尬，无法跟她说话。伯爵夫人比别人更善于在交际场中的随机应变，这时问羊脂球："这场洗礼有意思吗？"

肥胖的妓女还处在激动之中，叙述了全过程，包括人们的面孔、态度乃至教堂的外观。她还补充说："偶尔做祈祷非常好。"

直到吃中饭，这些太太仅仅待她很亲热，为了增加她的信任，让她能顺从她们的劝告。

刚刚入席，大家便开始接触。首先话题朦胧地触及忠于国家。大家举出古代的例子：朱迪特和霍洛费纳，然后莫名其妙地举出吕克莱丝和塞克斯图斯，还有克莱奥帕特拉①，她让所有的敌人将领都在自己的牙床上就寝，从而使他们变得像奴隶般俯首听命。随后是一个幻想故事，这是无知的百万富翁的想象产物。说是罗马的女公民们跑到卡普，让汉尼拔睡在她们怀里，同他一起，还有他的将领和雇佣军士兵②。凡是阻挡住胜利者，把自己的身体当作战场，当作一种征服方法、一种武器的女人，凡是用自己的英勇无畏的抚摸战胜丑恶可憎的人，牺牲自己的圣洁去复仇和效忠祖国的女人，他们都一一列出。

他们甚至闪烁其词地谈到一个出身名门望族的英国女子，她让自己染上一种可怕的传染病，为了过给拿破仑，只是由于在致人死命的幽会时突然虚弱不堪，拿破仑才奇迹般获救。

这一切叙述得很得体，很有分寸，偶尔爆发出一种热情，能激励人的好胜心。

到末了，可以令人相信，女人在世间的唯一角色，就是持续不断地自我牺牲，连续地任凭丘八为所欲为。

两个修女好像什么也没听见，沉浸在冥思苦想中。羊脂球一言

---

① 传说中的朱迪特是犹太人女英雄，她为了拯救贝图利城，引诱了敌将霍洛费纳，在他酒醉时杀死他；吕克莱丝（约4世纪末至5世纪初）是古罗马贵妇，据传说，受到崇高者塔尔坎之子塞克斯图斯的奸污而自尽，是她造成帝国的垮台；克莱奥帕特拉（历史上有好几位马其顿、叙利亚和埃及的王后同名，一般多指公元前1世纪的埃及女王）有几个丈夫或情人，包括罗马将领恺撒、安东尼、屋大维，后来自尽。其实上述女子经历并不完全适用举例。
② 莫泊桑较自由地借用李维乌斯（公元前59—17）的《罗马史》第23卷第18章《卡普之乐》中的叙述。汉尼拔（公元前约247—前183）是古代迦太基名将和政治家。

不发。

整个下午，大家让她思索。可是大家非但不像至今那样称呼她"太太"，而仅仅称她为"小姐"，谁也不知道原因，仿佛大家想让她在以前登上的受尊敬地位降低一级，使她感受到自己的卑贱地位。

正在上汤时，弗朗维先生又出现了，将前一天的话再说一遍："普鲁士军官派人问伊丽莎白·卢塞小姐，是否还没有改变主意？"

羊脂球冷漠无情地回答："没有改变，先生。"

但在吃晚饭时，同盟军的攻势削弱了。洛瓦佐说了三句效果很糟糕的话。每个人都想发现新的尽忠的例子，可是白费力气，什么也找不到，这当儿，伯爵夫人也许并没有预先想过，模糊地感到需要向宗教表示敬意，便询问年长的修女，有关圣徒生平的伟大事迹。然而，很多圣徒曾经做过在我们看来是罪行的事；而教会毫无困难就宽恕了做过这些坏事的人，只要这是为天主争光或者为他人造福。这是一个有力的论据；伯爵夫人加以利用了。于是，要么出于一种默契，一种暗中讨好，那是所有穿上教士服装的人都擅长的，要么干脆出于歪打正着、有利于人的蠢事，老修女给了他们的阴谋一个巨大的支持。人们以为她很胆小，她却表现出很大胆、啰里啰唆、态度激烈。她不被那种神学家钻牛角尖的探索苦恼；她的宗教教义好像一根铁棍；她的信仰从来没有犹豫过；她的良心也没有什么顾忌。她认为亚伯拉罕①的牺牲最普通不过，因为她会按照上天的命令，立即杀死父母；依她看来，只要意图可嘉，任何事都不会触怒天主。伯爵夫人利用这个意料不到的同谋的神圣权威，让她为这句道德格言做出有建设性的恣意发挥："只问目的，不问手段。"

---

① 亚伯拉罕：据《圣经》，神要考验阿拉伯人和犹太人的祖先亚伯拉罕的忠诚，要他杀子祭天，他正要遵命时，被耶和华派天使制止。

她问老修女：

"这么说，嬷嬷，您认为天主同意走各种不同的道路，只要动机纯洁，能原谅所做的事？"

"谁会怀疑这一点呢，夫人？一个本身大逆不道的行动，由于出发点好，往往就变得可以嘉奖。"

她们这样交谈下去，分辨天主的意愿，预测天主的决定，让天主关心确实与他并不相干的事。

所有这些话含蓄、巧妙、隐蔽。这个戴修女帽的修女的每句话，在妓女的愤怒反抗防线上打开了缺口。随后，谈话离开了一点话题，挂着念珠的那一位谈到她的教派的房子、她的修道院长、她本人和她娇小的同伴、亲爱的圣尼塞弗尔嬷嬷。她们应邀到勒阿弗尔照顾医院里几百名得天花的士兵。她描绘这些可怜的人，细述他们的病。由于这个普鲁士人的颐指气使，她们在路上受阻，这时一大批法国人却可能死去，而她们或许能够挽救他们！护理军人正是她的专长；她曾经到过克里米亚、意大利、奥地利①。她叙述这些战役时，顿时显出她是一个听惯战鼓和军号的修女，这类修女似乎生来是为了随军转战，从战斗旋涡中抢救出伤员，比军官更有权威，一句话就能制服不守纪律的大兵；一个真正的随军修女，她的麻脸布满无数坑坑洼洼，这是战争浩劫的缩影。

她讲完以后，谁也不再吭声，她的话效果极佳。

饭一吃完，大家很快回到自己房里，直到第二天早上很晚才下楼。

吃饭时寂寂然无声。大家给昨天播下的种子发芽和结果的时间。

---

① 克里米亚战争（1854）、意大利战役（1859，与奥地利开战）体现了拿破仑三世的好战政策。

伯爵夫人提议午后散步；于是伯爵就像约好的那样，挽起羊脂球的胳膊，和她一起，走在别人后面。

他跟羊脂球说话，用的是亲切的、父亲般的、有点儿带着庄重的人对妓女的轻蔑口吻，称呼她"我亲爱的孩子"，以自己的社会地位和无可争议的名声居高临下地对待她。他单刀直入：

"这么说，您宁愿让我们待在这里，像您一样，忍受普鲁士军队一旦败北会带来的各种暴行，也不肯将就一点，答应做一次您一生中常做的讨好人的事喽？"

羊脂球没有吭声。

他用柔情、说理、感受去打动她。他懂得保持"伯爵先生"的身份，同时在必要时对她献殷勤，说几句恭维话，总之很亲近。他赞美她给他们效劳，谈到他们感激不尽；随后突然笑嘻嘻地以"你"称呼她："你知道，亲爱的，他说不定会自吹自擂，消受过他在国内不可多得的一个美女呢。"

羊脂球默默无言，回到一小群人那边。

一回旅馆，她便上楼到自己房里，不再露面。大家忐忑不安。她要做什么？倘若她抗拒，那多么难堪啊！

吃晚饭的时候到了；大家白白地等待她。弗朗维先生这时走进来说，卢塞小姐感到不舒服，大家可以上桌吃饭。所有人竖起耳朵细听。伯爵走近旅馆老板，低声说："成了吗？""成了。"出于礼节，他什么也没有对旅伴们说，他仅仅对他们轻轻点了一下头。所有人的胸膛都松弛地长长出了一口气，喜上眉梢。洛瓦佐叫道："妈的，如果旅馆里有香槟酒，我来付款。"当老板手里拿着四瓶酒返回时，洛瓦佐太太慌了神。人人霎时变得有说有笑，闹闹嚷嚷，心里充满轻佻的快意。伯爵好像发觉卡雷－马拉东太太很迷人，纺织厂老板向伯爵夫人献殷勤。谈话热烈、欢快、妙语不断。

突然间，洛瓦佐神色不安，举起双臂，嚷叫道："安静！"所有人钳口结舌，吃了一惊，几乎恐慌不安。这时洛瓦佐竖起耳朵，双手拢着嘴，发出"嘘"的一声，抬眼望着天花板，重新倾听，用自然的声调又说："放心吧，一切顺利。"

大家迟疑一下，没有理解他的意思，但一会儿一丝微笑掠过脸上。

过了一刻钟，他又重演这出闹剧，而且一个晚上反复多次；他假装同楼上的某个人对话，提供在他旅行推销员的脑袋里撷取的、语意双关的劝告。他不时摆出一副悲哀的神态，叹息一声："可怜的姑娘。"或者怒气冲冲地从牙缝中嘀咕着："普鲁士无赖，滚吧！"有时，大家都不再想着这件事了，他却用颤抖的声音好几次发出："够了！够了！"又仿佛自言自语地说，"但愿我们重新看到她；但愿那混蛋别把她弄死了！"

虽然这些玩笑趣味低劣，倒也令人开怀，并不刺耳，因为愤怒就像其他东西一样取决于环境，而在他们周围逐渐产生的气氛，已充满了淫念。

上饭后点心时，连妇女们也说了些机智的谨慎的隐语。人人眼里炯炯有光；酒喝得很多。伯爵即使在行为失检时，仍然保持道貌岸然；他打了一个很令人欣赏的比方，说是他们感受到的愉快，宛若因北极解冻而沉船遇难的人，看到一条通向南方的道路。

洛瓦佐话匣子打开了，站起身来，手中举着一杯酒："我为我们的得救干杯！"所有人都站起来，为他喝彩。连两个修女也在这些太太的鼓动下，同意把她们的嘴唇浸润在从来没有品味过的、泛起泡沫的酒里。她们说，这种酒很像柠檬汽水，不过更纯一点。

洛瓦佐对此情此景做了概括：

"可惜没有钢琴,可以弹出一支四对舞舞曲。"

科纽岱一声不响,一动不动;他甚至好像沉湎在非常严肃的思索中,时而发狂地扯一下他的大胡子,仿佛想再拉长一点。临了,将近午夜,大家正要分手,洛瓦佐踉踉跄跄的,突然拍拍科纽岱的肚子,嘟哝着说:"您呀,今晚您不大开心;您一声不吭,公民。"可是科纽岱猛然抬起头,用闪亮而可怕的目光扫视在场的人:"我对你们大家说,你们刚刚做了一件卑鄙无耻的事!"他站起来,走到门口,再说一遍:"一件卑鄙无耻的事!"然后消失不见了。

这句话先是使人心里冰凉。洛瓦佐十分狼狈,呆若木鸡;但是他恢复了镇定,然后突然捧腹大笑,一再说:"吃不着葡萄说葡萄酸,老兄,吃不着葡萄说葡萄酸。"由于大家不明白,他把"走廊的秘密"讲出来。于是大家又乐得合不拢嘴。太太们乐得疯疯癫癫的。伯爵和卡雷-拉马东先生笑得流出眼泪。他们难以置信。

"怎么!您拿得稳吗?他想……"

"我对您说,我亲眼看见的。"

"而她拒绝了……"

"因为普鲁士人待在隔壁房间。"

"不可能吧?"

"我对您发誓这是事实。"

伯爵笑得喘不过气来。实业家也笑得用双手捂住肚子。洛瓦佐继续说:

"你们明白,今天晚上,他不会发现她空着没事,完全不会。"

这三个人重又发出笑声,笑得肚子痛,喘不过气来。

然后大家分手。但洛瓦佐太太生性像荨麻一样爱刺人,正当就寝时,她向丈夫指出,娇小的卡雷-拉马东太太"这个泼妇"整晚装笑:"你知道,女人要是迷上穿军装的,管他是法国人还是普鲁士人,说实话,对她们来说都是一样的。这不是可悲吗?主啊!"

整整一个通宵,在黑漆漆的走廊里,似乎掠过颤抖声、轻微响声,不易察觉,如同喘气声、光脚走路的摩擦声、感觉不出的咔嚓声。大家无疑睡得很晚,因为光线长时间从门底下漏出来。香槟酒有这种效力;据说它搅得人睡不着。

第二天,冬季的明亮阳光照得白雪耀人眼目。驿车终于套好了,等候在门前,一群白鸽羽毛浓密,眼珠粉红,瞳仁乌黑,趾高气扬,大模大样地在六匹马的腿脚之下漫步,在刚拉下来还冒着热气的马粪里觅食。

车夫裹着羊皮大衣,在他的座位上抽烟斗,所有旅客容光焕发,让人赶快包好余下这段路上的食品。

只等着羊脂球。她出现了。

她显得有点心神慌乱,羞愧难当;她胆怯地走向旅伴,大家都不约而同地转过身去,仿佛没有看见她。伯爵昂然地挽起妻子的手臂,让她走开,避免与这不洁之物接触。

胖姑娘惊讶地停住脚步;她鼓起全部勇气,走近纺织厂主妻子,谦恭地说了声"早安,夫人"。那一位仅仅傲慢无礼地点了点头,还瞥了她一眼,露出自己的品德受到侮辱的样子。大家好像十分忙碌,离她远远的,仿佛她在裙子里带来了传染病。然后,大家争先恐后上了车,她最后一个独自上车,默默地在前一段路程占据的位子上坐下。

大家似乎没有看到她,不认识她;可是洛瓦佐太太愤怒地远远打量她,低声地对丈夫说:"幸好我没有坐在她旁边。"

沉重的马车开动了,旅行重新开始。

起先大家一声不响。羊脂球不敢抬起眼睛。她既对所有的邻座感到愤恨,也因他们伪善地把她投入普鲁士人的怀抱,让她受到这个家伙的吻的玷污而深感屈辱。

不过伯爵夫人过了一会儿朝卡雷-拉马东太太转过身去,打破了这难堪的沉默。

"我想,您认识德·爱特雷尔夫人吧?"

"是的,这是我的一个朋友。"

"她是一个多么可爱的女人啊!"

"令人着迷呢!真正出类拔萃,再说很有教养,直到骨髓都是艺术家;唱歌妙极了,画画技巧完美。"

纺织厂主跟伯爵在谈话,在车窗玻璃的颤动响声中,偶尔听得到几个字眼:"息票……到期……保险费……期限。"

洛瓦佐偷走了旅馆那副旧纸牌,纸牌与没有擦干净的桌子接触了五年,变得油腻了;他和妻子在斗纸牌①。

两个修女摘下挂在腰上的长串念珠,一起画了个十字,突然,她们的嘴唇开始迅速地翕动起来,越来越快,模糊地喃喃有声,仿佛在进行念祈祷文比赛;她们不时地吻一下圣像牌,再画一个十字,然后又飞快而持续地嘟哝起来。

科纽岱在沉思凝想,纹丝不动。

走了三个小时以后,洛瓦佐收起他的纸牌,说道:"肚子饿了。"

于是他的妻子拿起一只用细绳扎牢的纸包,从里面取出一块冷牛肉。她干净利落地将肉切成硬实的薄片,两个人开始吃起来。

"我们也吃吧。"伯爵夫人说。得到同意后,她打开为两对夫妇

---

① 他们玩的是一种类似结婚程序的纸牌游戏。

准备的食物。这是一只长条形的盆，瓷盖顶有一只兔子，表明底下有一份野兔肉糜、一份美味的猪肉，白色的长条肥肉穿过褐色的野兔肉，配上其他种类的肉末。一整方块格律耶尔①奶酪，是包在报纸里带来的，油腻的奶酪上面还留下印迹："社会新闻"。

两个修女摊开一片发出蒜味的香肠；科纽岱将双手同时伸进他的宽腰身大衣的大口袋里，从一只口袋掏出四只煮鸡蛋，从另一只口袋取出一小块干面包。他剥掉鸡蛋壳，扔在脚下的麦秸里，开始吃鸡蛋，淡黄色的碎末落在他的大胡子上，好像星星嵌在里面。

羊脂球因为起床匆促而慌张，根本无法考虑去准备什么；她被激怒了，气得喘不过气来，望着所有这些人心安理得地吃东西。先是一阵狂怒使她绷紧了脸，她张开嘴，想臭骂他们一顿做事太绝，骂人的话已涌到唇边；可是愤怒使她憋住了，她说不出话来。

谁也不看她，想不到她。她感到自己湮没在这些道貌岸然的混蛋的蔑视中，他们起先牺牲她，然后又把她当作肮脏无用的东西抛弃她。于是她想到被他们狼吞虎咽地吃掉的满满一大篮子好东西，想到她那两只肉冻亮晶晶的仔鸡、点心、梨子、四瓶波尔多酒；犹如一根绷得太紧而断裂的绳子，她的愤怒蓦地销蚀，她感到自己随时要哭泣起来。她做出极大的努力，坚强地顶住，像孩子一样将啜泣咽下去，可是哭泣的愿望往上涌，在眼眶边泪水晶莹发光，不久，两颗大泪珠夺眶而出，慢慢地滚落腮边。接着泪水更快地涌出，如同从岩缝中冒出的水滴，簌簌地落在高高隆起的胸脯上。她正襟危坐，目光呆滞，脸色严厉、苍白，但愿别人不要看她。

可是伯爵夫人发觉了，给她的丈夫暗示了一下。他耸耸肩，仿

---

① 格律耶尔：瑞士城市，以产奶酪闻名。

佛在说："怎么办呢，这不是我的过错。"洛瓦佐太太得胜地哑然一笑，喃喃地说："她在哭做了丢人的事。"

两个修女将剩下的香肠用纸包好，重新开始祈祷。

科纽岱正在消化鸡蛋，将一双长腿伸到对面长凳底下，仰面一躺，抱起手臂，好像刚刚发现一种戏弄人的好方法，轻轻地用口哨吹起《马赛曲》①。

所有人的脸都变得阴沉起来。这首流行歌曲丝毫不令他的邻座感到高兴。他们变得十分烦躁，怒形于色，神态像就要喊叫起来，仿佛狗听到手摇风琴声就要吠叫一样。科纽岱意识到了，越发吹个不停。他甚至偶尔还哼上几句歌词：

对祖国神圣的爱，
快指挥、支持我们复仇的手，
自由，珍贵的自由，
快和你的保卫者共同战斗！

积雪变得硬邦邦，马车走得更快；直到迪耶普，在这沉闷的长途跋涉中，一路颠簸，先是夜幕降临，然后在漆黑的车厢内，他执拗而发狠心，继续报复地、单调地吹着曲子，迫使那些疲惫而恼火的人从头至尾跟随着歌声，按照每一节拍想起相应的歌词。

羊脂球始终呜咽着；时而她未能止住的一声啜泣，在两段歌词之间掠过黑暗。

---

① 《马赛曲》直至1881年才成为法国国歌。在此之前，不少人都对这首歌不以为然，福楼拜在1880年2月1日写给莫泊桑的信中说："可怜的姑娘在哭泣，而另一位却在唱《马赛曲》，妙极了。"

# 菲菲小姐[①]

  普鲁士军队的指挥官，少校冯·法尔斯贝格[②]伯爵，看完了他的信件，背靠在绒绣面子的大圈椅中，穿靴子的双脚搁在壁炉精美的大理石上。自从他占据了于维尔古堡[③]三个月来，他的马刺已经把大理石凿出两个深深的小坑，而且日益凿得更深。

  一杯咖啡在独脚圆桌上冒着热气，细木镶嵌的桌面上有甜烧酒的污迹、雪茄烧焦的痕迹，以及这个成为征服者的军官用小刀刻下的印痕；他有时停止削铅笔，在精致的家具上随兴之所至刻出一些数字或者图形。

  他看完信，又浏览过军中邮递员刚给他送来的德国报纸，站起身来，把三四大块湿木柴扔到火里，因为这些老爷先生为了取暖，在一步步砍伐花园里的树木。他走近窗户。

  大雨滂沱，这是一场按诺曼底人的话说，有只疯狂的手泼下来的大雨，斜斜泼下，像帘幕一样厚，形成一道有斜纹的墙，抽打着，溅起泥浆，淹没一切，这真正是鲁昂这只法国尿盆近郊的一场雨。

---

① 本篇首次用笔名发表在1882年3月23日的《吉尔·布拉斯报》上，同年收入同名短篇小说集。
② 这个人名原先用的是勒戈·德·昂格莱斯，为了更具有日耳曼人的色彩，改为此名。
③ 诺曼底无此名的古堡，这是作者想象出来的。

军官长时间望着被水淹没的草坪,还有远处泛滥暴涨的昂台勒河①;他用手指在玻璃窗上敲出一段莱茵河华尔兹舞曲,这时一阵响声使他回过身来:这是他的副手冯·克尔魏因格斯坦男爵,上尉军衔。

少校身材魁梧,宽肩,长胡子像扇子一样铺在胸前;他壮伟的身材令人想起一只雄赳赳的孔雀,居然把开屏的尾巴挂在下巴。一双蓝眼睛,冷漠而柔和,脸上留下奥地利战争②中的刀伤;据说他人很正直,也是一个勇敢的军官。

上尉是小个子,面孔红通通,大腹便便,腰带束得很紧,赤红的胡子修剪得很短,要是光线从某个角度照射下来,会令人以为他脸上抹了一层磷。在一场婚礼之夜,他也记不清是怎样失去两只门牙的,以致说起话来含含糊糊,总是令人听不清;只在头顶心秃了一块,好像修道士一样行过剃发礼,秃顶的一圈周围,长着鬈曲的金色的发光的短发。

指挥官握了握他的手,一口气喝光他的咖啡(从早上起是第六杯),一面倾听部下陈述执勤中突发事件的报告;然后他们两人走到窗前,埋怨天气真烦人。少校是个沉静的人,在国内已经结婚,对一切都能将就;但是男爵上尉贪酒好色,爱跑低级酒吧,狂热地追逐姑娘,但三个月来在这个偏僻的驻地,不得不过着清心寡欲的日子,因而恼怒不已。

有人轻轻敲门,指挥官喊一声进来,一个木头人似的士兵出现在门口,仅仅他的出现就表明中饭准备好了。

在餐厅里,他们看到三个军阶较低的军官:一个中尉,叫奥

---

① 昂台勒河是塞纳河支流,发源于福尔热-莱-左附近。
② 奥地利战争:1866年奥地利和普鲁士发生冲突,普军在萨多瓦获胜。

托·冯·格罗斯林；两个少尉，是弗里茨·苏伊瑙堡格和威廉·冯·埃里克侯爵，后者金黄头发，小个子，对士兵傲慢、粗暴，对战败者冷酷无情，像火器一样暴烈。

自从他来到法国，他的同事们只叫他菲菲小姐。他这个绰号来自于他优美的身段，腰身纤细，似乎用紧身褡束住；又来自于他脸色苍白，新生的胡子刚刚显现出来；还来自他的一个习惯，对人和事表示极度轻蔑时总是用法国短语 fi, fi donc①，说时带上轻轻的嘘声。

于维尔古堡的餐厅呈长方形，富丽堂皇，古老的水晶玻璃镜子被子弹打出一个个星形的窟窿，高幅的佛兰德尔挂毯被军刀划出一道道口子，有的地方绒毯还挂落下来，显示菲菲小姐在无所事事时的消遣。

墙上有三幅家族中人物的肖像，一个是披盔带甲的武士，一个是红衣主教，一个是法院院长，他们都抽着陶瓷长烟斗，而在一个年深月久金色已褪的框子里，一个胸脯束得紧紧的贵妇人傲慢地翘着用木炭画的两大撇髭须。

在这间残缺不全的房间里，军官们几乎默默地吃着午餐；倾盆大雨使屋子里阴沉沉的，败北的外表令人愁惨，老朽的橡木地板变得像小酒馆的泥地一样肮脏不堪。

他们吃完饭，开始喝酒和抽烟的时候，同每天一样，谈起他们的烦闷。一瓶瓶白兰地和甜烧酒传递过去；他们仰翻在椅子上，小口地品着酒，嘴角上叼着弯曲的长烟斗，顶端是一个卵形的瓷烟锅，五颜六色，仿佛要引诱霍屯督人②。

---

① 意为：呸，呸。fi 的发音如菲。
② 霍屯督人：西南非洲的民族。

一旦杯子空了,他们便以一个隐忍的厌倦动作把杯子再斟满。但是菲菲小姐总是砸碎他的杯子,一个士兵立马给他递上另一只杯子。

呛人的烟雾淹没他们,他们似乎陷入昏昏欲睡的愁肠百结的醉态里,陷入百无聊赖的令人沉郁的酒意酣酶中。

但是男爵突然站了起来。反抗的情绪使他浑身抖动;他咒骂说:"他妈的,不能长此下去,最后必须想出个点子。"

中尉奥托和少尉弗里茨这两个具有德国人迟钝和庄重典型面相的人一起回答:"什么,上尉?"

他沉吟了一下,然后回答:"什么吗?那么应该组织一个宴会,如果指挥官允许的话。"

少校取下烟斗:"什么宴会,上尉?"

男爵走过去:"我来负责一切,指挥官。我会将'勤务'派到鲁昂,他把一些女士带回来;我知道到哪儿找到她们。我们在这儿准备一顿晚餐;一应俱全,至少,我们可以度过一个良宵。"

冯·法尔斯贝格伯爵耸耸肩,微笑着说:"您疯了,我的朋友。"

可是所有的军官都站了起来,围着他们的上级,恳求他:"让上尉去办吧,指挥官,这儿愁死人啦。"

末了,少校让了步,他说:"好吧。"男爵立即把"勤务"叫来。这是一个年老的士官,从来没有人看见他笑过,但是他热切地完成他的上级的一切命令,而不管是什么命令。

他站在那里,表情木然,接受男爵的吩咐;然后他出去了;五分钟以后,一辆很大的辎重军车,罩着磨坊的油布篷,冒着疾风骤雨,驾着四匹马急驶而去。

旋即,人人的脑子里似乎掠过一阵苏醒的战栗;无精打采的姿态振作了起来,脸上显出热烈的表情,他们开始交谈。

虽然大雨继续瓢泼似的狂泻,但是少校断言天色没有那么暗,中尉奥托信心十足地宣称天空会放晴。菲菲小姐好像待不住,站起来又坐下。他明亮而冷酷的眼睛寻找东西要打碎。突然,他盯住有髭须的贵妇,金黄头发的年轻人拔出他的手枪。

"你看不到这个场面了。"他说。他没有离开座位,举枪瞄准。相继两枪把肖像的双眼打掉了。

然后他嚷道:"我们来放地雷!"谈话一下子停止,仿佛新奇而富有魅力的事把大家吸引住了。

放地雷是他的创造,他的破坏方法,他最喜欢的消遣。

合法业主费尔朗·达莫阿·德·于维尔伯爵离开他的古堡时,什么也来不及带走和藏起来,除了一套银器埋在墙洞里。可是,由于他的大客厅非常富丽堂皇,美轮美奂,大门开向餐厅,在主人仓促逃跑时,保存了博物馆一间艺术品陈列室的面貌。

墙壁上挂的是珍贵的油画、素描和水彩画,而在家具、搁板上和精巧的玻璃橱里,有千百种小摆设、大瓷瓶、小塑像、萨克森瓷人、中国的矮胖瓷人、古老的象牙雕刻和威尼斯玻璃制品,无数的珍奇物品摆满了宽敞的房间。

如今所剩无几。并非有人抢劫,少校冯·法尔斯贝格伯爵根本不允许;但菲菲小姐不时放一次地雷;所有的军官在这一天确实有五分钟尽了兴。

小个的侯爵到客厅去寻找他所需要的东西。他拿回来一只浅红釉的小巧玲珑的中国茶壶,里面装满了火药,从壶嘴里细心塞进一根很长的火绒,点燃了它,带着这个爆炸装置跑到隔壁房间。

他飞快地回来,关上了餐厅的门,所有的德国人带着孩子般的好奇,脸上浮出笑容,站在那里等待;爆炸刚刚震动了古堡,他们便蜂拥而上。

菲菲小姐第一个进去,在一尊被炸掉了头的陶土维纳斯像面前乐不可支地拍手;每个人都捡起一些碎片,惊讶于爆炸出的奇形怪状,察看新的损坏,争论着有些破坏好像是上次爆炸造成的;少校慈父般地审视这间遭到尼禄①式的扫射、遍地是艺术品碎片的大厅。他第一个出来,一面和蔼地说:"这回非常成功。"

可是滚滚的浓烟涌进了餐厅,和烟草的烟雾混在一起,使人无法呼吸。指挥官打开窗户,所有军官回来是为了喝最后一杯白兰地,他们都走到窗前。

潮湿的空气卷进屋里,带来粉末般的水珠,沾在胡子上,还带来一股河水泛滥的气味。他们望着大雨下不堪重负的大树,因低垂的乌云涌入而雾蒙蒙的宽阔山谷,远方教堂钟楼在倾盆大雨中耸立的灰色尖顶。

自从他们来到以后,钟楼不再敲钟。这还是侵略者在附近遇到的仅有反抗:钟楼的反抗。本堂神父绝不拒绝接待普鲁士士兵吃住;他甚至好几次接受敌人指挥官的邀请,喝一瓶啤酒或波尔多葡萄酒,敌人指挥官常常把他当作善意的中间人;但是要他敲一次钟,那是不行的;他宁愿被枪毙。这是他抗议入侵的方式,作为和平的抗议、沉默的抗议,他说,这是适合教士这种温和的人,而不是嗜血的人仅有的抗议方式。方圆十法里的人都赞赏尚塔瓦纳神父的坚毅和勇气,他敢于以他的教堂保持顽强的沉默,确定和宣扬公开的哀悼。

全村的人都受到这种反抗的鼓舞,准备对神父支持到底,敢冒一切危险,把这种沉默的抗议看作保卫民族荣誉。在农民看来,他

---

① 尼禄(37—68),古罗马皇帝,非常暴虐。

们这样做，对祖国的贡献胜过贝尔福和斯特拉斯堡①，他们做出的榜样具有同等价值，小村子的名字将因此而不朽；除此以外，他们对胜利者普鲁士人什么也不拒绝。

指挥官和他手下的军官们都对这种毫无进攻性的勇敢嗤之以鼻；由于全村人对他们又客气又灵活，他们也就乐意容忍这种无声的爱国精神。

只有小个子威廉侯爵竭力要强迫敲钟。他对上司在政治上迁就教士感到气愤：每天他都请求指挥官让他当当地敲一次钟，只敲一次，为了乐一下。他以牝猫的柔顺、女人的爱抚、被欲望弄得心痒痒的情妇的柔声细气提出请求；但是指挥官决不让步，菲菲小姐为了自我安慰，就在于维尔古堡放地雷。

五个男人聚在那里，呼吸了几分钟潮湿的空气。中尉弗里茨终于发出两声干笑，说道："这些笑（小）姐楚（出）门留（溜）达根（肯）定不会有耗（好）天气了。"

至此，他们各自走开了，去做自己的事，上尉为了准备晚餐，有许多事要做。

夜幕降临时，他们又聚在一起，看到人人像在检阅的日子里一样，打扮得很漂亮，头上油光可鉴，身上洒了香水，容光焕发，便都笑了起来。指挥官的头发看来不像早上那么灰白；上尉刮了脸，只在鼻子下面留一撮髭须，像火苗一样。

虽然下雨，他们还是让窗子打开；不时有一个人走过去倾听。六点十分，男爵指出远处有辆车在滚动。大家冲了过去；不久，那

---

① 1870 年 8 月 9 日至 9 月 28 日，斯特拉斯堡抵抗普鲁士人的围攻，直至 39 次炮轰后才投降，几个星期后，贝尔福要塞在当费尔－罗什罗的领导下也进行了同样英勇的抵抗（1870 年 11 月至 1871 年 2 月）。

辆大车急驶而来，四匹马一直在奔驰，泥浆一直溅到背上，冒着热气，气喘吁吁。

五个女人下到台阶上，是五个漂亮妓女，"勤务"拿了上尉的名片，去找上尉的一个朋友，由他精心挑选来的。

她们一口就答应了，深信酬金不菲，再说三个月来她们领略过，摸熟了普鲁士人，打定主意将男人当作东西。"这一行要这样做。"路上她们这样想，无疑是在回答剩下一点良心暗中的责备。

大家立即走进餐厅。餐厅照得雪亮，那种可怜的破败显得格外阴惨惨的；桌上摆满了肉、贵重的餐具和从墙洞里找到的银器，这是主人藏在那里的；这一切使这个地方看去像强盗抢劫后去吃饭的小酒馆。上尉笑逐颜开，抓住女人当作一件用熟了的东西，品评她们，拥抱她们，去闻她们，根据每个妓女的价值去衡量她们；由于三个年轻人都想挑一个，他专横地反对，要由他按照军阶公平分配，以免触犯级别。

于是，为了避免一切争论、异议和怀疑偏袒，他让她们按高低排好，用命令的口气对最高的一个说："你的名字？"

她提高嗓音回答："帕梅拉。"

于是他宣布："第一号叫帕梅拉，归指挥官。"

接着他拥抱第二号布隆蒂娜，表示归他所有。他把肥胖的阿芒达分给中尉，把"西红柿"夏娃分给少尉弗里茨，把最矮的拉雪尔分给最年轻的军官、瘦弱的威廉·冯·埃里克侯爵。拉雪尔非常年轻，棕色头发，眼睛像墨水一样黑，是个翘鼻子的犹太女人，证实了这条规律：犹太民族鼻尖弯曲。

再说，她们都很漂亮和丰满，相貌没有明显差别，由于每天操皮肉生意和妓院的共同生活，身材和皮肤也几乎一样。

三个年轻人想立马把他们的女人带走，借口是给她们用刷子和肥皂清洗一下；但是上尉明智地反对，说是她们相当干净，可以入席，又说那些上楼的人下来时便想交换，那就会打乱别人的配对。他的经验占了上风。于是只得热烈地接吻，等待已久的接吻。

突然，拉雪尔呛得透不过气，咳得流出了眼泪，从鼻孔冒出烟来。侯爵借口接吻，刚刚喷了一口烟在她嘴里。她一点儿不生气，不说一句话，但是她盯着她的占有者，黑眼珠里一股怒气苏醒了。

大家坐下。指挥官本人似乎很高兴；他让帕梅拉坐在他右边，让布隆蒂娜坐在他左边，打开餐巾说："您的主意好极了，上尉。"

中尉奥托和少尉弗里茨像待在上流社会妇女身边一样彬彬有礼，使得邻座有点局促；但是冯·克尔魏因格斯坦男爵放纵恶习，光彩焕发，口出秽言，头上那圈红发看似着火一般。他用莱茵河的法语说着风流话；小酒馆的恭维话从缺了两颗门牙的窟窿里吐出来，在四溅的唾沫中送到妓女的耳朵里。

不过她们根本听不懂；只有在他喷出下流话、粗话时，尽管发音走样，她们的理解力才似乎苏醒过来。于是，她们一起疯笑起来，倒在身边男人的肚子上，学着男爵说的话；男爵为了让她们说淫秽话，故意把话说得走了腔。她们随心所欲地吐出脏话，刚喝了头几瓶酒就醉了；她们恢复了本来面目，给积习打开了门，吻右边男人的髭须，又吻左边男人的髭须，拧他们的胳膊，发出狂叫，喝人人杯子里的酒，唱法国歌，也唱从每天跟敌人交往中学来的几节德国歌。

不久，男人们也为展现在他们眼前和手中的女人肉体所陶醉，疯狂起来，大喊大叫，打碎餐具，而在他们背后，几个表情冷漠的士兵在侍候他们。

唯有指挥官保持克制。

菲菲小姐把拉雪尔抱到他的膝上,兴奋而冷酷,时而他疯狂地吻着她脖子上乌木般的鬈发,去闻她的裙子和皮肤之间狭窄的空间中微微的体温和整个人的气味;时而他受到狂热的残暴支配,受到蹂躏的需要左右,发狂地拧她,使她直叫。他也常常把她抱在怀里,搂得紧紧的,仿佛要合而为一,久久地把嘴唇压在犹太女人娇嫩的嘴上,吻得她透不过气来;而骤然间他咬她咬得这样深,一缕血从年轻女人的下巴流下来,滴到上身。

她又一次直盯住她,洗了洗伤口,喃喃地说:"这要算账的。"他笑了起来,这是冷酷的笑。"我会付款的。"他说。

吃饭后点心了,开始倒香槟酒。指挥官站起身来,用他敬祝奥古斯塔皇后①健康时一样的声调说:

"为在座的女士们干杯!"大家纷纷祝酒,是丘八和醉鬼向女人献殷勤时的祝酒,夹杂着淫猥的玩笑话,由于对语言一窍不通而显得更加粗鲁。

他们相继站起来,在脑子里搜寻着,竭力显得滑稽些;女人们醉得要倒下,眼睛蒙蒙眬眬,嘴唇抬不起来,每次都发狂地鼓掌。

上尉大概想为狂饮滥喝增添一点风雅意趣,再一次举杯说:"为我们征服女人的心干杯!"

奥托中尉像黑森林②的一头狗熊,灌满了酒,激动异常,站了起来。他突然受到酒精激发的爱国心的推动,喊道:"为我们征服法国而干杯!"

几个女人尽管醉了,一时哑口无言;拉雪尔浑身哆嗦,转过身来说:"你知道,我认识一些法国人,在他们面前,你不会说这话。"

---

① 奥古斯塔皇后(1811—1890),德意志帝国皇帝威廉一世的皇后。
② 黑森林:德国的大森林,在莱茵河上游的右岸。

但是小个子侯爵始终把她抱在他的膝上,笑了起来,酒使他非常快乐:"哈!哈!哈!我呀,我可从来没有见过这种法国人,我们一出现,他们就溜之大吉。"

姑娘勃然大怒,冲着他的脸嚷道:"你胡说,混蛋!"

一霎时,他的浅色眼睛盯住她,就像他盯住那些画像,用手枪击穿一样,随后他笑了起来:"啊!好吧,让我们谈谈那些人,美人儿!如果他们是勇敢的,我们怎么会在这儿!"他兴奋起来,"我们是他们的主人!法国属于我们!"

她猛然挣扎一下,离开了他的膝盖,又坐在自己的椅子上。他站了起来,将酒杯伸到桌子中间,又说了一句:"法国和法国人,法国的树林、田野和房屋都属于我们!"

其他男人已经酩酊大醉,突然在军人的热情激发下,兽性大发,握住酒杯吼道:"普鲁士万岁!"一口把酒喝掉。

妓女们没有提出抗议,出于恐惧,闷声不响。拉雪尔也沉默无言,无法回答。

这时,小个子侯爵把重新斟满香槟酒的杯子放在犹太女人的头上,喊道:"所有的法国女人也属于我们!"

她猛地站起来,晶体玻璃杯翻倒了,像施洗礼一样,黄澄澄的香槟酒全部倒在她的黑发里,酒杯掉到地上,摔得粉碎。她双唇哆嗦,直视仍然笑着的军官,用气得噎住的声音嘟囔着:"这,这,这可不是真的,你们得不到法国女人。"

他坐下来,想笑得舒畅,一面竭力模仿巴黎口音:"她可陈(真)号(好),陈(真)号(好),那么,你到这儿来干什么,小乖乖?"

她愣住了,由于激动而没有听懂,先是沉默,继而,明白了他所说的意思,她气愤填膺,怒不可遏地冲着他嚷道:"我吗!我吗!我不是一个女人,我呀,我是一个妓女;这正是普鲁士人所需要的。"

她还没有说完,他就飞快地打了她一个耳光;但是他再一次举起手的时候,她气得发狂,从桌上抓起一把用餐后点心的、银刀身的小刀,这样猝不及防,谁也没有看到,便直捅进他的脖子,正好在胸口上面那个凹陷部分。

他正说的一句话卡在他的喉咙里;嘴巴张大,目光可怕。

所有军官发出一声吼叫,乱纷纷地站起来;她把椅子扔到奥托中尉的腿上,中尉横倒在地上,她跑到窗口,在被人抓住之前,把窗子打开,纵身跳到依然下着雨的黑夜中。

两分钟以后,菲菲小姐死了。弗里茨和奥托拔出刀来想杀死那些跪在地上的女人。少校好不容易阻止了这场屠杀,叫人将这四个吓昏了头的女人关在一个房间里,由两个士兵看守;然后,仿佛部署一次战斗,他下令追捕逃跑的女人,深信能把她抓获。

五十个士兵在威胁恫吓之下,被派到花园里。另有两百个人搜索树林和山谷里所有的人家。

桌子转眼间便被撤空,用作灵床,四个军官神情严峻,酒已经醒了,显出一副执行作战任务的、军人的冷酷面孔,站在窗户旁,朝黑夜张望。

滂沱大雨下个不停。黑暗中充满了连续不断的汩汩声,由降下的水、流动的水、滴下的水和溅起的水合成一种飘动的喁喁声。

突然传来一下枪声,接着从很远的地方又传来一声。在四个小时内,就这样不时听到或远或近的枪声,集合的喊声,用喉音发出的、像召唤一样的古怪话语。

早上,所有的人都回来了。在追逐的激奋和夜间搜索的慌乱中,有两个士兵被自己人打死,三个人被打伤。

没有找到拉雪尔。

于是居民们处在恐怖统治中，住宅被翻得乱七八糟，整个地区被踏遍、寻遍、搜遍。犹太女人看来没有留下任何踪迹。

将军接到报告后，为了避免在军队里树立坏榜样，下令平息事件，他给少校纪律处分，少校则惩罚下级。将军说过："我们打仗不是为了找乐子、玩妓女。"冯·法尔斯贝格伯爵气愤难平，决意要报复当地人。

由于他需要一个借口，以便不受约束地严厉惩罚，他把本堂神父叫来，命令他在冯·埃里克侯爵下葬时敲钟。

与他的期待相反，教士表现得唯唯诺诺，十分谦卑，满怀敬意。菲菲小姐的遗体由几个士兵抬着，离开于维尔古堡，前往公墓，周围和前后由士兵簇拥着，荷枪实弹。大钟第一次敲响了丧钟，节奏轻快，仿佛有一只友好的手在抚摸它。

傍晚它又敲响了，第二天又敲响，天天敲响；它能随意钟声齐鸣。甚至有时在夜里，它自动敲起来，受到奇异欢乐的感染，不知何故苏醒过来，在黑暗中轻轻地发出两三下钟声。当地所有的农民于是说它中了魔；除了本堂神父和圣器室管理人，没有人再走近钟楼。

原来有一个可怜的姑娘住在上面，生活在不安和孤独中，靠这两个人暗中供养。

她在那里一直待到德军离开。后来，一天晚上，本堂神父向面包店老板借了一辆有长凳的马车亲自把他的女囚送到鲁昂城门口。到了那里，教士拥抱了她；她下了马车，匆匆走回妓院，鸨母还以为她死了呢。

不久，她被一个爱国者救出火坑；他没有偏见，因她的英勇行动而爱她，然后着实爱上她本人，娶了她，使她变成一个夫人，堪与其他许多夫人媲美。

# 两个朋友①

巴黎被围②，忍受饥饿，苟延残喘。屋顶上麻雀变得罕见，阴沟里空无一物。人们不管什么都吃。③

莫里索先生的职业是钟表匠，暂时赋闲在家。一个正月晴朗的早上，他肚子空空，双手插在军服④的裤兜里，闷闷不乐地沿着环城大道溜达。他在一个同僚面前戛然止步，他认出是自己的朋友，在河边认识的索瓦热先生。

战前，每个星期天，莫里索先生一大清早便拿上一根竹子钓竿，背上一只马口铁罐出门。他坐上开往阿尔让特伊的火车，到科隆布下车，然后步行到马朗特岛。一到他梦寐以求的这个地方，他就开始钓鱼；他一直钓到天黑。

每个星期天，他都在那儿遇到一个达观的矮胖子，洛雷特圣母街的服饰用品商索瓦热先生，也是个钓鱼迷。他们常常手里握着钓竿，双腿悬在河面上，并排地度过半天；他们彼此结下了友谊。

有些日子，他们一言不发。有时他们交谈；但是他们即使什么

---

① 本篇首次用笔名发表在 1883 年 2 月 5 日的《吉尔·布拉斯报》上，同年收入短篇小说集《菲菲小姐》。
② 1870 年 9 月 16 日，德军包围了巴黎。
③ 第一个句子有 12 个音节（亚历山大体的诗行是 12 个音节），这使人想起雨果在《凶年集》中《致一个女人》的诗句："我们吃马肉、熊肉和驴肉。"
④ 指国民自卫军的军服。

也不说,由于有相同的趣味和一样的情感,彼此心知肚明。

春天,上午十点钟左右,恢复蓬勃朝气的太阳,在平静的河面上,升起一片随着水波流动的薄雾,在两个垂钓迷的背脊上,倾泻一股春季暖洋洋的热力,莫里索有时对旁边的人说:"嗨,多舒服!"索瓦热先生回答:"没有更惬意的了。"这两句话足以使他们互相了解和互相尊重。

秋天,白日将尽时分,天空被落日染得殷红,将一团团鲜红的云彩投映在水里,整条河染成了紫红色,两个朋友仿佛着火似的变成红色,叶子已经焦黄的树木镀上金光,像冬天来临一样簌簌抖动。索瓦热先生面带笑容,望着莫里索说:"多美的景致啊!"莫里索眼睛不离开他的浮子,也赞叹不已地回答:"比林荫大道更美,嗯?"

他们俩一旦互相认出来,便使劲地握手,在这样迥异的环境中相遇,不免十分激动。索瓦热先生叹了一口气,喃喃地说:"真是多事之秋啊!"莫里索十分沮丧地哀叹说:"多好的天气啊!今天是本年以来第一个好天气。"

天空确实一片蔚蓝,艳阳普照。

他们开始并肩往前走,心事重重,神情忧郁。莫里索开口了:"钓鱼吗?嗯,多么令人怀念啊!"

索瓦热先生问道:"我们什么时候再去?"

他们走进一家小咖啡店,一起喝了一杯苦艾酒;然后他们又在人行道上溜达起来。

莫里索突然站住说:"再喝一杯苦艾酒,嗯?"索瓦热先生同意了:"随您的便。"他们走进了另一家酒店。

出来时他们晕晕乎乎的,就像空着肚子狂饮的人一样迷迷糊糊。天气暖洋洋。和风吹拂着他们的脸。

索瓦热先生被风一吹，终于醉了，停下来说："我们到那儿去怎样？"

"到哪儿去？"

"当然是钓鱼去。"

"但到哪儿去呢？"

"到我们那个岛去。法军的前哨在科隆布附近。我认识杜穆兰上校，会让我们轻易通过的。"

莫里索激动得发抖："一言为定。我去。"他们分手了，去取他们的钓具。

一小时后，他们肩并肩走在大路上。随后他们来到上校占用的别墅。听了他们的请求，上校笑了笑，同意满足他们的怪想法。他们揣上通行证，重新上路。

不久，他们越过前哨，穿过被放弃的科隆布，来到一小片下降到塞纳河的葡萄园边上。这时是十一点光景。

对面，阿尔让特伊村看来一片死寂。奥尔热蒙和萨努瓦两个山冈高踞于整个地区。一直伸展到南泰尔的辽阔平原空空荡荡，除了光秃秃的樱桃树和灰不溜秋的土地，一无所有。

索瓦热先生指着山顶，喃喃地说："普鲁士人在上面！"面对这荒无人烟的地方，忐忑不安使两个朋友身体发软。

"普鲁士人！"他们从来没有见过，但是几个月来，他们感到这些人就在巴黎周围，毁灭法国、抢劫、屠杀、制造饥馑，见不到，却无所不能。对这个得胜的陌生民族，他们除了仇恨以外，还有一种近乎迷信的恐惧。

莫里索嗫嚅地说："唉！要是遇到他们，怎么办呢？"

索瓦热先生带着巴黎人在任何情况下都会表现出来的幽默回答：

"我们就请他们吃炸鱼。"

可是,四下里一片寂静,吓得他们迟疑不决,不敢冒险闯到田野里去。

末了,索瓦热先生下了决心:"得了,上路!不过要小心。"他们身体一折为二,利用葡萄藤掩护,瞪大眼睛,尖起耳朵,从葡萄地里爬下去。

还剩下一长条光秃秃的地面要越过,才能到达河岸。他们跑了起来;一跑到河岸,就蹲在干枯的芦苇丛里。

莫里索将脸颊贴在地上,听一听附近是不是有人走动。他什么也没有听见。只有他们俩,就他们俩。

他们放心了,开始钓鱼。

在他们对面,被放弃的马朗特岛把他们遮蔽住,对岸看不见他们。餐馆的小房子门窗紧闭,似乎已被遗弃了好几年。

索瓦热先生钓到了第一条鲌鱼,莫里索逮到了第二条,他们不时提起钓竿,钓丝末尾摆动着一条银光闪闪的小鱼:一次真正好得出奇的钓鱼。

他们小心地把鱼塞进一个网眼很密的网兜,网兜浸在他们脚边的水里。甜滋滋的快乐沁入他们心中,当久已失去的心爱乐趣又重新得到的时候,你就会有这样的快乐。

灿烂的阳光将热量投到他们的肩膀中间;他们什么也听不见,一无所想,不知道世上别的事,他们在钓鱼。

但是突然,一下沉闷的响声仿佛来自地下,使大地震动起来。大炮又开始轰鸣了。

莫里索回过头来,越过河岸,那边,在左面,他看到瓦莱里昂峰的巨大山体,山头上挂着一片白色羽冠,那是它刚喷出来的一团硝烟。

第二团硝烟紧接着从堡垒顶上喷薄而出；不久，又开始新的一次炮轰。

随后炮声接二连三，大山不时喷出死亡气息，吐出乳白色的烟雾，缓缓地升到宁静的天空中，在山岭的上方形成一片云雾。

索瓦热先生耸耸肩说："他们又开始了。"

莫里索不安地望着他的浮子上的羽毛接连地一沉一浮，这个平和的人突然对这些互相厮杀的狂人发起火来，咕噜着说："这样互相残杀，莫非傻瓜不成！"

索瓦热先生接口说："比畜生还不如啊。"

莫里索刚钓到一条欧鲌，坦言道："说白了，只要还有政府，就会总是这样。"

索瓦热先生阻止他的话："共和国是不会宣战的……"

莫里索打断他："国王在，要对外打仗；成立了共和国呢，要打内战。"

他们平心静气地讨论起来，以温和而见解有限的人拥有的健全理智，去澄清重大的政治问题，他们都同意这一点：人永远不会自由。瓦莱里昂峰不停地发出轰鸣，用炮弹一下下摧毁法国人的房屋，毁掉他们的生活，涂炭生灵，埋葬多少梦想、多少期待的欢乐、多少盼望的幸福，在这里和别的地方造成妻子、女儿和母亲心中连绵不绝的痛苦。

"这就是生活。"索瓦热先生表示。

"不如说这就是死亡。"莫里索笑着接口。

但是他们感到背后有人走过来了，吓得战栗起来；他们回过头去，看到四个人，四个身材高大、全副武装、蓄着胡子、一身服装好像穿号衣的仆从、头戴平顶军帽的人,挨着他们的肩膀站住,用步枪顶着他们的面颊。

两根钓鱼竿从他们手里落下来,顺着河水漂走了。

一眨眼,他们被抓住,捆起来带走,扔到一条小船里,送到岛上。

在他们以为被放弃的房子后面,他们看到有二十来个德国兵。

一个浑身毛茸茸的大汉,骑坐在一张椅子上,抽着一只陶瓷大烟斗,用出色的法语问他们:"喂,先生们,钓了很多鱼吧?"

这时,一个士兵把满满一网兜鱼放在军官脚下,他很有心机,把这网兜鱼也带了过来。普鲁士人微笑着说:"哎哟!我看鱼钓得不错。不过眼下要谈别的事。你们听我说,不必慌乱。

"我看你们俩是派来刺探我的间谍。我抓住了你们,我要枪毙你们。你们假装钓鱼,为了更好地掩盖你们的计划。你们落在我手里,活该你们倒霉;这是战争。

"不过,你们是从前哨出来的,你们一准知道回去的口令。把口令告诉我,我就饶了你们。"

两个朋友脸色苍白,并排站着,双手紧张得微微颤动,一言不发。

军官又说:"谁也不知道这件事,你们可以安然地回去。你们一走,秘密也就消失。要是你们拒绝,那就只有死,而且立马执行。选择吧。"

他们一动不动,没有开口。

普鲁士人始终很平静,他指着河水,接着说:"想想吧,再过五分钟,你们就要葬身水底了。再过五分钟!你们该有亲人吧?"

瓦莱里昂峰始终发出轰鸣。

两个垂钓者一声不吭地站着。德国人用德语下了几道命令。然后他把椅子挪开一点，不要太靠近两个俘虏。十二个士兵过来站在二十步开外的地方，枪柄靠在脚边。

军官又说："我再给你们一分钟，多两秒钟都不行。"

然后，他猛地站起来，走近两个法国人，挽住莫里索的手臂，拉开一点，低声道："快说，口令是什么？您的伙伴一无所知，我会假装心肠变软。"

莫里索一句话也不回答。

普鲁士人于是拉开索瓦热先生，向他提出同样的问题。

索瓦热先生不回答。

他们又并排站在一起。

军官开始下命令。士兵们举起了枪。

这时，莫里索的目光偶尔落在几步外放在草地上装满鲌鱼的网兜。

一注阳光照得那堆还在扭动的鱼闪烁发光。他身上感到软弱无力。尽管竭力使劲，还是泪水盈眶。

他结结巴巴地说："再见，索瓦热先生。"

索瓦热先生回答："再见，莫里索先生。"

他们握着手，从头到脚抑制不住地抖动。

军官喊道："开枪！"

十二声枪响一同发出。

索瓦热先生脸朝下直挺挺地倒下，莫里索个儿大些，晃了一下，仰面横卧在他的同伴身上，一股股血从胸部被打穿的军服涌了出来。

德国人又下了几道命令。

他的手下散开了，然后又带着绳索和石头回来，把石头绑在两个死人的脚上,再拖到河岸。

瓦莱里昂峰不停地发出轰鸣声,如今罩在厚得好像山也似的烟雾下面。

两个士兵一个抓住头,一个抓住脚,把莫里索抬起来;另外两个士兵也用同样方法抓起索瓦热先生。他们把两个尸体使劲摇荡几下,抛得老远,尸体划出一条弧线,然后,先是石头拖着双脚,笔直沉到河里。

河水溅了起来,冒出水泡,水波荡漾,又恢复平静,一圈圈涟漪一直扩展到岸边。

一点儿血丝漂浮着。

军官始终泰然处之,小声说:"眼下该是让鱼儿去料理了。"

说完,他朝房子走去。

突然,他看到草地上那一网兜鲍鱼。他捡了起来,看了看,笑了笑,嚷道:"威廉!"

一个系白围裙的士兵跑了过来。普鲁士人把两个被枪杀的人钓来的鱼扔给他,吩咐说:"趁这些小鱼还活着,赶快给我炸出来。准定好吃。"

然后,他又开始抽烟斗。

# 剥皮的手①

大约在八个月前的一个晚上，我的一个朋友路易·R……②把几个中学同学聚集到一起；我们喝潘趣酒，抽烟，一面谈论文学、绘画，不时讲点笑话，就像年轻人聚会中通行的那样。突然，房门大开，我的童年好友中的一个像一阵飓风似的冲进来。"猜猜看，我从哪儿来？"他旋即嚷道。——"我敢打赌，是从玛比尔③来。"有人回答。——"不，你太高兴了，你刚借到了钱，埋葬了你叔叔，或者是刚把你的表送进了我的婶婶那里④。"另一个人接口说。——"你刚喝醉了，"第三个人说，"由于你闻到路易家有潘趣酒香，便上楼重新再喝。"——"你们根本没有猜中，我从诺曼底的P……⑤村那儿来，我在那里待了一星期。带回来我的朋友中的一位大杀人犯，我请你们允许我介绍给你们。"说完，他从衣袋里掏出一只剥了皮的人手；这只手很可怕，黑乎乎的，干枯，很长，收缩了，肌肉异常发达，里外被一块干瘪多皱的皮肤收束住；指甲黄色，狭窄，

---

① 本篇首次以笔名发表在1875年的《洛林季风桥年鉴》上，是莫泊桑的第一篇小说。
② 这里莫泊桑有可能指他中学的同学罗贝尔·班雄。
③ 玛比尔：巴黎的舞场，由同名舞蹈家建于1840年，位于香榭丽舍的寡妇小巷，在七月王朝和第二帝国时期红极一时，康康舞第一次在这里跳起。1875年关闭。
④ 婶婶与叔叔相对，有揶揄之意，指的是当铺或者小额质押贷款处。
⑤ 指莫泊桑的表兄弟、画家路易·勒普瓦特万。

留在指尖上;这一切让人闻到一法里开外的歹徒气味。① "请设想一下,"我的朋友说,"有一天在拍卖整个地区非常有名的一个老巫师的遗物;他每个星期六都骑着扫帚柄去参加巫魔夜会②,会施行神术和妖术,让母牛挤出蓝色的奶,并让它们长出像圣安东尼③的伙伴那种尾巴。不过,这个老无赖特别喜爱这只手,据他说,这只手是一七三六年被处决的一个有名罪犯的手。这个罪犯把合法妻子头朝下扔进一口井里,我认为这倒没有错;后来他又把为他主持婚礼的本堂神父吊死在教堂的钟楼上。在干了这两件丰功伟绩之后,他跑遍了世界,在他短促而非常充实的生涯中,他拦路抢劫了十二个旅行者,在一所修道院里用烟熏死了二十来个修道士,又把一个女修道院变成了后宫。"——"但是,你拿这可怕的东西做什么用?"我们嚷了起来。——"自然啰,我拿它做我的门铃拉手,把我的债主们吓跑。"——"我的朋友,"一个十分冷静的高大的英国人亨利·史密斯说,"我想,这只手只不过是用新方法保存的印第安人的肉,我建议你用它煮一锅汤。"——"别开玩笑了,先生们,"一个已有七八

---

① 这只罪犯的手令人想起戈蒂埃在《珐琅与雕玉》中对画家《手的素描》的描写:
　　凶手拉塞奈尔
　　切下的手,
　　浸在浓雾中
　　就近放在垫子上。
　有《噩梦》中这一段:
　　一只剥皮的手,神经已经割断,
　　脱离了身体,独自在行走,
　　带着铁指甲,收缩痉挛的手指……
② 中世纪传说中,巫师、巫婆在魔鬼主持下召开的聚会。
③ 圣安东尼(约251—约356):传说是基督教古代隐修院创始人,生于埃及,二十岁左右至尼罗河附近的旷野隐修,陪伴他的是猪。

分醉意的医科大学生安之若素地说,"你呀,皮埃尔,我有一个建议给你,以基督徒的方式把这人体残骸埋掉,以免它的所有者来向你讨回去;再说,这只手,它也许已经养成了坏习惯,因为你知道这个谚语:杀过人者将再杀人。"——"喝过酒的将再喝酒。"东道主接着说。他边说边给大学生斟了一大杯潘趣酒,大学生一饮而尽,醉倒在桌子底下。这个结果迎来哄堂大笑,皮埃尔举起杯子,向手致敬,说道:"我为你的主人即将莅临而干杯。"接着,大家谈论别的事,然后各自回家。

第二天,我在他的门前经过,走进他的家,这时大约两点钟,我看到他在看书和抽烟。"呃,你好吗?"我对他说。——"很好。"他回答我。——"你的手呢?"——"我的手,你该看到挂在我的门铃上。昨天晚上回来后我挂上去的,对了,你设想一下,不知哪一个傻瓜,大概是跟我恶作剧,将近半夜来到我的门口猛拉门铃;我问是谁,但是没有人回答我,我重新躺下,又睡着了。"

这当儿,有人拉门铃,是房东,一个粗俗的十分无礼的人物。他进来也不致意。"先生,"他对我的朋友说,"请您把吊在门铃绳子上的尸骨立即取下来,要不然我就不得不请您搬走了。"——"先生,"皮埃尔非常庄重地说,"您侮辱了一只不该受到这种对待的手,要知道它属于一个非常有教养的人。"房东掉转身,像他进来时那样不打招呼就走了出去。皮埃尔尾随着他,取下那只手,把它拴在放床凹室的叫人拉铃上。"这样更好,"他说,"这只手,像特拉伯苦修会修士的'兄弟,应该死掉'一样,每天晚上在我入睡前让我做些严肃的思考。"一个小时以后,我离开他,回到自己的寓所。

当天夜里我难以入眠,辗转反侧,神经紧张;我好几次惊醒,甚至一时间我设想有人蹓进我的家,我起来瞧瞧我的衣柜里面和床底下；最后，早上六点钟左右，我开始合上眼睡着了，我的门上响了一下猛烈的敲门声，把我从床上惊跳起来；原来是我朋友的仆人，衣衫凌乱，脸色苍白，浑身哆嗦。"啊，先生！"他呜咽着大声说，"有人谋杀了我可怜的主人。"我匆匆穿上衣服，奔到皮埃尔家。屋子里挤满了人，大家在议论，乱成一团，骚动不已，人人都在高谈阔论，以各种方式叙述和评论这件事。我好不容易挤进卧房，门口有人把守，我通报了自己的姓名，才让我进去。四名警察站在房间中央，手上拿着记事本，他们在察看，不时低声交头接耳，写下什么；两位医生在床边交谈，皮埃尔毫无知觉地躺在这张床上。他没有死，但是样子十分可怕。他的眼睛睁得出奇的大，扩大的瞳孔带着无法形容的恐惧，死盯住一样可怕而又未见过的东西，手指痉挛，身上从下巴起盖着一条被单，我掀了开来。他的脖子上有五个手指印，深深掐进肉里，有几滴血弄脏了他的衬衫。这当儿，有一个情况引起了我的注意，我偶然望了望凹室里的叫人铃，那只剥皮的手不见了。无疑是医生取下的，免得让走进受伤者卧室的人产生强烈印象，因为这只手确实可怕。我没有打听这只手怎么处理了。

眼下我剪下第二天报纸上登载的凶杀案的报道，警察能够获得的所有详情，全都记载其中。下面就是报道的内容：

"一个年轻人，法科大学生，出身诺曼底的名门世家的皮埃尔·B……先生昨天受到了可怕的谋害。这个年轻人晚上约十时回到家里，把仆人布万打发走，说是他疲倦了，要上床睡觉。将近半夜，这个仆人突然被他主人发狂般的拉铃声惊醒。他感到害怕，点燃一盏灯，等待着；铃声沉默了大约一分钟，然后又震响起来，以致仆人吓得胆战心惊，冲出他的房间，去叫醒看门人，看门人跑去通知警察，约一刻钟以后，两个警察把门撞开。一个可怕的场面呈现在他们眼前,家具被掀翻,一切表明在受害者和罪犯之间发生过一场可怕的搏斗。年轻的皮埃尔·B……一动不动地躺在卧房中央,四肢僵硬,脸色铁青,眼睛吓人地瞪着;他脖子上有五个深深的手指印。被立马叫来的布尔多医生在报告中说,侵犯者定然具有惊人的体力,手极其瘦而且有力,因为手指在脖子上留下了近乎子弹窟窿般的印痕,掐进肌肉以后几乎并拢到一起。没有什么能够揭示作案动机,也没有什么能够显示案犯身份。司法要进行侦查。"

第二天,在同一家报纸上可以看到:

"皮埃尔·B……先生,本报昨日报道的可怕的凶杀案的受害者,经过医生布多尔先生两个小时的精心医治,恢复了知觉。他的生命已没有危险,但是他的理智非常令人担忧;还没有找到罪犯的任何线索。"

我可怜的朋友确实发疯了;在七个月里,我每天到我们把他送进去的疯人院里去看他,但是他没有恢复一点理智之光。他在谵妄中脱口而出一些古怪的话,而且像所有的疯子那样,有一个固定的念头,总是以为自己受到一个幽灵的追逐。一天,有人急急忙忙来找我,告诉我,他每况愈下,我看到他命在旦夕。在两个小时里,他一直非常平静;随后他不顾我们的阻拦,突然从床上挺起身,仿佛受到极端的恐怖的折磨,挥动双臂,大声叫喊:"抓住它!抓住它!它要掐死我,救命呀,救命呀!"他喊叫着在房间里转了两圈,倒下来,脸扣在地上死了。

由于他是孤儿,我负责把他的尸体运到诺曼底的小村子 P……去,他的双亲埋葬在那儿。那天晚上,他碰到我们在路易·R……家里喝潘趣酒,让我们看他那只剥皮的手,就是刚从这个村子里来。他的尸体装在一口铅棺里,四天以后,我和曾经是他的启蒙老师的老本堂神父在小公墓里散步，那里正在挖他的坟墓。蔚蓝的天空倾泻着阳光，鸟儿在斜坡的树莓中啁啾，我们俩小时候有多少次到这儿来吃树莓。我仿佛还看到他沿着树篱钻来钻去，从那边埋葬穷人的地块尽头，钻进我熟悉的小洞，然后我们回到家里，脸颊和嘴唇被我们所吃的果子汁水染黑了；我望着树莓，树莓果实满枝；我不由自主地摘了一颗，送到嘴里；本堂神父打开了他的日课经，低声喃喃地念着祈祷文，我听到小径尽头传来掘墓人的铲子声。突然他们在叫我们，本堂神父合上他的书，我们过去看看他们叫我们想做什么。他们挖出了一口棺材。他们一镐下去，就打飞了棺材盖，我们看到一具长极了的骨架，仰面躺着，仿佛还在用凹陷的空眼窝瞧着我们，向我们挑战；我感到不舒服，不知怎么回事几乎感到害怕。"啊！"有一个掘墓人喊道，"瞧啊，这个混蛋有一只手被砍掉了，这是他的手。"他在尸体旁边捡起一只干枯的大手，拿给我们看。"喂，"另一个掘墓人笑着说，"看来他在望着你，就要扑上来掐住你的咽喉，要你把手还给他。"——"得啦，我的朋友们，"本堂神父说，"让死者安息吧，把这口棺材重新盖上，我们在别的地方给这个可怜的皮埃尔先生掘墓。"

第二天事情全办完了，我给老本堂神父留下了五十法郎，让他为墓地被我们这样惊扰了的那一位做几台安息灵魂的弥撒，然后我动身回巴黎。

# 西蒙的爸爸①

  中午的钟声敲过了。学校大门打开,孩子们争先恐后、挤挤搡搡地蜂拥而出。但是,他们不像每天那样很快散开,回家吃中饭,却在几步路开外站住,三五成群地开始窃窃私语。

  这是因为今天早上,布朗肖特的儿子西蒙第一次来上课。

  学生们都在家里听说过布朗肖特;尽管在公众场合,大家对她笑脸相迎,但是母亲们彼此之间对她抱着一种带点轻蔑的怜悯,不免影响到孩子们,虽然他们并不知道什么原因。

  至于西蒙,他们并不认识他,因为他从来不出门,他不跟他们在村子的街上或者河边玩耍。因此,他们不太喜欢他;他们既怀着一点高兴又非常惊讶地彼此重复这句话,那是十四五岁的大孩子显得知之甚多,故弄玄虚地眨巴着眼睛说的:

  "你们知道吧……西蒙……嘿嘿,他没有爸爸。"

  布朗肖特的儿子也在校门口出现了。

  他七到八岁,面色有点苍白,干干净净,神态怯生生,几乎有点笨拙。

  他正要回家,这时,一群群一直在交头接耳的同学,用想干坏事的孩子狡黠的恶作剧的目光盯住他,逐渐包围他,终于把他的路

---

① 本篇首次发表在1879年12月1日的《政治与文学杂志》上,1881年收入短篇小说集《泰利埃公馆》。

完全堵住了。他伫立在他们中间,惊奇,困窘,不明白别人要干什么。那个带来消息的大孩子很得意已经获得成功,问他:

"你呀,你叫什么名字?"

他回答:"西蒙。"

"西蒙什么?"对方又问。

孩子局促不安地又说了一遍:"西蒙。"

大孩子对他喊道:"西蒙后面的姓呢……西蒙……这不是一个姓。"

他就要哭出来,第三次回答:

"我叫西蒙。"

顽皮的孩子们笑了起来。大孩子得意扬扬,提高了嗓门儿:"你们看清了吧,他没有爸爸。"

鸦雀无声。一个没有爸爸的孩子——这件稀奇的不可能的可怕的事把孩子们弄得呆住了;他们把他看作一个怪人,一个超自然的人,他们的母亲对布朗肖特表示的、至今无法解释的轻蔑,他们感到在自己身上扩大了。

至于西蒙,他靠在一棵树上,免得跌倒;他如同被不可弥补的灾难吓呆了一样。他力图辩解。可是他找不到话来回答,驳斥他没有爸爸这件可怕的事。末了,他脸色煞白,试试看对他们嚷道:"我有,我有爸爸。"

"他在哪里?"大孩子问。

西蒙不吭声了;他不知道。孩子们笑了,十分兴奋;这些乡下孩子,更接近牲畜,感到这种残忍的需要:家禽饲养棚的母鸡一旦有一只受了伤,它们就会要它的命。西蒙突然发现一个寡妇的孩子,他一直看见这个孩子跟自己一样,单独和母亲一起过。

"你也没有,"他说,"你没有爸爸。"

"我有,"那个孩子回答,"我有爸爸。"

"他在哪里?"西蒙反驳。

"他死了,"那个孩子趾高气扬地说,"我的爸爸,他在坟墓里。"

顽童中传出一片喃喃的赞赏声,仿佛他父亲躺在坟墓里的事实抬高了他们的同学,压倒了另外一个根本没有爸爸的同学。而这些顽皮的孩子,大多数父亲是恶人、酒鬼、盗贼,对妻子很粗暴;他们你推我挤,越聚越紧,似乎他们这些合法的儿子在挤压中将这个不合法的孩子窒息。

有一个面对着西蒙的孩子,突然嘲弄地朝他伸出舌头,冲他喊道:

"没有爸爸!没有爸爸!"

西蒙双手抓住他的头发,猛踢他的腿,还恶狠狠地咬他的脸。两人扭打在一起。打架双方被拉开了,西蒙挨了打,衣服撕破了,伤痕累累,倒在地上,顽童围着他鼓掌喝彩。当他站起来,不由自主地用手拍干净沾满尘土的小罩衫时,有人对他喊道:

"去告诉你爸爸吧。"

这时他感到心里猛地一沉。他们比他强大,殴打了他,他根本回答不了他们,因为他感到他确实没有爸爸。他自尊心很强,有一会儿他想忍住使他憋气的眼泪。他透不过气来,然后,他没有叫喊,开始号啕大哭,浑身急速地抖动。

于是他的敌人中间爆发出恶意的笑声,有如野蛮人在狂欢中那样,他们自然而然地牵起手,围着他欢跳,像唱叠句一样一遍遍叫:"没有爸爸!没有爸爸!"

但是西蒙突然停止哭泣。他气得发狂。他脚下有石子;他捡起来,使尽全力扔向这些折磨他的人。有两三个挨着了,喊叫着逃走;

他的模样像凶神恶煞，其他孩子惊慌失措起来，他们就像人群面对逼急了的人会变得胆怯一样，四散而逃。

只剩下没有父亲的小孩子，他朝田野奔去，因为他脑子里回想起一件事，导致他下了一个很大的决心。他想投河自尽。

事实上，他想起一个星期以前，一个以讨饭为生的穷鬼，因为一文不名，投了河。人们把他打捞上来时，西蒙在场；这个可怜的老头，平时西蒙觉得很凄惨、肮脏和丑陋，这时神态平静，脸色苍白，长胡子湿漉漉的，睁着沉静的眼睛，给他留下深刻印象。周围有人说："他死了。"有人加上一句："如今他很幸福。"西蒙也想淹死，因为他没有爸爸，就像这个没有钱的穷鬼一样。

他来到河边，望着河水流逝。几条鱼在清澈的河水里游弋嬉戏，不时往上一跃，突然咬住水面上掠过的小蝇子。他不再哭了，望着鱼儿，因为鱼儿的手段深深吸引了他。但有时，风暴平静时，会突然掠过阵阵狂风，刮得树木哗哗响，然后消失在天际。这个念头以强烈的痛苦回到他的脑际："我要投河，因为我没有爸爸。"

天气很热，十分晴朗。柔和的阳光把青草晒热，河水像镜子闪闪发光。西蒙有几分钟感到幸福和淌过眼泪的困倦，他很想在暖烘烘的草地上睡觉。

一只绿色的小青蛙从他的脚底下跳出来。他想抓住它。它逃脱了。他去追逐，连续三次都没有抓到。最后，他抓住了它的两只后爪子，看到小动物挣扎着想逃，他笑了起来。它收拢大腿，然后猛然一蹬，突然伸直，像两根棍子一样直挺挺；带着一圈金线的眼睛睁圆了，用前爪拍打空气，像双手一样舞动。这使他想起一种玩具，用狭长的木片交叠钉成，以相同的动作操纵钉在上面的小兵去操练。这时，他想起了自己的家，然后是母亲，忧虑重重，又开始哭起来。

他浑身哆嗦；他跪下来，像睡觉之前一样做祈祷。但是他不能做完，因为他又抽泣起来，那样急促，那样来势汹汹，把他整个儿吞没了。他不再思索，看不见周围的东西，只是一门心思在哭。

突然，一只沉重的手落在他的肩上，一个粗嗓子问他："什么事使你这样伤心啊，小家伙？"

西蒙回过身来。一个高大的工人留着一部胡子和鬈曲的黑头发，和蔼地望着他。他眼睛里满是泪水，喉咙憋住了，回答道：

"他们打我……因为……我……我……没有……爸爸……没有爸爸。"

"怎么，"那人微笑着说，"但是每个人都有爸爸啊。"

孩子在忧伤的抽搐中艰难地又说："我呢……我呢……我没有。"

工人变得严肃起来；他已认出这是布朗肖特的儿子，尽管他刚到这个地方，但是他隐约知道她的经历。

"得啦，"他说，"放宽心吧，我的孩子，跟我一起回到你妈妈那里。会有人给你一个爸爸的。"

他们往回走，大人牵着小孩的手。那人又微笑起来，因为去看这个布朗肖特，他不会不乐意，听人说，她是当地最标致的姑娘之一；他心里也许在想，一个失过足的姑娘可能还会失足。

他们来到一座很干净的白色小房子前面。

"在这儿。"孩子说，叫了一声，"妈妈！"

一个女人出现了，工人突然不再笑了，因为他马上明白，跟这个脸色苍白的高个儿姑娘不能再开玩笑，她严肃地站在门口，仿佛不准男人跨过门槛，她已经在这里被另外一个男人背叛过。他手里拿着鸭舌帽，胆怯地嗫嚅说：

"嗯，太太，我把您的小男孩给您送回来了，他在河边迷了路。"

而西蒙扑到他母亲的脖子上,一面重新哭起来,一面说:

"不,妈妈,我是想投河,因为别人打我……打我……因为我没有爸爸。"

一道红晕覆盖住年轻女人的面颊,她有切肤之痛,使劲抱住自己的孩子,泪流满面。工人很感动地站在那里,不知道怎么离开。西蒙突然跑过来,对他说:

"您愿意做我的爸爸吗?"

沉寂无声。布朗肖特默默无言,羞愧难当,倚在墙上,双手按住心窝。孩子看到他不回答,又说:

"要是您不愿意,我就再去投河。"

工人把这当作开玩笑,笑着回答:

"愿意,我非常愿意。"

"您叫什么名字?"孩子又问,"别人想知道你的名字,我好回答他们。"

"菲利普。"那人回答。

西蒙沉默一会儿,让这个名字进入他的脑海,然后他伸出双臂,感到安慰,说道:

"那么,菲利普,你是我的爸爸。"

工人从地上抱起他,突然吻他的双颊,然后大步流星地逃走了。

第二天,孩子走进学校时,迎接他的是一片恶意的笑声;放学后,那个大孩子想重新开始,西蒙像扔一块石头那样,将这句话当头一棒给他扔过去:"我的爸爸,他叫菲利普。"

嬉笑的喊声从四面八方响起。

"菲利普谁?……菲利普什么?……菲利普是什么东西?……你的菲利普,你在哪儿弄来的?"

西蒙无言以对；他的信心不可动摇，用目光向他们挑战，宁愿让自己受折磨，也不愿在他们面前逃走。校长替他解了围，他回到母亲那里。

三个月里，高大的工人菲利普常常从布朗肖特家经过，有时，看到她在窗前做针线活，他大着胆子同她说话。她彬彬有礼地回答他，总是很庄重，对他从来不笑，不让他进她的家。然而，男人都有点自命不凡，他以为她跟他说话时，常常脸比平时要红。

可是，名誉一旦败坏了，便很难恢复，而且总是那么脆弱，以致布朗肖特即使谨言慎行，当地也已经有闲言碎语了。

至于西蒙，他非常喜欢他的新爸爸，几乎天天晚上在新爸爸工作结束后两人一起散步。他不间断地上学，神气十足地在同学中间走过，从来不理睬他们。

有一天，那个攻击过他的大孩子首先对他说：

"你说谎，你没有一个叫菲利普的爸爸。"

"为什么这样说？"西蒙非常激动地问。

大孩子搓搓手，又说：

"因为要是有的话，他就是你妈妈的丈夫。"

西蒙面对这说得有理的话，窘住了，不过他还是回答："他仍然是我的爸爸。"

"是有可能，"大孩子含讥带讽地说，"但这不完全是你的爸爸。"

布朗肖特的儿子低下了头，跑到鲁瓦宗大爷的铁匠铺那边去沉思，菲利普在那儿干活。

这个铁匠铺似乎隐没在树丛里，里面非常幽暗；一只大炉子的红色火光熊熊升起，照亮了五个赤臂的铁匠，他们在铁砧上敲打，发出震耳欲聋的响声。他们站在那里，像魔鬼一样有火附在身上似的，眼睛盯着他们捶打的红铁块；他们慢条斯理的思想随着他们的铁锤一起一落。

西蒙走进去时没有人看见，他悄悄地去拉他朋友的袖子。铁匠回过身。打铁停了下来，所有人凝神望着。在出其不意的寂静中，响起了西蒙微弱的细嗓音。

"喂，菲利普，米肖德的儿子刚才对我说，你不完全是我的爸爸。"

"为什么这样说？"工人问道。

孩子天真未凿地回答：

"因为你不是我妈妈的丈夫。"

没有人笑。菲利普站着，两只大手扶住直立在铁砧上的锤柄，额头靠在手背上。他在沉思。他的四个伙伴望着他。西蒙在这些巨人中间是个小不点，忧虑不安地等待着。突然，有一个铁匠对菲利普说出了大家的想法：

"布朗肖特毕竟是一个正直的好姑娘，虽然遇到不幸，可是壮健、规规矩矩，对一个正直的男人来说，是一个称职的女人。"

"这，说得不错。"另外三个人说。

那个工人继续说：

"如果这个姑娘失足过，难道这是她的错吗？人家答应过娶她，我认识不止一个今日很受敬重的女人，从前有过一样的遭遇。"

"这，说得不错。"三个人异口同声地应道。

他又说："这个可怜的女人要独自抚养她的孩子，受苦受累，从此，她只有上教堂才出门，她流了多少眼泪，只有天主知道了。"

"这也是事实。"其他人说。

这时，除了风箱扇炉火的声音以外，什么都听不见。菲利普突然向西蒙俯身：

"去对你妈妈说,今晚我要找她谈谈。"

然后他推着孩子的肩膀,把他送出去。

他又回来干活,五只铁锤同时落在铁砧上。他们就这样打铁,一直到晚上,就像落下的铁锤一样有力、强壮、欢快。但是,正如大教堂的巨钟在节日里敲响时盖过其他钟声一样,菲利普的铁锤就这样盖过了其他人的锤声,接连不断地敲出震耳欲聋的声音。他的目光闪烁着,站在火星四溅中,满腔热情地打铁。

当他来到布朗肖特家敲门时,繁星满天。他穿着休息日的罩衫和一件新衬衫,修整过胡子。年轻女人出现在门口,为难地对他说:"菲利普先生,像这样天黑以后来这儿,不大合适。"

他想回答,欲言又止,在她面前很困窘。

她又说:"您可是明白,不该让人再议论我。"

这时,他蓦地说:

"要是您愿意做我的妻子,那又有什么关系呢?"

没有回答他的声音,但是他似乎听到在房间的黑暗中有个身体瘫软下去的响声。他快步走进去;已躺在床上的西蒙分辨出接吻的声音和他母亲低声说出的几句话。随后,他感到自己被他的朋友抱起来,他的朋友用大力士的手臂高举起他,大声对他说:

"你可以告诉你的同学们,你的爸爸是铁匠菲利普·勒米,凡是伤害你的人,他都要揪他们的耳朵。"

第二天,学校里人都到齐了,快要上课时,小西蒙站了起来,脸色苍白,嘴唇颤抖,用清脆的声音说:"我的爸爸是铁匠菲利普·勒米,他答应我,凡是伤害我的人,他都要揪他们的耳朵。"

这一回,再没有人笑了,因为大家都十分熟悉这个铁匠菲利普·勒米,这是一个爸爸,人人都会为有这样一个爸爸而骄傲。

# 泰利埃公馆[1]

## 一

每天晚上将近十一点半,他们到那儿去,就像上咖啡馆,简简单单。

在那儿聚会的人有六到八个,总是同样的人。他们并非花天酒地的人,而是体面的人、商人、城里的年轻人;他们一面喝查尔特勒酒[2],一面跟妓女调情,或者跟大家尊敬的鸨母严肃地聊天。

在午夜前他们回家睡觉。年轻人有时留下来。

这是所家居房子,小巧,漆成黄色,位于圣艾蒂安纳教堂[3]后面一条街的拐角上;从窗口可以看到停满正在卸货的船只的锚地、称作"蓄水"的大盐田,还有后面的圣母海岸和一抹灰色的古老小教堂。

鸨母出身于厄尔省一个富裕的农家,从事这门职业,绝对像当女帽店或者内衣店老板一样。认为卖淫可耻的成见,在城市里那么强烈,那么根深蒂固,在诺曼底农村却并不存在。农民说:"这是个好行当。"农民让自己的女儿开设妓院,就像派她去经营一所女子寄

---

① 本篇首次发表在1881年出版的同名中短篇小说集中。
② 查尔特勒酒:查尔特勒修会修道士酿制的一种甜烧酒。
③ 圣艾蒂安纳教堂:这是费康的一所教堂。费康是塞纳省的渔港。

宿学校一样。

再说,这个公馆是从原来的业主,一个年迈的舅舅那里继承来的。先生和夫人,从前是伊弗托附近的客店老板,认为费康的买卖更有利可图,便立即把客店盘出去;一天早上,他们来接管这家因为没有老板而陷于绝境的企业。

他们为人正直,很快得到全体人员和邻居的喜爱。

两年后,先生中风去世。他的新职业使他生活懒散,又不用活动,他变得大腹便便,身体把他葬送了。

夫人自从守寡以后,所有公馆的常客对她垂涎三尺,可是白费心机;据说她绝对正经,她那些姑娘也丝毫没有发现什么。

她高大、胖墩墩、讨人喜欢。在这所常年封闭的住宅的幽暗里,她的肤色变得苍白,仿佛涂上一层油光光的清漆,闪闪发亮。一层薄薄的刘海是鬈曲的假发做的,围着前额,给她一种青春气息,跟她体形的成熟很不调和。她一成不变地笑口常开,面孔开朗,往往爱开玩笑,不过很有分寸,她的新职业还未能使她丧失这种分寸。粗鲁的话总是有点冒犯她;当有个缺乏教养的小伙子用本名去称呼她经营的这家设施时,她便会发脾气,火冒三丈。最后一点,她心灵精细,虽然她像朋友一样对待她那些女人,她却往往一再说,她们跟她"根本不能混为一谈"。

有时,在一个星期里,她带上她的一部分队伍,坐出租马车出去;她们在流经瓦尔蒙①山谷深处的小河边的草地上嬉闹。她们好似一群逃出寄宿学校去郊游的女学生,疯疯癫癫地奔跑,玩幼稚的游戏;足不出户的人受到新鲜空气的陶醉,欢天喜地。她们在草地上

---

① 瓦尔蒙:在费康西面,有一条小河流经山谷。早年,莫泊桑爱用瓦尔蒙做笔名。

喝苹果酒，吃冷肉，夜幕降临时才回来，累得痛快，心情舒畅；在马车上，大家把夫人当作一个心地善良、宽厚随和的母亲来抱吻。

公馆有两个入口。拐角上有一个下等咖啡馆，晚上对老百姓和水手开放。有两个姑娘负责照应这个地方的专门买卖，特别分派去满足这部分顾客的需要。伙计叫弗雷德里克，小个子，金黄头发，没有胡子，壮得像头牛。她们在他的帮助下，将一瓶瓶葡萄酒和啤酒摆到摇摇晃晃的大理石桌面上。她们胳膊勾住喝酒客人的脖子，横坐在他们的腿上，劝他们多多消费。

另外三个女子（她们只有五个）构成一种贵族等级，专门陪伴二楼的客人，除非楼下需要她们，而二楼又没有客人时才下楼。

"朱庇特"①沙龙里聚集着当地的中产阶级，墙上贴的是蓝色墙纸，挂了一幅很大的画，画的是勒达躺在一只天鹅下面②。到达这个地方要经过一道旋转楼梯，楼梯下面是一扇临街的小门，外表很简陋，小门上面有个装了栅栏的壁洞，整宵点着一盏小灯；有些城市嵌在墙壁里的圣母像脚下的位置，如今还点着这种小灯。

这座建筑又潮湿又古老，略带点儿霉味。不时一股科隆香水的香味穿过走廊，或者从楼下半开半掩的门内，传过来坐在底层喝酒的男人粗鲁的叫喊声，好像打雷一样，在整个屋子里震响，使二楼的先生们不安和讨厌地噘起嘴。

鸨母对顾客像朋友一样亲近，绝不离开沙龙，对他们带来的城里传闻很感兴趣。她庄重的谈话给三个姑娘东拉西扯的话来点余兴，在这些大腹便便的人猥亵的玩笑中，是一个暂时的休息；他们每天晚上由姑娘陪着喝一杯酒，体体面面地稍为放荡一下。

---

① 朱庇特：罗马神话中的主神，即希腊神话中的宙斯。
② 勒达是希腊神话中的仙女，宙斯化为天鹅追逐她，她怀孕而生下美女海伦。

二楼的三个女子名叫费尔南德、拉斐尔和"泼妇"罗莎。

由于妓女人数有限,所以尽力让她们每一个人都成为一个样品,集中女性的一种典型,让顾客在这里大体能实现他们的理想。

费尔南德代表金发美女,她十分高大,近乎肥胖,柔弱无力,是个农家姑娘,雀斑怎样也褪不掉,淡黄的、几乎无色的头发没有光泽,剪得很短,活像梳理过的大麻,还盖不住她的脑壳。

拉斐尔是马赛人,一个曾在一些海港混迹的婊子,充当犹太美女这个不可或缺的角色,瘦削,突出的颧骨涂着一层胭脂。她的黑发搽了牛骨髓而发亮,鬓角弯成钩形。她的眼睛要不是右眼长着角膜翳,算得上漂亮。她的鹰钩鼻垂向突出的下巴,两颗新装的牙齿和下面牙齿随着岁数大了转成老旧木头一样的深色,显得很不协调。

"泼妇"罗莎长着肉肚子,腿短,宛若小肉球,从早唱到晚,嗓子嘶哑。歌词要么轻佻,要么伤感。她讲些没完没了却毫无意义的故事,只有在吃饭时才不说话,只有在说话时才不吃东西,总是动来动去,虽然肥胖腿短,却像松鼠一样灵活;她的笑是一阵阵尖叫,不停地在这儿那儿,在房间里、顶楼里、咖啡厅里,到处动辄就爆发出来。

底楼两个女人,路易丝绰号叫老母鸡,弗洛拉叫跷跷板,因为她有点瘸。一个总是束一条三色腰带,打扮成"自由女神";另一个打扮成别具一格的西班牙女人,一瘸一拐地走路时,那些铜质的西昆①在她的红头发里跳荡。她们的打扮俨然是狂欢节的厨娘。就像下层妇女,既不丑怪,也不漂亮,是真正的客店女佣,在港口,人们给她们起了绰号叫两只唧筒。

---

① 西昆:威尼斯古币,这里用作装饰品。

由于鸨母的善于和解、明智、永不枯竭的好脾气,这五个女人之间虽有嫉妒,却笼罩着平和气氛,很少受到破坏。

这个设施在小城里是独一无二的,持续地门庭若市。鸨母善于给它非常得体的外表;她表现得和蔼可亲,对所有人都殷勤备至;她心地善良,遐迩闻名,受到周围人的敬重。常客为她破费,只要她对他们格外好一点,他们就得意扬扬;他们白天碰头谈生意,会互相说:"今晚,老地方见。"就像互相说:"饭后,在咖啡馆见,对不?"

总之,泰利埃公馆是一个生财有道的地方,很少有人错过每天的约会。

然而,在五月末的一个晚上,第一个来客是以前的市长、木材商普兰先生,他发现大门紧闭。栅栏后面的小灯没有点着;房子里死气沉沉,悄无声息。他起初轻轻地敲门,后来更加用力,没有人回应。于是他小步往上走,到达市场广场时,遇到了也到同一个地方去的船主杜韦尔先生。他们又一起返回去,仍然吃闭门羹。突然,离他们不远的地方爆发出喧闹声,他们绕过屋子,看见聚集了一群英国水手和法国水手,用拳头猛敲咖啡馆关闭的门板。

两个有产者马上溜走,生怕受到牵连;但是轻轻的一声"喂",止住了他们的脚步:原来是咸鱼商图纳沃先生,他认出了他们,把他们叫住。他们把事情告诉他,他更受打击,因为他结了婚,有了孩子,受到严密的监视,只有星期六才来光顾,他说是"Securitatis causa①",暗指一项卫生安全的措施,他的朋友博尔德医生把定期检查的情况透露给他。这天晚上正好是他要来的日子,他就此一个星

---

① 拉丁文:为了安全。

期失去了机会。

三个男人绕了一个大圈子,来到码头,路上遇到年轻的菲利普先生,他是银行家的儿子,一个常客;还遇到收税官潘佩斯先生。大家一起经过犹太人街回来,作最后一次尝试。可是被激怒的水手正在围攻这所房子,扔石头,大喊大叫;二楼的五个客人尽可能快地折身回来,在街上徘徊。

他们还遇到保险代理人杜皮伊先生和商务法庭法官瓦施先生;他们走了很长的路,先是来到防波堤。他们并排坐在花岗岩护墙上,望着起伏的波浪。浪花在黑暗中发出白色的闪光,时隐时现,大海单调的拍岸声沿着巉岩在黑夜中远去。

这几个忧郁的散步者在那里待了一会儿,图纳沃先生说:"这并不赏心悦目。""当然没劲。"潘佩斯接口说;他们小步离开了。

他们沿着山坡下面叫作"树林下"的街道往前走,通过名叫"蓄水"的木板桥回来,经过铁路旁边,重新来到市场广场。收税官潘佩斯先生和咸鱼商图纳沃先生之间发生了争吵,关系到一种食用菌,其中一个认为在附近找到过。

由于不顺心,他们火气很大,要不是其他人调解,他们也许会动武。潘佩斯先生怒气冲冲地抽身走了;随即,在以前的市长普兰先生和保险代理人杜普伊先生之间,为了收税官的薪水和可能得到的收益,又发生了新的争执。对骂的话如雨一般落下,像风暴一样可怕的喊声席卷而来,那群水手在一所关闭的房子面前倦于空等待,出现在广场上。他们两个一组,挽着胳膊,形成一支很长的队伍,狂怒地叫骂。资产者的队伍躲在一个门洞下,那群叫嚷着的人消失在修道院方向。很长时间还听得见越来越低的喧嚣声,如同远远的一场风雨;寂静重新恢复。

普兰先生和杜普伊先生彼此有气,互不致意,各自走了。

另外四个人又开始走起来,本能地朝泰利埃公馆走下去。它总是关闭着,岑寂无声,不能进去。一个醉汉,无声而固执,轻轻敲着咖啡馆的铺面,然后住了手,小声叫唤伙计弗雷德里克。看到根本没人回答,他打定主意坐在门口的台阶上,等待事情发生。

当港口那边吵闹的人群又出现在街口时,几个有产者打算走了。法国水手唱起《马赛曲》,英国水手唱着 Rule Britannia①。这伙野蛮的人一起向墙壁拥来,然后又向码头拥去,两个民族的水手在那里殴打起来。在搏斗中,一个英国人手臂被打断了,一个法国人的鼻子裂开了。

待在门口的醉汉这时哭起来,哭得像醉鬼和感到委屈的孩子。

有产者们终于各自走了。

扰乱了的城市逐渐恢复平静。这儿和那儿,不时还响起吵闹声,然后消失在远方。

只有一个人还在踯躅,那就是咸鱼商图纳沃先生,对要等到下一个星期六耿耿于怀;他期待意外发生,心里不明白,愤愤不平于警察局让一个由它监督、受它管制的公益设施关门。

他又折回来,在墙根搜索,寻找原因;他发现,窗板上贴着一张告示,看到上面写着歪歪扭扭的几个大字:"因第一次领圣体,暂停营业。"

他明白没希望了,只得走掉。

醉汉这时横躺在拒客的大门口,已经睡着了。

第二天,所有的常客先后找到办法从这条街上经过,胳膊下面

---

① 英文:《统治吧,大不列颠》,英国的一首爱国歌曲。

夹着文件，煞有介事那样；人人都偷偷瞥一眼那张神秘的告示："因第一次领圣体，暂停营业。"

## 二

鸨母有一个弟弟，在他们的家乡厄尔省的维维尔①当木匠。鸨母在依弗托开客店时，给外甥女当教母，给她起名康斯坦丝。她的全名是康斯坦丝·里维；因为她的娘家姓里维。木匠得知姐姐境况富裕，虽然他们不常见面，因为两人工作都很忙，住地又相隔一方，却并没有把她置诸脑后。小姑娘快满十二岁了，这一年要第一次领圣体，他抓住这个能接近的机会，写信给姐姐，指望她来参加这个仪式。年老的父母已经去世，她不能拒绝照顾她的教女；她接受了。她的弟弟叫约瑟夫，期望多献殷勤，也许能让姐姐立下对小姑娘有利的遗嘱，因为鸨母没有子女。

他姐姐的职业绝对没有引起他的顾虑，再说，当地也根本没有人知道。提到她的时候，人们仅仅说："泰利埃太太是费康的有产者。"这可以让人设想，她能靠年金生活。从费康到维维尔，至少有二十法里；对农民来说，二十法里的陆路比一个文明人漂洋过海还要难越过。维维尔的人从来不越过鲁昂；没有什么能吸引费康人来到一个五百人的小村庄。这个村庄位于平原的角落里，属于另外一个省。总之，别人什么也不知道。

领圣体的日子临近了，鸨母感到十分为难，她没有女监管，绝对没考虑过丢下她的公馆，哪怕只有一天。楼上和楼下的女子的敌

---

① 厄尔省不存在维维尔，只在勒阿弗尔西北三十公里处有这样一个村子。

对准定会爆发出来;再说,弗雷德里克无疑会喝醉,他一旦喝醉,一言不合就会打人。最后,她决定带走她所有的人马,除了那个伙计,给他自由,一直到后天。

征求弟弟的意见时,他没有反对,而且他会负责安排全体人马住一晚上。于是,星期六早上,八点钟的快车把鸭母和她的随从运走了,她们坐在二等车厢①。

直到伯兹维尔,车厢里只有她们几个人,她们像喜鹊一样唧唧喳喳。但在这个车站,有一对夫妇上车。男的是一个穿蓝罩衫的老农,领子打褶裥,宽大的袖子在手腕处束紧,上面有白色小绣花的装饰;他戴一顶老式的高筒帽,焦黄色的绒毛竖起来;一只手拿着一把巨大的绿色雨伞,另一只手拿着一只大篮子,露出三只鸭子惊慌的脑袋。女的是乡下装束,身子挺直,面孔像母鸡,鼻子尖得像鸡嘴。她坐在她男人的对面,纹丝不动,对处在这样一群风雅女士中感到不自在。

车厢里也确实是色彩鲜艳,令人眩目。鸭母一身蓝色,从头到脚是蓝色的绸缎,身上是一条红得耀眼、闪闪发光的法国假羊绒披肩。费尔南德穿一件苏格兰花呢连衫裙,她的同伴使劲把她的上身束紧,托起下坠的胸脯,两个圆球不住地晃荡,仿佛是用布兜住的两包水,她直喘气。

拉斐尔戴一顶插羽毛的帽子,模仿有满满一窝鸟。她穿淡紫色衣衫,装饰着金色的闪光片,有一种东方情调,适合她的犹太女人相貌。"泼妇"罗莎穿有宽大边饰的粉红裙子,模样像一个过于肥胖的孩子或一个肥胖的侏儒;两个"唧筒"似乎用旧窗帘给自己缝制

---

① 当时的火车有一、二、三等车厢,二等车厢是平民乘坐的。

出古怪的服装，这种花枝图案的窗帘还是复辟时期①的东西。

一旦车厢里不光只有她们的时候，这些"女士"就摆出一副庄重矜持的姿态，谈起高雅的东西，为了博得别人对她们的好印象。但是在博尔贝克②上来了一位留着金色颊髯，戴着几只戒指和一条金表链的先生，他把几个漆布包裹放在头顶的行李网架上。他的相貌像爱开玩笑，脾气随和。他打一个招呼，露出微笑，随便地问了一句："这几位太太是换防吗？"这一问使她们困窘万分。鸨母终于恢复镇静，她冷冷地回答，要替这支队伍的荣誉复仇："您本应礼貌一点！"他表示道歉："对不起，我想说的是修道院。"鸨母找不到话回敬，或者也许对修正感到满意，抿起嘴唇，还了个得体的礼。

这位先生在"泼妇"罗莎和老农之间坐下，朝大篮子里露出头来的三只鸭子眨着眼睛；他感到已经把观众吸引住以后，开始在这几只动物的嘴下面去胳肢，同时对它们讲了一些滑稽可笑的话，让在座的人喜笑颜开："咱们离开了小水……水塘！嘎！嘎！嘎！——为的是和小烤肉铁……铁扦交朋友，——嘎！嘎！嘎！"不幸的家禽扭动脖子，避开他的抚摸，使劲挣扎，想逃脱柳条的牢笼，三只鸭子突然一齐发出难受的哀叫："嘎！嘎！嘎！嘎！"于是女人中发出一阵哄笑。她们弯下身子，挤挤搡搡，想看一看；她们对鸭子狂热地感兴趣；那位先生越发显得优雅、有风趣，在卖弄风情。

罗莎参加进来，俯在身边这个男人的大腿之上，吻那三只鸭子的鼻子。每个女的也争先恐后要吻鸭子；那位先生让她们坐在他的膝上，颠她们，拧她们；突然用"你"来称呼她们。

两个农民比他们的鸭子更加惊慌失措，眼睛像着魔一样骨碌碌

---

① 指法国波旁王朝于1814年至1830年的王政复辟时期。
② 这是从布雷奥泰-雷博到卢昂的第一站。

地转,却不敢做一个动作,他们打皱的老脸没有一丝笑容,也不颤动一下。

那位先生是旅行推销员,他半开玩笑地问她们要不要背带。他取下一个包裹打开来。这是一个花招,包裹里装的是松紧袜带。

这些丝袜带有蓝的、粉红的、红的、紫的、淡紫的、朱红的,还有金属扣,由两个拥抱在一起的金色小爱神组成。几个妓女发出快乐的喊声,然后仔细观察样品,又像所有女人触摸服饰时自然而然具有严肃神情。她们交换一个眼色,或者低声说一句话,互相询问、商量。鸨母爱不释手地抚弄着一副橘红色的、比别的更宽更庄重的松紧袜带:是一副真正的老板娘的松紧袜带。

那位先生在等待,酝酿一个主意,他说:"得,我的小猫咪们,应该试一试。"他的话引起了暴风雨般的叫好声;她们用两条腿把裙子夹住,仿佛害怕要遭到强暴似的。他很平静,等待他的时机到来。他宣称:"你们不想要,我就包起来了。"然后狡黠地说,"谁愿意试,我送给她选中的一双。"但是她们不愿意,正襟危坐,腰杆挺得笔直。两个"唧筒"显得可怜巴巴,他又把建议向她们重提一下。尤其是跷跷板弗洛拉,心里痒痒的,明显地犹豫不决。他唆使她:"试呀,我的姑娘,勇敢一点;瞧,淡紫色的一副,和你的服装很相配。"于是她下了决心,撩起裙子,露出一条放牛妇的大粗腿,粗袜子绷得不紧。那位先生弯下腰,先把松紧袜带系在膝盖下面,然后拉到上面;他轻轻地胳肢,让她突然哆嗦起来,发出低声叫唤。完了以后,他把这副淡紫色的松紧袜带送给她,问道:"谁来?"所有人齐声叫了起来:"我来!我来!"他先从"泼妇"罗莎开始,她露出一条不像样的东西,圆鼓鼓的,看不见踝骨,正如拉斐尔所说的,一条真正的"猪血灌肠的腿"。费尔南德受到了旅行推销员的恭维,她那双粗壮的圆柱子令他激动起来。漂亮的犹太女人的瘦胫骨获得的成功不大。"老母鸡"路易丝开玩笑地把裙子罩在那位先生的头上；鸨母不得不干涉，制止这种不合适的恶作剧。末了，鸨母伸出她的腿，一条诺曼底人的美丽大腿，丰腴而又肌肉结实；旅行推销员又惊又喜，风雅地脱下帽子，以真正的法国骑士的风度，向这条第一流的腿鞠躬。

两个农民惊讶得纹丝不动，用一只眼睛睨视；他们活脱脱像两只小鸡，蓄金黄颊髯的人不由得站起来，冲着他们的脸叫出："喔——喔——喔！"这又重新引起暴风雨般的笑声。

两个老人带着他们的篮子、鸭子和伞在莫特维尔①下车；只听见女的走远时对她男人说："这群婊子还要到巴黎这该死的地方去。"

讨人喜欢的、爱耍花招的旅行推销员在鲁昂下车，下车前他的举动过于粗俗，鸨母不得不狠狠地叫他放规矩些。她引以为训，又说："这件事教会我们，不可以随便跟人搭讪。"

在乌瓦塞尔②，她们换车，在下一站见到了约瑟夫·里维先生，他赶了一辆大车来接她们，套的是一匹白马，车上摆满椅子。

木匠彬彬有礼地拥抱了这些太太，帮她们登上他的车。有三个人坐在后面的三把椅子上；拉斐尔、鸨母和她的弟弟坐在前面的三把椅子上，罗莎没有座位，将就着坐在高大的弗尔南德的膝盖上；然后全体人马上路了。但旋即，那匹小马一颠一颠的小跑摇晃得厉害，椅子开始跳起来，把女客们向上、向左、向右抛去，她们的动作像木偶，表情惊慌失措，吓得乱叫，突然又被更剧烈的震动打断叫声。她们抓住车沿，帽子落在背上、鼻子上或者滑向肩膀；白马

---

① 莫特维尔：离卢昂30公里。
② 乌瓦塞尔：在卢昂南面几公里处。

一直朝前跑，伸长脑袋，挺着尾巴，一条没有毛的老鼠尾巴，不时拍打着屁股。约瑟夫·里维的一只脚伸到车辕上，另一条腿屈在身子底下，胳膊抬得很高，握住缰绳，喉咙里一直发出一种吆喝的声音，让小马竖起耳朵，加快步子。

道路两边绿油油的田野平展展的。开花的油菜花一块又一块，铺展着黄澄澄的一大片，起伏不定，从中升起有益健康的强烈气味和沁人心脾的柔和气味，被风吹送得很远。在已长得很高的黑麦中，矢车菊露出天蓝色的小脑袋，她们想采摘，但是里维先生不肯停车。有时，整片田野似乎被血浇灌过，丽春花大片侵入进来。在野花装点得五颜六色的平原上，大车也好像载着更加鲜艳夺目的一丛鲜花，白马小跑而过，大车消失在一个农庄的一片大树后面，又在树丛的末端出现，重新越过黄绿红蓝相间的庄稼，运送这光彩照人的一车女人，在阳光下飞驰。

到木匠家门口时，一点钟正好敲响。

她们累垮了，从出发以来没有吃过一点东西，饿得脸色发白。里维太太奔了过来，扶着她们一个个下车，她们脚一沾地，她便马上拥抱她们；她吻大姑子没个完，想缠着她，不让她分身。大家在工场里吃饭，为了准备第二天的晚宴，工作台已经搬空了。

煎蛋卷美味可口，下一道菜是烤香肠，一边喝开胃的苹果酒，使每个人恢复了愉快。里维举起杯来敬酒，他的妻子伺候客人，下厨、上菜、撤盆子，在每个女人耳边说："还想添点什么菜？"一堆堆木板沿墙摞起来，一堆堆刨花扫到墙角，散发出木屑的香味，木匠工场的香味，那种钻进入肺里的树脂气味。

大家要看看小姑娘，但她在教堂里，直到晚上才回来。

于是一帮子人走出门来，在附近转一圈。

这是一个很小的村子，一条大路从中间穿过。沿着这仅有的道路，十来所房子一字排开，住的都是当地的买卖人：肉店老板、食品杂货商、木匠师傅、咖啡店老板、鞋匠师傅和面包店老板。教堂在这条所谓的街道尽头，被一座狭小的公墓围住；四棵巨大的椴树种植在门前，把教堂全部笼罩住了。教堂是用方燧石建成的，顶部是一个盖石板瓦的钟楼。教堂背后，田野又伸展出去，这里那里点缀着树丛，树丛里隐藏着农庄。

里维虽然穿着工作服，出于礼貌，还是挽着姐姐的手臂，庄重地领着她散步。他的妻子被拉斐尔的绣金线裙子迷住了，处在她和费尔南德之间。矮胖的罗莎在后面紧走，后面还有"老母鸡"路易丝和一瘸一拐、疲乏不堪的"跷跷板"弗洛拉。

居民们走到门口，孩子们停止游戏，窗帘撩起一角，让人看到一个戴着印花布软帽的脑袋；一个挂拐杖、眼睛几乎瞎了的老妪划着十字，仿佛面对宗教仪式的队伍；每一个人都长久地注目这些美丽的城里太太，她们远道而来，参加约瑟夫·里维的小姑娘第一次领圣体。大家对木匠产生深深的敬意。

经过教堂时，她们听到孩子们的歌声：尖细的嗓音唱出对上天的感恩歌；但是鸨母禁止她们进去，免得打扰这些小天使。

在田野里转了一圈以后，约瑟夫一一数说几家主要的产业、地里的收成和牲畜的产品，把他这群女客带回来，安顿在他家里。

由于地方非常狭小，她们被安排两个人住一间。

里维暂时睡在作坊的刨花上；他的妻子和大姑子睡他的床，旁边房间由弗尔南德和拉斐尔合用。路易丝和弗洛拉被安排在厨房里就地铺放的一张床垫上；而罗莎独自占用楼梯上面的一间小黑屋子，紧挨着一间狭小阁楼的门口，领圣体的小姑娘这天夜里就睡在这间阁楼里。

　　小姑娘回来时，迎接她的是雨点般的亲吻；每个女人都想爱抚她，她们这种发泄柔情的需要，是她们的职业假装亲热的习惯，正是这种习惯使她们在火车上都去抱抱鸭子。每个人都把小姑娘抱在膝头上，抚摸她纤细的金黄头发，充满激情地和情不自禁地把她紧抱在怀里。孩子很乖，信教十分虔诚，仿佛赦罪封闭了她的心灵，让人摆弄，耐心而沉思凝想。

　　这一天对大家来说都很累，晚饭以后很快便就寝了。田野这种无边的安静几乎是万籁俱寂的，笼罩着小村庄，这是一种安宁的、沁人心脾的、宽至星辰的寂静。妓女们习惯了妓院里闹闹嚷嚷的夜生活，沉睡的村庄这种无声的憩息刺激了她们。她们身上生出战栗，不是由于冷，而是由于不安而纷乱的内心产生孤独引起的战栗。

　　她们一上床，便两个人抱在一起，好似要抵挡大地平静而深沉的睡眠的侵袭。但是，"泼妇"罗莎独自睡在黑屋子里，而且不习惯手臂不抱东西睡觉，感到被一种朦胧的、难受的激动攫住了。她辗转反侧，不能入睡，这时她听到板壁后面，紧靠头部，有微弱的呜咽声，有如孩子的哭声。她惊慌起来，轻轻地叫唤，一个断断续续的细弱声音回答她。这是小女孩，平时她总是睡在母亲的房间里，睡在狭小的阁楼里感到害怕。

　　罗莎很高兴，爬了起来，为了不惊醒别人，轻轻地去找孩子。她把孩子带到自己还热烘烘的床上，把她搂在怀里，吻她，抚爱她，以夸张的温存对待她，然后她也平静下来，睡着了。直到天明，领圣体的孩子的脑袋还枕在妓女赤裸的胸口上。

　　五点钟，教堂的小钟使劲敲响三声，惊醒了这些平时要睡整个上午的女人，一夜劳累之后只有这次休息。村里的农民已经起来了。

当地的妇女忙碌地从这家走到那家,热烈地交谈,小心地拿着浆得像纸板一样的细布短裙,或者很长的蜡烛,蜡烛中间扎着一个金穗子的绸结,上面的齿形印痕表明手握的地方。已经升得很高的太阳光芒四射,湛蓝的天空在天际还有一点淡红的色彩,仿佛朝霞留下的微弱痕迹。一窝窝母鸡在屋前走动;一只脖子闪光的黑公鸡这儿那儿抬起红冠子的头,拍打翅膀,向空中抛出洪亮的啼声,引来其他公鸡的回应。

邻村的马车来到,在一家家门口放下高大的诺曼底女人。她们穿着深色的裙子,方围巾交叉在胸前,用一枚家传的银别针扣住。男人们的蓝罩衫套在新礼服或者绿呢的旧燕尾服上面,两条燕尾露在外面。

马牵进了马厩,沿着大路是两排乡下的四轮载货长马车、两轮轻马车、无篷马车、带长凳的马车,形形色色和各种年代的车,有的鼻子朝地,有的屁股着地,车辕朝天。

木匠的家像蜂巢一样忙碌。几位女宾穿着短上衣和衬裙,头发披在背上,又稀又短,好像使用久了,褪色脱落了。她们忙着给孩子穿衣服。

小姑娘站在桌上,一动不动,泰利埃太太在指挥她的机动队伍的行动。她们给她洗脸、梳头、戴帽子、穿衣服,使用了大量别针,形成裙子的褶裥,收紧过大的腰身,显出服装的雅致。结束以后,她们让这个受摆弄的小姑娘坐下,吩咐她不要动;轮到这群忙乎的女人赶快去打扮自己。

小教堂又开始敲钟。可怜的小钟细弱的钟声升上天空,像过于微弱的人声,很快淹没在无垠的蓝天里。

领圣体的孩子们从家里出来,走向村头地方上的那幢楼房,两所小学和村政府都在里面，而教堂在另一头。

家长们穿着节日盛装，表情笨拙，身体由于常年弯腰干活而动作不灵活，跟随在他们的孩子后面。小姑娘们淹没在一片酷似掼奶油的雪白的薄纱里，而男孩子们活脱像咖啡馆的幼童侍者，头上涂了很厚的发蜡，走路两腿分开，不让他们的黑裤沾上泥巴。

大批亲戚来自远方，簇拥着孩子，这是一个家庭的荣耀：因此木匠得意扬扬。由老板娘带头的泰利埃团队，跟随康斯坦丝；孩子的父亲让姐姐挽着胳膊，孩子的母亲走在拉斐尔旁边，费尔南德和罗莎一起，两个"唧筒"成双，这支队伍有如身穿军礼服的参谋部，像模像样地列队展开。

村子里产生了轰动的印象。

在小学里，女孩子们在修女的大帽子下面排列成行，男孩子们在一个作为代表的美男子教师的帽子下列队[①]；大家唱着感恩歌出发。

男孩子在前，排成两列纵队，走在两行卸掉牲口的马车中间，女孩子以相同的队形跟随；所有居民出于尊敬，让城里的太太们先走，她们紧跟在女孩子后面，三个在左边，三个在右边，更加延长了两人一排的队伍，她们的衣服像烟火一样鲜艳夺目。

她们走进教堂，里面的人激动起来。为了看她们，互相挤拢来，有的回过身，有的你推我搡。有些女信徒几乎大声说话，看到这些太太的穿着比唱经班的祭披还要花哨，惊奇不已。村长把他右边靠圣坛的第一张长凳让出来，泰利埃太太和她的弟媳妇、费尔南德和拉斐尔坐到上面。"泼妇"罗莎和两个"唧筒"由木匠陪伴，占据第二张长凳。

---

① 在第三共和国初期，法律规定初级教育是义务制，但政教还没有分离，教师陪伴孩子参加宗教仪式。

教堂的圣坛里跪满了孩子，女孩在一边，男孩在另一边，他们手持的长蜡烛好像歪七歪八的长矛。

三个人站在经台前，用饱满的声音唱着。他们把拉丁文的音节拖得很长，唱到"阿门"的时候，"阿——阿"地唱个没完没了，塞本特①这种铜管乐器像牛叫似的，以无尽的单调音符给以支持。一个孩子的尖声在应和，不时，一个坐在祷告席、戴方教士帽的神父站起来，叽叽咕咕念叨一番，又坐下来，三个唱经的重又唱下去，目光盯住他们面前打开的、厚厚的无伴奏合唱乐谱；乐谱由一只立在支轴上的木头老鹰张开的翅膀托着。

然后沉寂下来。全体在场的人一下子跪下，主祭神父登场，他年高德昭，白发苍苍，俯向左手端着的圣餐杯。他面前走着两个穿红袍的助祭，他后面出现了一群穿厚重的鞋的唱经班成员，排列在圣坛两边。

一只小铃在静默中响起。祭礼开始。神父在金圣龛前面逡巡，一次次跪拜，用微弱的、因衰老而颤抖的声音念着预备经。他刚刚住了声，所有的唱经成员和塞本特一下子爆发出来，教堂里的一些男人也跟着唱，声音较轻、较谦卑，就像参加者应该的那样地唱。

突然，Kyrie Eleison②从所有人的胸膛和心坎里迸发出来，飞向天穹。喊声的爆发甚至从古老的拱顶摇落尘土和蛀蚀的木屑。落在石板屋顶的烈日，把小教堂变成一个大火炉；巨大的激动，焦急的等待，难以形容的、神秘的临近仪式，紧紧压抑着孩子们的心，使他们的母亲的喉咙揪紧。

---

① 塞本特：一种扭曲形吹奏乐器，代替风琴，在乡村小教堂用作伴奏。
② 拉丁文："主，怜悯我们吧！"是弥撒经文的起句。

神父坐了一会儿，又登上祭坛，他没戴帽子，一头银发，动作颤抖，接近做超自然的行为。

他转向信徒，朝他们伸出双手，说道："Orate, fraters。"（"祈祷吧，弟兄们。"）大家都在做祈祷。老本堂神父低声说出神秘而崇高的话语；小铃一下接一下响起；跪拜在地的人群呼唤着天主；孩子们因过度不安而支持不住。

正是这时，罗莎双手捧住额角，突然回忆起她的母亲、她村子的教堂、她第一次领圣体。她以为返回到这一天，那时她很小，淹没在白裙中，于是她哭了起来。她先是轻轻地哭：眼泪慢慢地从眼眶涌出来，随着回忆，她越来越激动，脖子发胀，胸口起伏，呜咽起来。她掏出手帕，擦拭眼泪，捂住鼻子和嘴，不让发出声音。但是徒劳；从她的喉咙里发出一种嘶哑的喘气声，另外两下令人心碎的、深沉的叹气声回应她；原来是跪在她身旁的两个女人，路易丝和弗洛拉也被同样的往事回忆压得透不过气来，泪如雨下地呻吟着。

眼泪是会感染的，轮到鸦母很快就感到眼睛湿润了，她朝弟媳妇回过身来，看到同一条长凳上的人都哭了。

神父在用面包做圣体。孩子们出于虔诚的恐惧，伏在石板上，不思不想，不时有一个女人、一个母亲、一个姐姐，受到令人心碎的、激动的奇特感应，也震惊于这些跪在地下的漂亮太太激动得颤抖和打嗝，把方格印花布手帕都擦湿了，并用左手使劲按住怦怦跳动的心口。

正如一点火星能点燃庄稼成熟的田野，罗莎和她同伴的眼泪一霎时传染到所有的人群。男人、女人、老人、穿着新罩衫的年轻人，所有人不久都呜咽起来，他们头上仿佛笼罩着某种超人的东西，一个散布开来的灵魂，一个看不见的、无所不能的人的神奇气息。

这时，教堂的圣坛里响起一下清脆的、轻轻的敲击声：那个修女在她的书上敲了一下，发出领圣体的信号；孩子们出于神圣的热诚而哆嗦，走近圣餐桌。

他们一字排开跪下。老本堂神父拿着镀金的银圣体盒，从他们面前走过，两只手指捏住圣体饼——基督的圣身、世界的救赎，递给他们。他们闭着眼睛，脸色苍白，痉挛地张开嘴，带着神经质的古怪表情；他们下巴底下铺开的长桌布像流水一样颤动。

突然，教堂里流动着一种狂热，一种人群在狂乱中的喧闹声，一阵席卷而来的呜咽声，还有压抑的喊声。犹如把林木刮得弯下来的阵阵狂风掠过。神父伫立着，纹丝不动，手里拿着一块圣体饼，激动得浑身瘫软，心里想："这是天主，这是天主在我们中间，显示他的存在，听到我的声音，降临到跪倒在地的信徒中。"他喃喃念着狂乱的祷告，找不到合适的字句，这是朝上天发出的狂热冲动中心灵的祷告。

在他身后，人们逐渐平静下来。那些穿着白色祭披、神态庄严的唱经者站起来，又开始唱歌，但声音不那么沉稳，眼里还含着泪；塞本特也似乎沙哑了，仿佛这件乐器哭过了。

神父举起手，示意静下来，他从两排幸福得出神的、领圣体的孩子中间走过，一直来到圣坛的栅栏边。

所有人在一片挪动椅子的嘈杂声中坐下，现在大家都在使劲擤鼻子。一看到本堂神父，大家就肃静了，他用很低的、犹豫不决的、模糊的声音说起话来："亲爱的弟兄们，亲爱的姐妹们，我打心底里感谢你们：你们刚才给了我生平最大的快乐。我感到天主听到我的祈求，降临到我们中间。他来了，他在这儿，出现在这里，充满我们的心灵,使你们泪如泉涌。我是本教区最老的神父,今日,我也是最幸福的神父。一个奇迹出现在我们中间,一个真实的、巨大的、崇高的奇迹。耶稣基督第一次进入这些孩子身内时,圣灵、天国的鸟、天主的气息落在你们身上,掌控你们,抓住你们,使你们像风中芦苇一样弯腰。"

然后,他朝木匠的客人所在的两条长凳转过身去,用更清亮的声音说:"尤其感谢你们,亲爱的姐妹们,你们来自远方,你们光临到我们中间,你们显而易见的信仰,你们如此强烈的虔诚,对大家都是有益的榜样。你们启迪了我的堂区;你们的激动温暖了人们的心;没有你们,说不定这个伟大的日子就没有这种真正神圣的性质。有时只消一只优秀的小羊,就会让我主降临到羊群里来。"

他激动得说不出话来。他补充说:"我祝愿你们得到天恩。诚心所愿。"他登上祭坛,要结束这场祭礼。

这时大家急着要走。孩子们也骚动起来,厌倦了那么长时间精神紧张。再说他们饿了,他们的父母没有等到最后的福音开始,便逐渐离开,回去准备饭餐。

出口十分拥挤,吵吵嚷嚷,叫声嘈杂,有浓重的诺曼底口音,形成两道人墙,孩子们出现时,每个家庭都向他们的孩子奔过去。

康斯坦丝被家里所有的女人截住、围住,吻她。尤其是罗莎,不厌其烦地抱紧她,最后抓住她的一只手。泰利埃太太抓住她另一只手;拉斐尔和费尔南德提起她的细布长裙,不让它拖在尘土里;路易丝、弗洛拉和里维太太殿后;孩子沉思凝想,完全沉浸于对与自己身体同在的天主的感受,走在这支仪仗队中间。

宴席摆在作坊里,横梁上架起一条条长木板。

大门打开,面向街道,让村里的全部欢乐涌进来。到处都在欢宴。从每家的窗户可以望到一桌桌穿着节日盛装的人,喊声从欢庆的一家家传出来。农民脱掉了外衣,喝着斟满的纯苹果酒。在每一伙人中间,可以看到两个孩子,这里是两个女孩,那里是两个男孩,在两家中的一家吃饭。

有时,在中午的炎热下,一辆载人马车由一匹老马一颠一簸地小跑,从村里穿过,穿罩衫的车老板朝满桌丰盛的酒菜投以羡慕的一瞥。

在木匠家,欢乐中保持一点拘谨气氛,保持上午余下的一点激动。只有里维太太兴高采烈,没有节制地喝酒。泰利埃太太不停地看表,因为她不愿意连续歇业两天,她们必须赶三点五十五分的火车,大约在傍晚,把她们载到费康。

木匠竭尽全力转移她的注意力,想把客人留到第二天;可是鸨母一点不让人分心;关系到做生意,她从来不开玩笑。

咖啡一喝完,她就吩咐姑娘们赶快准备;然后,回过身对着弟弟说:"你呢,你立马去套车。"她也去做最后的准备。

她重新下楼时,她的弟媳妇在等她,要和她谈谈小姑娘的事;谈话时间很长,但是毫无结果。乡下女人耍花招,假装很感动,而泰利埃太太把孩子抱在膝上,什么也不肯承诺,含混地答应:以后会照顾她的,有的是时间,再说还会见面。

但是马车还没有到,那几个女的不下来。楼上甚至传来哈哈大笑、打闹声、喊叫声、拍手声。木匠的妻子到马厩去看看马车是不是备好了,鸨母最后也上楼去瞧瞧。

里维醉醺醺的,衣服脱掉一半,徒劳地想强奸罗莎,她笑得瘫软下去。两个"唧筒"抓住他的手臂,她们参加过上午的仪式,对这个场面很反感,竭力要他平静下来;但是拉斐尔和费尔南德却鼓动他,乐得扭来扭去,直不起腰来;她们对醉汉每一次努力失败都发出尖叫声。他狂怒之极,面孔涨红,衣冠不整,极力挣脱那两个抓住他的女人,使出全身力气去扯罗莎的裙子,一面咕哝着说:"臭娘们,你不愿意?"鸨母气咻咻地冲进来,抓住她弟弟的肩膀,把他推出去,用力那么猛,他撞在墙上。

一分钟以后,从院子里传来他汲水冲头的声音;当他赶着马车出现的时候,他已经完全平静下来。

她们像昨天一样动身了,小白马迈开跳舞般的急速步子。

在火辣辣的太阳下,吃饭时压抑着的快乐散发出来了。妓女们现在对马车的颠簸感到有趣,甚至推开邻座的椅子,不停地爆发出笑声,再说,里维的白费劲使她们乐不可支。

田野上骄阳似火,光线照得人耀眼;车轮掀起两股道上的尘土,久久地飘浮在马车后面的大路上。

费尔南德喜欢音乐,突然要求罗莎唱歌;罗莎大胆地唱起《默东的胖本堂神父》。但是鸨母立刻不让她唱下去,感到这首歌有点不适合今天这个日子。她又说:"不如给我们唱个贝朗瑞的歌吧。"于是罗莎犹豫了一下,用她的破嗓子唱起《我的祖母》[①]:

我的祖母晚上做寿,
喝了两指的葡萄酒,
对我们说话摇着头:
我有过情人不知多少!
我多么怀念

---

① 法国歌谣诗人贝朗瑞(1780—1857)的《我的祖母》写的是女人的轻佻和不忠,与妓女们的趣味相同。

丰腴的臂膀，
秀腿的曲线，
失去的时光！

鸨母亲自带领妓女合唱：

我多么怀念
丰腴的臂膀，
秀腿的曲线，
失去的时光！

"妙极了！"里维说，节奏使他兴奋起来，罗莎紧接着唱：

怎么，奶奶，您不正经？
——可不是！对我的魅力，
十五岁我已会运用，
因为晚上我不歇息。

所有人一起大声唱起叠句；里维用脚在车辕上拍打，用缰绳在白马背上打拍子，白马仿佛也受到欢快节奏的鼓动，奔跑起来，风驰电掣般，把这些女人你推我挤，成堆地推倒在马车的底里。

她们像疯子一样笑着站起来。大家继续唱歌，在田野炎热的天空下，在成熟的庄稼中间，随着小马疯狂的奔跑，声嘶力竭地怪声高唱。现在每唱一次叠句，小马都要溜一次缰绳，而且让旅客们欣喜若狂的是，每一次它都要疾驰一百米。

不时有一个敲石工站起来,透过铁丝网面罩,望着这辆疯狂的、乘客嚎叫着的马车在尘土中席卷而去。

在火车站前下车时,木匠动情地说:"你们走掉真遗憾,本来可以痛快地玩一场。"

鸨母明智地回答:"每件事情都有时间限制,不能总是玩乐。"里维灵机一动,说道:"好,下个月我到费康去看你们。"他用色眯眯的、闪光的眼睛狡黠地望着罗莎。"得了,"鸨母下结论说,"要守规矩;你愿意来就来,不过决不要干蠢事。"

他一声不响,由于听到火车的汽笛声,他立即拥抱所有人。轮到罗莎的时候,他气急败坏地寻找她的嘴,而她闭紧嘴唇在笑,每一次都迅速把头扭向一边去躲避他,他把她搂在怀里,但是他拿在手里的大鞭子妨碍他,他无法吻到她,他使劲时,鞭子就在妓女背后不起作用地摆着。

"到鲁昂去的旅客,上车了!"列车员喊道。她们登上火车。

响起了尖细的汽笛声,紧接着是火车头轰响的汽笛声,大声喷出第一股蒸汽,而车轮开始明显使劲,转动起来。

里维离开火车站,跑到栅栏,想再看一眼罗莎;满载着人肉商品的这节车厢在他面前掠过,他甩响鞭子,一面跳一面用尽气力唱着:

我多么怀念
丰腴的臂膀,
秀腿的曲线,
失去的时光!

然后,他望着挥舞着的一条白手帕消失了。

## 三

她们一直睡到费康,像心满意足的人安睡了一觉;她们回到住地时,恢复了活力,休息好去做每晚的活儿,鸨母禁不住说:"不管怎样,我已经想家了。"

她们很快吃了晚饭,重新穿上战斗的行装,等候老主顾上门;小灯,就是圣龛前那盏小灯点亮了,告知行人,羊群已经回到了羊圈。

一转眼消息不胫而走,不知道是怎么传出去的,不知道是谁传开的。银行家的儿子菲利普先生甚至出于好意,特地派人去通知困在家里的图尔纳沃先生。

咸鱼商每个星期日都有几个亲戚来家里吃晚饭,喝咖啡的时候,来了一个人,手里拿着一封信。图尔纳沃先生非常激动,拆开信封,脸色变得刷白。这几个字是用铅笔写的:"满载的鳕鱼又到了;货船已进港;对您是笔好买卖。快来。"

他在口袋里摸索,掏出二十生丁给送信人,脸霍地红到耳根,说道:"我得出去一下。"他把那封神秘的短信递给妻子。他打铃,等女仆来了,他说:"我的外套,快,快,还有我的帽子。"他一来到街上便跑起来,一面以口哨吹起一个曲子,他心急火燎,觉得这段路比平时远了两倍。

泰利埃公馆一片节日气氛。在底楼,水手闹闹嚷嚷的声音形成震耳欲聋的喧哗。路易丝和弗洛拉不知道应付谁好,陪这一个喝酒,又陪那一个喝酒,同"两个唧筒"的绰号从来没有这样相称过。到处同时有人叫她们;她们已经应接不暇,对她们来说,这一晚预示着要忙坏了。

二楼那个圈子的人九点钟已经到齐。商务法庭法官瓦施先生是鸭母的老求爱者,不过是柏拉图式的精神恋爱,和她坐在角落里低声聊天;他们俩微笑着,仿佛就要达成一个协议。前市长普兰先生让罗莎骑坐在他的腿上;她呢,与他两面相对,短短的小手在老人的白髭须中摸来摸去。从撩起的黄色绸裙下露出一段赤裸的大腿,横在黑呢长裤上,红袜子扎紧了蓝袜带,这是旅行推销员的礼物。

高大的费尔南德躺在沙发上,两只脚搁在收税官潘佩斯的肚子上,上半身斜靠在年轻的菲利普先生的背心上,右手勾住他的脖子,而左手夹着一根香烟。

拉斐尔似乎在同保险代理人迪皮伊先生谈判,她用这句话结束会谈:"是的,亲爱的,今晚,我非常愿意。"然后,独自在客厅里跳了一圈快速华尔兹舞,大声说:"今晚你要怎样都行。"

门冷不丁打开,图尔纳沃先生出现了。爆发出热情的喊声:"图尔纳沃先生万岁!"总是旋转着的拉斐尔倒在他的胸口上。他使劲搂住她,一言不发,把她像羽毛一样抱起来,穿过客厅,来到尽头的门边,抱着他的活生生的重负,迎着一片喝彩声,消失在通往一间间卧房的楼梯上。

罗莎在挑逗前市长,一下接一下抱吻他,同时扯他两边的髭须,使他的脑袋保持笔直不动,利用眼前的榜样说:"得,像他那样做吧。"于是老头站起来,整理一下背心,跟着妓女走,一面搜索放着钱的那个口袋。

只有费尔南德和鸭母以及四个男人在一起。菲利普先生大声说:"我付香槟酒的账:泰利埃太太,叫人端三瓶酒来。"于是费尔南德抱紧他,在他耳边说:"我们来跳舞,嗯,行吗?"他站起来,坐在角落边的古老小型拨弦古钢琴前面,弹出一首华尔兹曲子,嘶哑的带哭腔的华尔兹从钢琴呻吟的肚子里逸出。高大的妓女搂住收税官,鸨母倒在瓦施先生的怀里;这两对一面旋转一面接吻。瓦施先生从前在上流社会跳过舞,姿态优美,鸨母用被迷住的目光瞧着他,这种目光比话语更加慎重,也更加美妙地做出"好吧"的回应!

弗雷德里克端来了香槟。第一只瓶塞拔出来了,菲利普先生弹起四对舞曲,邀请大家起舞。

四个跳舞的人以上流社会的方式迈着舞步,端庄而彬彬有礼,装模作样,男的鞠躬,女的行屈膝礼。

随后,大家喝酒。这时图尔纳沃先生又出现了,心满意足,浑身轻松,容光焕发。他大声说:"我不知道拉斐尔有什么妙招,今天晚上她可是完美无缺。"然后,别人递给他一杯酒,他一饮而尽,喃喃地说:"见鬼,只有这个够阔气!"

菲利普先生旋即跳起一个热烈的波尔卡舞,而图尔纳沃把美丽的犹太女人抱起来,不让她的脚着地,翩翩起舞。潘佩斯先生和瓦施先生又重新一跃而起。时不时一对舞伴停在壁炉边,一口喝掉一高脚杯冒着泡沫的酒;跳舞快要难以为继了,这时罗莎打开一点门,手里拿着一只烛台。她披头散发,跐拉着拖鞋,没穿外衣,非常激动,满脸通红,大声说:"我要跳舞。"拉斐尔问道:"你的老头呢?"罗莎哈哈大笑:"他吗?他已经睡了,他立马睡着。"她抓住没事坐在沙发上的迪普伊先生,波尔卡舞又开始了。

酒一瓶瓶喝空了。"我请大家喝一瓶。"图尔纳沃先生说。"我也请大家喝一瓶。"瓦施先生说。"我也一样。"迪普伊先生最后也说。于是大家鼓掌。

这就形成和变成一次真正的舞会。甚至路易丝和弗洛拉也不时飞快上楼,迅速跳一圈华尔兹舞,楼下的主顾不耐烦了;然后她们又跑回到咖啡厅,心里恋恋不舍。

午夜,还在跳舞。有时一个妓女消失了,找她跳四对舞时,突然发现也缺少一个男人。

"你们打哪儿来?"菲利普先生在潘佩斯先生和费尔南德回来时开玩笑地问。"去看普兰先生睡觉。"收税官回答。这句话大获成功;大家轮流带着一个小姐上去看普兰先生睡觉,这一夜,她们表现得难以想象的随和。鸨母视而不见;她同瓦施先生在角落里长时间密谈,仿佛要解决一件已经谈妥的事情的最后细节。

最后,一点钟,两个已婚的男人图尔纳沃先生和潘佩斯先生表示他们要告辞了,想结一下账。只算香槟的钱,一瓶六法郎,而不是平时的价格一瓶十法郎。由于他们对这样大方感到吃惊,鸨母喜气洋洋,回答他们:

"并非天天都皆大欢喜。"

# 修软垫椅的女人[1]

献给莱昂·埃尼克[2]

在德·贝尔特朗侯爵家,庆祝打猎季节开始的晚宴快要结束了。十一个猎人、八个年轻女人和当地的医生,围坐在一张灯烛辉煌、摆满水果和鲜花的大桌子边。

他们谈起爱情,掀起了一场激烈的争论,这是永恒的争论,为的是要知道,人能真正爱一次还是多次。有人举出只认真爱一次的人做例子;也有人举出时常热烈去爱的人做例证。男人们一般认为,爱情犹如疾病,可以不止一次侵袭同一个人,要是有什么障碍挡在他前面,会打击他竟至丢掉性命。虽然这个看法难以驳倒,而女人的见解却是依据诗意而不是依据观察结果,她们断言爱情,真正的爱情、伟大的爱情,只能有一次落在一个凡人身上,这爱情如同霹雳一样,一颗心被它击中,从此就被它掏空,蹂躏,烧毁,任何别的强有力的情感,甚至任何梦想,也不能再在里面萌生了。

侯爵曾经爱过许多次,激烈地反对这种信念:

---

[1] 本篇首次发表在1882年9月17日的《高卢人报》上,次年收入短篇小说集《山鹬的故事》。
[2] 莱昂·埃尼克(1851—1935),法国作家,参与《梅塘之夜》的写作,有20来部小说,是龚古尔评奖委员会的成员。

"我呀,我告诉你们,人能够以全部力量和整个心灵爱上几次。你们给我举出一些殉情的人作为不可能有第二次爱情的证据。我要回答你们,如果他们不做出这种轻生的蠢事,因为这就剥夺了他们再次坠入情网的机会,他们本来是会治好创伤的;他们会重新开始,直至他们寿终正寝。情人恰如酒鬼。爱喝酒的人还会再喝,恋爱过的人还会再爱。这是一个气质问题。"

他们选中医生做仲裁人,这位巴黎的老医生退休到乡下,大家请他发表意见。

他也说不出所以然:

"正如侯爵所说的,这是一个气质问题;至于我呢,我知道有一个人的爱情持续了五十五年,没有一天停止过,直至死才结束。"

侯爵夫人拍起巴掌。

"多么美啊!得到这样的爱,真是令人梦寐以求啊!五十五年一直生活在强烈的、刻骨铭心的爱中,有多么幸福啊!受到这样苦恋的男人真是天大的幸福,他该怎样赞美人生啊!"

医生微笑地说:

"夫人,这一点您确实没有搞错,被爱的是一个男人。您认识他,就是镇上的药剂师舒凯先生。至于她,那个女的,您也认识她,就是每年都到古堡来修软垫椅子的老妇人。我会让人更好地领会我的话。"

女人们的兴致降落下来;她们的脸厌恶的表情在说:"呸!"仿佛爱情只该落在感情细腻的、优雅的人身上,只有他们才值得体面的人去注意。

医生说了起来:

三个月前，我被叫到这个临终老妇人的床边。她是头天乘着当房子住的马车来到的；你们见过拉车的那匹老马，同来的还有两条黑毛大狗，这是她的朋友和卫士。本堂神父已经在那里。她请我们做她的遗嘱执行人，为了向我们道明她的遗愿的含义，她把自己的一生经历告诉我们。我不知道更离奇的和更动人心魄的情爱了。

她的父母都是修理软垫椅子的。她从来没有固定住所。

幼小时她就到处流浪，衣衫褴褛，身上长虱子，肮脏不堪。一家人停在村口，靠在壕沟旁边；他们给马车卸套，让马儿吃青草；狗将嘴搁在爪子上睡觉；父母在路边的榆树阴影下修理从村里揽来的旧椅子，小姑娘就在草地上打滚。在这所流动房屋里，大家不大说话。为了决定谁去挨家挨户转一圈，发出人人听熟了的吆喝声："修椅子啰！"才不得不说几句话，然后面对面或者并排坐下来搓麦秸。当孩子跑得太远，或者想跟村里的小男孩接触时，父亲愤怒的喊声便把她叫住："想不想回来，死不要脸的！"这是她听到的、唯一有温情的话。

她长大一点时，就被叫去收集破垫子。于是她在这里那里认识了几个男孩子；不过，这时是她的新朋友的父母厉声地叫住他们："想不想回来，鬼混什么！倒好，跟叫化子在一起瞎扯！……"

孩子们时常向她扔石头。

有些太太给她几个铜子，她仔细收藏好。

有一天——她当时十一岁——她路过这个地方，在公墓后面遇到小舒凯，他在哭泣，因为有一个同学抢了他两个铜子。一个有产者的孩子，在她没有家产的人的小脑袋中，被想象成总是满足和快乐的；他的眼泪使她震惊。她走过去，知道他难过的原因以后，她把自己所有的积蓄，七个铜子，统统倒在他手里。他擦拭眼泪，自然把钱收起来。于是，她喜不自禁，大着胆子，抱吻了他。他只顾着一门心思看钱币，便听之任之。看到自己既没有遭到拒绝，也没有挨打，她又吻他；她紧紧搂住他，热烈地吻他。然后，她溜走了。

这个可怜的脑袋里出了什么事？她爱上了这个男孩，是因为她把自己流浪所得的全部钱财献给了他，或者是因为她给了他第一个热吻？对孩子和对大人来说，同样都是一个谜。

在好几个月里，她都惦念着公墓的这个角落和这个男孩。她抱着再见到他的希望，扣下父母的钱，从修理费或者从她去买食品时这儿刮一个铜子，那儿刮一个铜子。

等到她又回到这儿的时候，她口袋里有了两法郎，但是她只能在他父亲铺子的橱窗后面，一个红色药水瓶和一条绦虫之间瞥见干干净净的药剂师小开。

她更加爱他了，有颜色的药水和闪烁的水晶瓶的光辉吸引了她，令她激动和心醉神迷。

她在心中保留着难以磨灭的记忆，第二年，她在学校后面遇到他时，他正在和同学们打弹子，她扑到他身上，搂住他，狂吻不已，吓得他喊叫起来。于是，为了使他平静下来，她把自己的钱送给他：三法郎二十生丁，真正是一笔财产，他瞪大眼睛瞧着这笔钱。

他收下了钱，任凭她抚弄。

四年中，她把所有的积蓄都倒在他手中，他心安理得地揣到袋里，同意用被吻来交换。一次三十苏，一次两法郎，一次十二苏（她难过和惭愧得哭了，但是这一年得到的太少），最后一次五法郎，一个又大又圆的硬币，他高兴得笑了。

她只惦记着他；而他有点急不可耐地等她再来，看到她便跑上去迎接她，这使小姑娘的心怦怦直跳。

后来他消失了，家里人把他送去上中学。她转弯抹角地打听出来的。于是她采取无数的巧妙手段，改变她父母的行走路线，让他们在假期经过这儿。她成功了，不过费了一年的心机。因此，她有两年见不到他；她差点认不出他来，他改变得太多，长大了，变得漂亮了，穿着金纽扣的校服，十分庄重。他假装没有看到她，趾高气扬地从她身边走过。

为此，她哭了两天；此后，她忍受着无休无止的痛苦。

每年她都回来；从他面前经过时，不敢向他打招呼，他甚至不屑于朝她转过头去。她发狂地爱着他。她对我说："在我眼里世上只有他这个男人，医生先生；我不知道还有其他男人存在。"

她的父母去世了。她继续做他们的行当，但是她养了两条狗，而不是养一条，两条别人不敢冒犯的恶狗。

有一天，在回到她心所系之的那个村子时，她看到一个年轻女人挽着自己心爱的男人，从舒凯药房出来。这是他的妻子。他结了婚。

当天晚上，她投入村政府广场那片池塘。一个迟归的醉汉把她救起来，送到药房。小舒凯穿着睡袍下楼，为她治疗，装作不认识她，脱下她的衣服，给她按摩，后来用严厉的声音对她说："您疯了！不该蠢到这个地步！"

这足以把她治好。他对她说话了！她高兴了很久。

他绝对不肯收治疗费，虽然她坚持地要付钱。

她整个一生就这样过去。她一面修理椅子，一面想着舒凯。每年，她都在橱窗后面看到他。她习惯在他的药房里买小药品。这样她能就近看到他，跟他说话，还能付给他钱。

就像我开头对你们所说的，她在今年春天去世。她把自己的伤心史全都告诉我以后,请我将她一生的所有积蓄交给那个她死心塌地苦恋的人,因为她说,她只为他而干活,甚至挨饿也要积蓄,深信她死后,至少他会想起她一次。

她交给我两千三百二十七法郎。她咽气后,我留下二十七法郎给本堂神父,作为安葬费,余下的钱我带走了。

第二天,我到舒凯家去。他们两口子面对面坐着,刚吃完午饭。两人都很胖,脸色红润,神气活现,心满意足,身上散发出药物味。

他们让我坐下,给我斟了一杯樱桃酒,我接受了;我开始用激动的声音讲话,深信他们会潸然泪下。

当舒凯一明白这个流浪女人、这个修软垫椅的女人、这个跑码头的女人一直爱着他时,他气得跳了起来,仿佛她偷了他的名誉、正派人的尊严、个人的名声、对他来说比生命更宝贵的微妙的东西。

他的妻子像他一样火冒三丈,一再说:"这个臭要饭的!这个臭要饭的!这个臭要饭的!……"找不到别的话了。

他站了起来;他在桌子后面大步走来走去,希腊式的便帽歪到耳朵上。①他咕噜着说:"医生,这种事怎么理解?对一个男人来说,这类事真可怕!怎么办?噢!要是我在她生前就知道了,我会让警察把她抓起来,送进监狱。她就别想出来,我向您担保!"

我对自己出于好心的做法落得这个结果,感到目瞪口呆。我不知道说什么,也不知道怎么办。可是,我需要完成我的使命。我又说:"她委托我把她的积蓄交给您,一共是两千三百法郎。既然我刚才对您说的一番话似乎使您很不高兴,也许最好把这笔钱施舍给穷人。"

---

① 药剂师的希腊式便帽令人想起《包法利夫人》中的郝麦,他想将修软垫椅的女人投入监狱也与郝麦将流浪的瞎子投入监狱相似。

一男一女两个人,他们望着我,惊呆了。

我从口袋里掏出钱,有各个地方的,各种痕迹的,有金币,有铜币,不像样的一堆钱。然后我问:"你们怎么决定?"

舒凯太太先说话:"既然是这个女人的遗愿……我觉得我们很难拒绝。"

她的丈夫有点不好意思地说:"我们可以拿这点钱给孩子们买点东西。"

我冷冷地说:"随你们的便。"

他又说:"既然她把这笔钱托付给您,那就交给我们好了;我们会找到办法用在慈善事业上。"

我留下钱,行个礼,离开了。

第二天,舒凯来找我,突然说:"这个……这个女人,她把自己的车留在这儿了。您怎么处理这辆车?"

"没处理,您要的话,就拿走。"

"好极了;我用得着;我把它放在菜园里当窝棚。"

他正要离开,我叫住了他:"她还留下一匹老马和两条狗。您要吗?"他站住了,很吃惊:"啊!不要;您想我要来干什么?您要怎样处理都可以。"他笑了。然后他向我伸出了手,我握了握。有什么办法呢?在一个地方,医生和药剂师不能为敌。

我把两条狗留在家里。本堂神父有一个大院子,他留下了马。车给舒凯用作窝棚;他用这笔钱买了五股铁路股票。

这是我一生中遇到的、唯一的、一往情深的爱。

医生住了口。

这时,侯爵夫人泪水盈眶,感叹说:"当真,只有女人懂得爱!"

# 米龙老爹①

    一个月来，大太阳向田地投下火辣辣的光焰。在这火雨的培育下，灿烂的生命之花开放；大地一望无际的绿油油，直到天际，天空是湛蓝的。诺曼底的农庄星罗棋布，被细长的山毛榉像腰带似的围住，远远看去，宛若一片片小树林。走近了，推开虫蛀的栅栏门，你会以为看到一个偌大的花园，因为所有像农民一样瘦骨嶙峋的老苹果树花开满枝。黑黝黝的老树干，歪扭虬结，排列在院子里，在天穹下展开红白相间、光彩夺目的圆顶。苹果花的芬芳混杂着打开的牲口棚沉浊的气味和粪肥发酵的热气；粪堆上停满了母鸡。

    这时是晌午。一家人在门前那棵梨树的树阴下吃饭：有父亲、母亲、四个孩子、两个女佣和三个男雇工。他们几乎不说话，在喝浓汤，然后揭开一道土豆烧肥肉的荤菜。

    一个女佣不时站起来，去地窖装满苹果酒罐。

    男主人是个四十岁的魁梧汉子，在观察靠着屋子的一株还没有长叶子的葡萄树。葡萄藤有如蛇一样，沿着护窗板下的墙壁，蜿蜒伸展。

    末了他说："父亲的这棵葡萄今年很早就发芽。说不定会结子。"

    女主人也转过身来看，没有说话。

    这棵葡萄正好种在老爹被枪杀的地方。

---

① 本篇首次发表在 1883 年 5 月 22 日的《高卢人报》上，后收入作者逝世后的同名集子。

这是在一八七〇年的战争中。普鲁士人占领了整个地区。费德尔布将军①率领北方部队，进行抵抗。

普鲁士人的参谋部就设在这个农庄里。农庄主人米龙老爹，名字叫皮埃尔，是个老农民，接待他们，尽力把他们安置好。

一个月来，德军的先头部队在村里一直观察。法军在十法里的地方驻扎不动；然而每天夜里都有几个枪骑兵失踪。

派出去巡逻的侦察兵，只要是两三个一组出去，从来没有回来过。

早上，在田野里、一个院子旁边、一条壕沟中，找到了他们的尸体。他们的马也被一刀割断喉咙，躺在大路边。

这些暗杀事件好像是同一伙人干的，却查不出是哪些人。

当地实行了恐怖政策。只要有人告发，就将农民枪杀，将妇女监禁起来；还用恐吓手段想让孩子透露出来。什么也没有发现。

但是，终于有一天早上，有人看见米龙老爹躺在他的马厩里，脸上有一道刀伤。

在离农庄三公里的地方，找到了两个肚子被洞穿的枪骑兵。其中一个手里还握着沾上血迹的武器。他搏斗过，自卫过。

军事法庭随即在农庄前面露天开庭。老人被带过来。

他六十八岁，个子瘦小，有点伛偻，两只大手活像一对蟹钳。暗淡、稀疏的头发，像小鸭子的绒毛一样轻柔，到处露出头皮。脖子上褐色的、多皱纹的皮肤，呈现出粗大的血管，深入到下颚，在太阳穴又显现出来。他在当地被看成小气鬼，做买卖锱铢必较。

---

① 费德尔布将军（1818—1889）：色当战役拿破仑三世惨败后，甘必大将北方部队的指挥权交给费德尔布，1870—1871年冬季，他在德诺瓦伊埃尔桥和巴波姆取得了胜利。法军的抵抗阻止了普鲁士人占领北方的几个省。

他夹在四个士兵中间,站在一张从厨房里搬出来的桌子前面。五个军官和上校坐在他的对面。

上校用法语说话。

"米龙老爹,自从我们来到这里,一直对您很满意。您一向对我们很殷勤,甚至对我们很亲切。但是今天,一件重案牵连到您,必须弄个水落石出。您怎么会在脸上有伤痕?"

农民不回答。

上校又说:

"米龙老爹,您保持沉默,就说明您有罪。但我希望您回答我,您听见了吗?今天早上在十字架附近找到了两个枪骑兵,您知道是谁杀的吗?"

老人清晰地说:

"是我。"

上校很吃惊,沉默了一会儿,盯着这个被抓住的人。米龙老爹若无其事,带着农民呆头呆脑的神态,低垂着眼睛,就像在跟本堂神父说话。只有一样能反映他内心的紊乱,这就是他使出明显的努力,一下接一下咽口水,仿佛他的喉咙被完全掐住了。

老头的一家,他的儿子让,他的儿媳妇和两个小孩子,惊慌失措地站在后面十步远的地方。

上校又问:

"一个月来,每天早上在野外找到的、我们军队的侦察兵,您知道是谁杀死的吗?"

"是我。"

"是您杀死所有的人吗?"

"所有的人,是的,是我。"

"您一个人?"

"我一个人。"

"告诉我,您是怎么干的?"

这下他显出激动了;要长时间讲话使他明显困窘。他结结巴巴地说:

"我呀,我怎么知道呢?我碰上了就干。"

上校又说:

"我告诉您,您必须把一切告诉我。因此您最好马上拿定主意。您是怎样开头的?"

他的家人在他背后注意地听着,他朝他们不安地瞥了一眼。他还犹豫一下,然后突然下定决心。

"有天晚上我回家,就在你们到这儿的第二天,也许是十点钟。您,还有您的士兵,你们拿走了我五十多埃居的草料、一头母牛和两只绵羊。我心里想,只要他们拿走我二十埃居,我就要他们偿还。再说,我还有别的事搁在心上,我都会告诉您。当时我看到您的一个骑兵在我谷仓后面的沟沿上抽烟斗。我去摘下镰刀,悄悄从背后绕过去,他什么也没听到。我就像割麦穗一样,一下子把他的头割下来,他还来不及说'哎哟'。您只要在池塘底部去找:就会在一只装煤口袋里找到他,用一块顶栅栏门的石头沉下去的。

"我有了一个主意。我把他的衣物,从靴子到帽子都扒下来,藏在院子后面马丹家树林中的石灰窑里。"

老人沉默了。军官们惊讶地面面相觑。审问重新开始;这就是他们知道的情况。

干掉那个骑兵以后,他便抱着这个想法活着:"杀死这些普鲁士人！"他憎恨他们，对他们怀有贪婪而又爱国的农民狡黠的、强烈的仇恨。就像他所说的那样，他有自己的主意。他等了几天。

普鲁士人让他自由来去，自由进出，因为他对胜利者谦卑有礼，唯唯诺诺，十分殷勤。每天晚上他看到有传令兵出发；有一天夜里，他听到骑兵要去的那个村庄的名字，便出了门；他经常同士兵来往，学会了必要的几句德国话。

他从院子出来，溜到树林，来到石灰窑，深入到长廊的底部，在地上找到了那个死了的骑兵的衣服，便穿戴起来。

于是他在田野里徘徊，爬行一段路，沿着斜坡走，掩蔽起来，倾听最微小的声音，像一个偷猎者那样惴惴不安。

等他认为时间已到时，他走近大路，藏在一丛灌木中。他继续等待。临了，将近午夜，在坚实的泥土路面上，响起了马儿奔跑而来的声音。老农把耳朵贴到地面，拿稳了只有一个骑兵过来，就做好准备。

枪骑兵带着紧急公文，疾驰而来。路上他目光警觉，竖起耳朵。等他来到只有十步路的地方时，米龙老爹爬到路当中，呻吟道："Hilfe！Hilfe！（救命！救命！）"骑兵勒住马，认出是个落马的德国人，以为他受了伤，便跳下马，毫不怀疑地走过来。当他向陌生人俯下身去时，他在肚子中间挨上了弯刀的长刃一挥。他倒了下去，当即断气，仅仅垂死挣扎，抖动了几下。

于是诺曼底人像老农那样喜形于色，但默默无声地站起来，割断了骑兵的喉咙。然后，他把尸体拖到壕沟，扔了进去。

马儿平静地等待它的主人。米龙老爹跨上马鞍，奔驰着越过平原。

一个钟头以后，他又看到两个枪骑兵并排返回营地。他笔直向他们驰去，又喊着："Hilfe！Hilfe！"普鲁士人认出了军服，毫无怀疑。老人像颗炮弹从他们中间穿过,用马刀和手枪把他们都撂倒了。

然后他杀死了马,这两匹德国人的马!他悄悄回到石灰窑,把那匹马藏在阴暗的坑道深处。他脱下军服,再穿上自己的破衣烂衫,回到床上,一觉睡到天亮。

他有四天没有出门,等待公开调查结束;但是第五天,他又出去了,用同样的计策杀死了两个士兵。从此,他一发不可收。每天夜里,这个疯狂的枪骑兵、追逐普鲁士人的猎手,在月光下驰过不见人影的田野,东游西逛,寻找冒险机会,时而在这边撂倒几个普鲁士人,时而在那边杀死几个。干完以后,这个老骑兵让尸体躺在身后的大路上,回去把马和军服藏在石灰窑里。

晌午左右,他从容不迫地拿上燕麦和水,去喂坑道深处的坐骑,喂得饱饱的,因为需要它干重活。

但是,昨夜,他袭击的人中有一个有防备,一刀砍在老农的脸上。

他还是把两个人都杀了!他还能回来藏好他的马,再穿上他简陋的衣服;可是,回家时他虚弱无力,硬拖到马厩,再也回不到屋子里。

别人看到他躺在干草上,浑身是血……

他讲完事情以后,突然抬起头,骄傲地望着普鲁士军官。

上校捻着髭须,问他:

"您没有再要说的话吗?"

"没有,再没有了;账很准确:我杀死了十六个,不多不少。"

"您知道您要抵命吗?"

"我没有向您求饶。"

"您当过兵吗?"

"当过。我从前打过仗。再说,你们打死了我的父亲,他是第一帝国①的士兵。还不算上个月在埃夫勒②附近,你们打死了我的小儿子弗朗索瓦。你们欠我的已经还清。咱们谁也不欠谁了。"

军官们面面相觑。

老人又说:

"八个是为我父亲,八个是为我儿子,咱们谁也不欠谁了。我呀,我不是要向你们找碴儿!我根本不认识你们!我都不知道你们从哪儿来。眼下你们来到我家,你们在我家发号施令。我在其他士兵身上报了仇。我一点儿不后悔。"

老人挺直僵硬的身躯,抱起双臂,姿态像一位谦逊的英雄。

普鲁士人低声谈了很久。有一个上尉,上个月也失去了儿子,为这个崇高的穷苦人辩护。

上校站了起来,走近米龙老爹,压低声音说:

"听着,老头,也许有一个办法能救你的命,就是……"

但老人根本不听,眼睛直瞪着胜利者的军官,风吹拂着他脑袋上绒毛般的头发,他做了一个可怕的鬼脸,被刀砍伤的瘦脸痉挛起来。他鼓起胸膛,使出全力,在普鲁士人的脸上吐了一口唾沫。

上校气坏了,举起了手,老人又朝他脸上吐了一口。

所有的军官都站了起来,同时喊出命令。

不到一分钟,始终沉着镇定的老人被推到墙根处决了,他的长子让、儿媳妇和两个孙子茫然无措地望着,而他还向他们送去微笑呢。

---

① 即拿破仑建立的帝国,史称第一帝国。
② 埃夫勒:法国西北部厄尔省省会。

# 我的叔叔于勒[①]

一个穷老头，胡须皆白，向我们讨钱。我的同伴约瑟夫·达弗朗什给了他一个五法郎的银币。我很吃惊。他对我说：

"这个穷老头使我回想起一个故事，这故事我一直不能忘怀，我这就说给你听。事情是这样的：

"我的家庭原籍勒阿弗尔，并不是有钱人家。总算能够应付开支，如此而已。父亲工作，要很晚才从办公室回来，挣不了多少钱。我有两个姐姐。

"我的母亲对我们家生活的拮据感到异常痛苦，她常常找出一些尖酸刻薄的话，一些隐隐约约、含义刻毒的责备，发泄在她丈夫身上。这个可怜的人这时做出的手势，叫我难受极了。他张开手抹一抹脑门，仿佛要拭去根本没有的汗珠，并且一言不答。我体会到他因自己没有能耐而感到的痛苦。家里样样省吃俭用，从不接受人家的请客，免得要回请。买的都是减价日用品，店里的存底货。我的两个姐姐自己做连衣裙，十五个铜子一米的花边，也要在价钱上讨论半天。我们日常吃的是肉味汤和各种做法的牛肉。据说这既有益身心，又健胃补肾，不过我更喜欢吃别的东西。

"我要是丢了纽扣，撕破了裤子，那就要对我大吵大嚷。

---

① 本篇首次发表在1883年8月7日的《高卢人报》上，1884年收入短篇小说集《哈丽特小姐》。

"可是,每个星期天,我们都要全家盛装到海堤上去游逛。我的父亲穿着大礼服,戴着大礼帽和手套,让我母亲挽着手臂。而她呢,穿红戴绿,打扮得就像节日的船只。我的两个姐姐总是先打扮好了,等着出发的信号。但到了最后一刻,总会在父亲的大礼服上发现一块忘记擦掉的污垢,于是赶忙用旧布蘸了汽油,把它擦掉。

"这时我的父亲头上顶着那顶大礼帽,只穿着背心衬衫,等着这套手续告竣,而我的母亲戴上近视眼镜,脱下手套免得弄脏,忙得个不亦乐乎。

"全家庄重地上路了。我的两个姐姐挽着胳膊,走在前面。她们已到了出嫁的年龄,家里常让她们在城里招摇过市。我倚在我母亲的左边,我的父亲在她右边。我现在还想得起我可怜的双亲在星期日散步时那种正言厉色、举止庄重、郑重其事的神气。他们腰板挺直,大腿绷紧,迈着沉着的步子向前走着,仿佛他们的举止关系着一件至关重要的大事。

"每个星期日,当看到从遥远的、闻所未闻的国家返回的大海轮驶进港口,那时我父亲便要一字不易地重复他那句话:

"'嗨!要是于勒就在船上,那会多么叫人惊喜啊!'

"我父亲的弟弟于勒叔叔是全家唯一的希望,而在以前曾是全家的恐怖。我从小就听说过他,我觉得我第一眼就会认出他来,因为我老想着他,他对于我已经变得那么熟悉了。他动身到美洲去以前的全部生活细节,我都一清二楚,虽然家里人谈起他这段生活时总是低声细语。

"据说他早先品行不正,就是说他曾经挥霍掉不少钱,在穷人家里,这是罪恶当中最大的一种。在富人家里,吃喝玩乐不过是糊涂荒唐。这样的人大家笑吟吟地管他叫花花公子。在穷人家,一个年轻人要是使得父母用老本儿,那他就是一个坏蛋,一个乞丐,一个无赖!

"这种区分是正确的,尽管事情都一样,因为唯有后果才能决定行为的严重程度。

"总之,于勒叔叔把他应得的那份遗产吃得精光之后,还把我父亲所指望的那一份大大减少了。

"家里按照当时的惯例,把他送上一只从勒阿弗尔开往纽约的商船,打发他到美洲去。

"一到那儿,我的叔叔于勒就做上不知什么买卖,不久他便来信说,他赚了点钱,希望能够赔偿对我父亲造成的损失。这封信使我家激动万分。这个大家都认为狗屁不如的于勒,突然成了一个正派的人,一个有良心的小伙子,一个真正的达弗朗什家的人,跟所有达弗朗什家的人一样廉洁正直。

"有位船长又告诉我们,他已租了一爿大店铺,做着殷实的生意。

"两年后又来了第二封信,信上说:

我亲爱的菲利浦,我给你写这封信是免得你担心我的身体,我很健康。买卖也很兴旺。明天我要动身到南美洲长期旅行一次。也许要好几年不给你写信。要是真的不给你写信,你也不用担心。我一朝发了财,就会回勒阿弗尔的。我希望后会之期不会太远,那时我们就可以幸福地生活在一起……

"这封信成了我们家的福音书。一有机会就拿出来念,逢人就拿出来给他看。

"果然,十年了,于勒叔叔没有再来过信。可是,随着时间的推移,我父亲的希望与日俱增,我的母亲也常常说:

"'这个好心的于勒有朝一日回来,我们的景况就会变样儿了。他这个人可是有办法!'

"于是每个星期天,一看见大海轮向天空喷出蜿蜒如蛇的团团黑烟,从天边驶来的时候,我的父亲便重复他那句永远不变的话:

"'嗨!要是于勒就在船上,那会多么令人惊喜啊!'

"于是大家几乎都在等待他出现,并挥动手帕喊着:

"'喂!菲利浦!'

"对于他一定会回来,大家早设想好了上千种计划,甚至于计划到要用叔叔的钱在安古维尔附近购置一所别墅。我不敢肯定我的父亲是不是就此已经进行过商洽。

"我的大姐那年是二十八岁,二姐是二十六岁。她们还没有结婚,这是大家十分发愁的事。

"终于有一个看中二姐的人上门来了。他是一个职员,没有什么钱,但名声很好。我总认为,那是因为有一天晚上,我们拿出于勒叔叔的信来给他看,才使这个年轻人不再犹豫,下了决心。

"我们家赶紧表示同意,并且决定婚礼之后举家到哲赛岛① 小游一次。

"哲赛岛是穷人游玩的理想地点。路程并不远,乘邮船渡过了海,便踏上外国的土地,因为这个小岛是属于英国的。因此,一个法国人只要航行两个钟头,就可以到邻国看看这个民族,并且研究一下这个不列颠国旗覆盖着的岛上的风俗,据那些说话直率的人讲,

---

① 哲赛岛:在英吉利海峡,属于英国。

那是十分可怜可悲的。

"这次到哲赛岛的旅行成了我们挂虑的、唯一盼望的、时刻梦想的事。

"我们终于出发了。这一幕今天还如在目前,恍如隔日之事。停靠在格朗维尔码头的轮船生起了火,我的父亲慌慌张张地监看着把我们的三个包裹搬到船上,我的母亲惴惴不安地挽着我那未嫁姐姐的胳膊,自从二姐出嫁后,大姐就像一窝鸡里剩下的唯一小鸡,失魂落魄似的;在我们后面是那对新婚夫妇,他们总落在后面,使得我不时掉过头去看。

"轮船鸣笛了。我们都上了船,轮船离开防波堤,越行越远,向着平坦如绿色大理石的大海驶去。我们看着海岸渐渐消失,幸福快活,豪情满怀,如同那些很少旅行的人一样。

"我的父亲挺着肚子,他的大礼服家里人当天早上仔细地擦掉了所有的油污,这时,在他周围散发着出门时必有的汽油味。那时候,我一闻到这种气味,就知道到了星期天。

"我的父亲忽然瞥见两位先生在请两位举止风雅的太太吃牡蛎。一个衣衫褴褛的老水手拿着小刀,一下就撬开了牡蛎,递给那两位先生,再由他们传给两位太太。她们的吃法很文雅,一块精致的手帕托着牡蛎壳,嘴巴向前伸着,免得弄脏衣裙。然后嘴很快地微微一动就把汁水吸了进去,牡蛎壳扔到海里。

"不消说,这种在行驶着的海轮上吃牡蛎的讲究吃法吸引了我的父亲。他认为这是雅致高级的好派头,于是走近我的母亲和两位姐姐,问道:

"'你们要不要我请你们吃牡蛎?'

"我的母亲踌躇不定,为的是怕花钱;而我的两个姐姐马上赞成。我的母亲语气不悦地说：

"'我怕伤胃。你给孩子们吃就行了，可别过多，吃多了他们会闹病的。'

"然后，她转身对着我，添上说：

"'至于约瑟夫，他就用不着吃了，别把男孩子惯坏了。'

"我只好留在母亲身边，心里觉得这样区别对待很不公道。我的目光跟着父亲，看他大模大样地领着两个女儿和女婿向那个衣衫褴褛的老水手走去。

"那两位太太刚刚走开，我父亲给我的两位姐姐指点，怎样吃才不至于让汁水流出来，他甚至想做个样子，拿起了一个牡蛎。他试着要模仿那两位太太，一眨眼却把汁水倒翻在大礼服上，于是我听见我母亲咕哝着说：

"'还不如安安静静待着。'

"忽然，我的父亲变得局促不安。他走几步，盯着看挤在卖牡蛎老头身边的女儿女婿，突然之间他向我们走来。他显得异常苍白，眼色也变得异样。他小声对我母亲说：

"真是怪事！这个卖牡蛎的怎么这样像于勒。'

"我的母亲十分吃惊，问道：

"'哪个于勒？'

"我的父亲接着说：

"'就……就是我的弟弟……如果我不是知道他眼下在美洲，地位不错，那我真会以为就是他哩。'

"我的母亲吓得嘟囔着说：

"'你疯了！既然你知道不是他，为什么还胡说八道？'

"可是我父亲还坚持着说：

"'克拉丽丝,你去看看吧,最好还是你亲眼看一看,弄个明白。'

"她站起身来,走近她的两个女儿。我也端详了一下那个人。他又老又脏,满脸皱纹,眼睛始终没有离开他手里的活儿。

"我的母亲回来了。我看出她在颤抖。她说得很快:

"'我看就是他。你去跟船长打听一下吧。可要多加小心,别叫这家伙又落到咱们身上!'

"我的父亲赶紧就去,我跟在他后面。我心里感到异乎寻常的激动。

"船长是个高个儿,十分瘦削,留着长髯,正在顶层神气十足地踱着步,仿佛他指挥着一艘开往印度的邮船①。

"我的父亲神气俨然地走近他,一边恭维他,一边询问有关他职业的事:

"'哲赛岛有多大重要性?有什么出产?人口多少?风俗习惯怎样?土质怎样?……'

"在旁人看来,真以为他们至少是在谈论美利坚合众国哩。

"然后,话题转到我们搭乘的这艘'特快号'海轮②,接着谈到船员。末了,我的父亲嗓音都变了:

"'您船上有一个卖牡蛎的老头,这人倒显得很有趣。您知道一点这老头的底细吗?'

"这场谈话终于把船长惹火了,他冷冷地回答:

---

① 这个邮班被认为是当时(持续时间为1839—1939年)世界上行程最长和速度最快的,来往于英国和印度之间,中间经过法国铁路中转,火车穿过巴黎,时速达100公里,当时算是很快的;在布兰迪齐改为海运。
② 当时确有这样一艘汽轮行驶在海峡之间。

"'这是个年老的法国流浪汉,去年我在美洲碰到的,我把他带回国。据说他在勒阿弗尔有亲戚,但他不愿回到他们那里,因为他欠着他们的钱。他叫于勒……于勒·达尔旺什,总之跟这差不离的一个姓。听说他在那边一度阔过,可是您看,如今他败落到如此地步。'

"我的父亲脸色变得煞白,眼神慌乱,憋着嗓门一顿一顿地说:

"'啊!啊!好……很好……这并不令我惊奇……谢谢您,船长。'

"说完他就走了,船长莫名其妙地看着他走开。

"他回到我母亲身旁,脸色大变,我母亲赶紧对他说:

"'快坐下,别叫他们几个发觉出了什么事。'

"他跌坐在长凳上,结结巴巴地说:

"'是他,就是他!'

"他接着问:

"'咱们怎么办呢?'

"她马上回答:

"'应该把孩子们领开。既然约瑟夫全知道了,那就让他去把他们找回来。尤其小心别让咱们女婿觉察出来。'

"我的父亲显得神情颓然,他嘟囔着说:

"'真是飞来横祸!'

"我的母亲突然暴怒起来,她说:

"'我一直就料到,这个贱骨头不会有出息,他早晚要回来拖累我们!对达弗朗什家的人还能有什么指望呢!……'

"这时我的父亲用手抹了抹脑门,就像平时受到妻子责备时所做的那样。

"我母亲又添上说：

"'你现在就把钱交给约瑟夫，让他去付清牡蛎的钱。要是被这个讨饭的认出来就不好了。那在船上可就有好戏看了。咱们到船的那头去，别让这个家伙挨近我们！'

"她站起身来，给了我一枚五法郎的银币，他们就走开了。

"我的两个姐姐正等着父亲，都感到奇怪。我回答说妈妈有点晕船。我问那个卖牡蛎的：

"'先生，该付您多少钱？'

"我真想说：我的叔叔。

"他回答：

"'两个法郎五十生丁。'

"我把五法郎的银币给了他，他便找钱给我。

"我看着他的手，那是一只满是皱痕的水手的手。我又望着他的脸，那是一张又老又穷苦的脸，满面愁容，饱含辛酸，我默默念着：

"'这是我的叔叔，爸爸的弟弟，我的叔叔！'

"我给了他十个铜子的小费。他谢谢我：

"'天主保佑您，年轻的先生！'

"用的是穷人接到施舍的声调。我想，他在那边一定要过饭！

"我的两个姐姐看着我，对我的慷慨感到惊讶。

"等我把两个法郎交还给父亲，我母亲吃了一惊，就问：

"'花了三个法郎？……这怎么可能！'

"我用坚定的语气说：

"'我给了十个铜子的小费。'

"我母亲吓了一跳，盯住看我：

"'你疯了！拿十个铜子给这个家伙，这个臭要饭的！……'

"她打住了,父亲指着女婿,使了个眼色。

"之后,大家都沉默不语。

"在我们面前,天边有一片紫色的阴影仿佛从海里冒出来。那就是哲赛岛了。

"当船靠近防波堤时,我心里油然而生一股强烈的愿望,我想再看一看我的叔叔于勒,想挨近他,对他说几句安慰温存的话。

"可是,他已经看不见了,因为没有人再吃牡蛎。不用说,这个可怜的人已经回到他所住的恶浊难闻的舱底去了。

"回来时我们改乘'圣玛罗号',以免再碰上他。我母亲坐立不安,忧心如焚。

"我再也没有见过我父亲的弟弟!

"今后你还会看到我有时要给流浪汉五法郎的银币,其原因就在这里。"

# 一场决斗①

战争结束了；德国人占领了法国；这个国家犹如一个被打败了的角斗士，被压在战胜者的膝下颤抖。②

从惊惶、饥饿、绝望的巴黎开出的头几列火车，慢腾腾地穿过田野和村庄，驶向新划定的国境线。第一批旅客望着窗外到处是废墟的平原和焚毁的村子。在那些仅存的房屋门口，戴着铜尖顶黑头盔的普鲁士士兵，骑坐在椅子上抽烟斗。还有的士兵在干活或者聊天，仿佛他们是这些人家的成员。经过城市的时候，可以看见团队在广场上操练，尽管车声辚辚，嘶哑的口令声还是不时传来。

杜布伊先生在整个围城期间都属于巴黎的国民自卫军，眼下他到瑞士去，同他的妻子和女儿相聚；她们是在敌人入侵以前，出于谨慎，被送到国外去的。③

饥饿和劳累丝毫没有使这个富有与和善的商人的大肚子缩小。他带着逆来顺受和痛心疾首的态度，对人的野蛮行为嗤之以鼻，熬过了那些可怕的事件。战争结束后，他来到边境，虽然他在防御工

---

① 本篇首次发表在1883年8月14日的《高卢人报》上，莫泊桑去世后，收入《流动商贩》(1900)。
② 1871年3月1日，议会批准了和约的准备性谈判。同一天，普军象征性地占领了香榭丽舍区，2日撤退。
③ 比利时和瑞士在战争时期成为避难地，随后收留了大批巴黎公社社员。

事上尽过职责，在寒夜里放过哨，他却是第一次看到普鲁士人。

他又气又怕地望着这些全副武装、蓄着大胡子的人，在法国的土地上就像在自己国家一样，他心里感到一股无能为力的爱国热情，同时也感到谨慎行事的迫切需要，这种新的本能已不再离开我们。

在他的隔间里，两个来游览的英国人以平静和好奇的目光张望着。他们也是两个胖子，用本国语交谈，有时浏览旅行指南，大声读着，竭力了解标出的地方。

火车突然停在一个小城的火车站上，一个普鲁士军官上来了，军刀碰在车厢的两级踏板上，发出咣当的声音。他身材高大，军服裹紧身上，胡子长到眼睛旁边，红得像火在燃烧，长髭须颜色稍淡，向面孔的两边伸展出去，把脸一截为二。

两个英国人马上带着好奇心得到满足的微笑开始端详他，而杜布伊先生佯装看报。他蜷缩在角落里，有如小偷见到了宪警一样。

火车重新开动了。两个英国人继续交谈，寻找战役的准确地点；突然，其中一个伸出手，指着天际的一个村庄；普鲁士军官伸出长腿，往后一靠，用轻浊音不分的法语说：

"我在这个村子里杀死过十二个法国人。我抓到一百多个俘虏。"

英国人很感兴趣，紧接着问道：

"噢！这个村庄叫什么名字？"

普鲁士人回答：

"法尔斯堡①。"

他又说：

"我揪这些法国下流坯的耳朵。"

---

① 瑞士没有这个地方（Pharsbourg），只有Phalsbourg，这个城市在1870至1871年冬季曾激烈地抵抗过普军。

他望着杜布伊先生，胡子里露出得意的笑容。

火车不停地穿过被占领的村庄。沿着大路和田边，可以看见德国兵站在栅栏角上，或者在咖啡店前面聊天。就像非洲的蝗虫一样，遍地皆是。

军官伸出手说：

"如果我来指挥，早就夺取巴黎，烧个精光，杀死所有的人。不再有法国了！"

两个英国人出于礼貌，简单地回答一句：

"Aho！Yes。"

他继续说：

"再过二十年，整个欧洲，整个，都属于我们。普鲁士比所有国家都强大。①"

两个英国人忐忑不安，不再回答。他们的脸变得冷漠，在长颊髯中间像蜡一样。于是普鲁士军官笑了起来。他始终仰后靠着，尽情嘲笑。他嘲笑被打垮的法国，侮辱打翻在地的敌人；他嘲笑不久前被打败的奥地利②；他嘲笑有些省份无力的顽抗；他嘲笑国民别动队和毫无用处的炮兵。他宣称俾斯麦③要用缴获的大炮建造一座铁城。突然，他把靴子靠着杜布伊先生的大腿，后者面红耳赤，扭过头去。

两个英国人似乎变得对一切无动于衷，俨然一刹那间他们已经

---

① 这个军官将一首作于1841年的民族主义的流行歌曲自由地改了一下，这首歌在1919年成为德国国歌。
② 指1866年7月3日的萨多瓦战役，这场战役标志着奥地利的没落和普鲁士的强盛。
③ 俾斯麦（1815—1898）：普鲁士王国首相（1862—1890）和德意志帝国首相（1871—1890）。

回到了自己的岛园里闭关自守,远离世上的尘嚣。

军官掏出烟斗,眼睛盯住法国人:

"您没有烟丝吗?"

杜布伊先生回答:

"没有,先生。"

德国人又说:

"待会火车停了,请您去买一点来。"

他又笑起来:

"我会给您小费。"

火车鸣笛,放慢了速度。经过火车站被焚毁的房子,然后完全停住。德国人打开车门,抓住杜布伊先生的胳膊:

"快去给我跑一趟,快!"

一个普鲁士人的小分队占据着车站。还有些士兵站在木栅栏一边望着。火车头已经鸣笛要开车了。于是杜布伊先生陡地冲到月台,不顾站长挥手制止,又冲进旁边的一节车厢。

他是单独一人了!他解开背心,他的心跳得那么厉害,他气喘吁吁地擦拭脑门。

火车又在一个站上停下来。突然,那个军官出现在车门口,他上了车,两个英国人在好奇心的驱使下,也跟了过来。德国人坐在法国人的对面,始终笑着:

"您不想给我跑腿。"

杜布伊回答:

"不想,先生。"

火车刚刚又开动了。

军官说:

"我要割下您的胡子,装我的烟斗。"

他朝邻座的脸伸出手去。

两个英国人始终很冷漠,目不转睛地盯着。

德国人已经揪到一撮胡子想拔,这时杜布伊先生用手背推开他的手臂,抓住他的领子,把他掀倒在软垫长椅上。杜布伊先生气得发狂,太阳穴鼓胀起来,眼睛充满血丝,一只手掐住对方喉咙,另一只手握紧了,发狂地在他脸上报以老拳,普鲁士人在挣扎,想抽出他的军刀,又想抱住压在身上的对手。可是杜布伊先生以肚子的巨大重量死死压住他,一拳拳地打,不停地打,不歇气地打,也不管他的拳头打在什么地方。血流出来了;德国人被掐得倒出气,吐出几颗牙齿,徒劳地想推开这个殴打他的愤怒的大胖子。

两个英国人站了起来,走近来想看个仔细。他们站在那里,又乐又好奇,准备打赌,看两个搏斗者谁胜谁败。

突然,杜布伊先生这样使劲,累坏了,站了起来,一言不发又坐下。

普鲁士人没有向他扑去,他又是惊慌,又是疼痛,以致惊惶失措,怔在那里。他喘过气来后,说道:

"如果您不肯用手枪和我决斗,我就杀死您。"

杜布伊先生回答:

"悉听尊便。我奉陪。"

德国人又说:"斯特拉斯堡到了,我会赶在火车重新开动之前,找到两个军官做证人。"

杜布伊先生像火车头一样喘着气,对两个英国人说:

"你们愿意做我的证人吗?"

两个人同时回答：

"Aho！Yes！"

火车停下了。

一分钟内，普鲁士人找到了两个同事，他们拿来了手枪，大家来到城墙根。

两个英国人怕误车，不断掏出表来看，加快步子，匆匆做好准备工作。

杜布伊先生从来没有拿过手枪。他被安置在离敌人二十步远的地方。别人问他：

"准备好了没有？"

在回答"准备好了，先生"的时候，他看到有个英国人在张伞遮太阳光。

一个声音发出命令：

"开枪！"

杜布伊先生立即随便开了一枪，他吃惊地看到站在对面的那个普鲁士人晃了几下，举起双臂，直挺挺地扑倒在地。他把普鲁士人打死了。

一个英国人"Aho！"地喊了一声，颤动的声音透出高兴、好奇心得到满足、焦急得到缓解的意味。另一个英国人手里一直拿着表，抓住杜布伊先生的手臂，拖住他，小跑步朝火车站奔去。

前面那个英国人双手握拳，胳膊肘贴住身体，一面跑，一面喊着步伐：

"一，二！一，二！"

三个人挺着肚子，并排跑着，就像幽默报纸上的三个滑稽人物。

火车开动了。他们跳进他们的车厢。两个英国人脱下旅行便帽，举起来挥舞，他们连续地叫了三次：

"Hip, hip, hip, hurrah！①"

然后，他们庄重地先后向杜布伊先生伸出右手，握完手，他们又回到角落里并排坐下。

---

① 英语：嗨，嗨，嗨，乌啦！

## 勋章到手了![1]

有些人生下来就有一种占优势的本能，一种志向，或者只是在刚会说话、刚会思想的时候就产生的一种欲望。

萨克尔芒先生脑子里只有一个念头，就是获得勋章。孩童时，他佩戴着锌做的荣誉勋位勋章，如同别的孩子戴军帽一样。在街上，他挺起挂着红色绶带和星形金属勋章的小胸脯，骄傲地让母亲牵着手。

他学习成绩不好，业士学位考试[2]没有通过，不知道该做什么，他娶了一个漂亮的姑娘，因为他有财产。

他们像富有的资产者一样住在巴黎，在他们的圈子里走动，却没有混入上流社会，很得意认识一位可能当部长的议员，朋友当中有两位师长。

但是，在萨克尔芒先生的生命之初就进入他脑子的想法，从此就再也没有离开过他，他由于没有权利在礼服上挂着小小的彩色绶带，一直痛苦难熬。

他在林荫大道上遇见佩带勋章的人，心里就像挨了一下打击。他带着激增的嫉妒从眼角睨视他们。有时，在无所事事的漫长下午，

---

① 本篇首次用笔名发表在1883年11月13日的《吉尔·布拉斯报》上，次年收入短篇小说集《隆多里姐妹》。
② 法国学生中学毕业后举行会考，及格者取得业士学位，才有资格上大学。

他计算能数出几个。他思忖:"哦,我从马德莱娜教堂到德鲁奥街会遇见多少呢?"

他慢慢走着,观察衣服,有训练的眼睛从老远分辨出小红点,他散步到头时,总是对数字感到惊讶:"八个军官级,十七个骑士级①。真多啊!像这样乱发勋章,真是愚蠢。让我们再看看,回去的路上是不是会有那么多。"

他迈着缓慢的步子往回走,行人拥挤,可能会妨碍他搜索,让他漏数,这使他很懊恼。

他知道哪些市区可以遇到最多。他们在王宫一带多不胜数。歌剧院的林荫道不如和平街多;大马路右边比左边多。

他们似乎也喜欢某些咖啡厅和某些剧院。每当萨克尔芒先生看到一群白发苍苍的老先生停在人行道中间,妨碍走路时,他就想:"这是一些军官级荣誉勋位获得者!"他很想向他们致意。

他时常注意到,军官级获得者和普通的骑士级获得者有不同的气派。他们脑袋的姿态迥异。可以明显感到,他们正式拥有更高的声誉和更广泛的地位。

有时,萨克尔芒先生也生出一股怒气,对所有佩带勋章的人恨之入骨;他对他们怀有社会党人那种仇恨。

回到家里,因遇到那么多勋章而愤愤不已,有如一个饿汉经过一家家大食品店时那样,他大声嚷道:"究竟要到什么时候,我们才能摆脱这肮脏的政府?"他的妻子很吃惊,问他:"今天你怎么了?"

他回答:"我到处都看到不公正,我气愤难平。啊!那些公社②成员是做得对的!"

---

① 法国荣誉勋位勋章分为五级,军官级为第四级,骑士级为第五级。
② 指巴黎公社。

但是吃完晚饭他又出门了,他去看勋章商店。他观察所有形状不同、颜色各异的勋章。他多想统统占有,在公开典礼上,在人头攒动、人人惊叹不已的大厅中,走在一队人前面,胸前闪闪发亮,顺着肋骨挂着一排排紧挨着的勋章,胳膊下夹着折叠式高顶大礼帽,神态庄重,在一片表示崇敬的喁喁声中走过,犹如一颗明星那样闪光。

唉!他没有任何头衔,可以获得任何勋章。

他心想:"对于一个没有担任任何公职的人来说,确实是太难了。如果我设法获得文化教育勋章,那就好了!"

但是他不知道怎么办。他对他的妻子说了这事,她惊得发呆。

"文化教育勋章?你做过什么事可以获得它?"

他勃然大怒:"你要明白我想说的话。我正是在寻找应该做什么事。你有时真蠢。"

她微笑:"好极了,你说得对。但是我呀,我不知道。"

他有个想法:"如果你对议员罗斯兰说一下,他可以给我一个出色建议。我呢,你明白,我不太敢同他直接接触这个问题。这相当微妙,相当困难;来自于你,事情就自然而然了。"

萨克尔芒太太做了他所要求的事。罗斯兰先生答应向部长谈一谈。萨克尔芒缠着他。议员最后回答他,应该提出一个申请,列出他的资历。

他的资历?糟糕。他甚至连业士都不是。

然而他开始工作,撰写一本小册子:《论人民受教育的权利》。由于思想贫乏,他没能写完。

他寻找更容易的题材,相继接触了好几个。先是《儿童的直观教育》。他希望在贫困街区为小孩子建立免费剧场。父母从孩子幼小时候起就带他们去看戏,那里用幻灯向他们传授人类各门知识的概念。这会是真正的课程。视觉启迪大脑,图像会深深印在记忆中,可以说使科学能够感触。

这样来传授世界史、地理、博物史、植物学、动物学、解剖学,等等,还有什么更简单的吗?

他出版了这篇论文,分送给每个议员,每个部长送十本,共和国总统送五十本,巴黎的每家报纸送十本,外省的每家报纸送五本。

然后,他论述街道的图书馆问题,他希望国家派人在街上安置一些流动小车,装满书籍,就像卖橘子的车一样。每个居民每月有权租十本书,只要出一个苏。

"老百姓,"萨克尔芒先生说,"只有在找乐子的时候才肯活动。既然老百姓不去受教育,那么就应该让教育去找他们,等等。"

这些论文没有引起任何反响。不过他提出了申请。得到的答复是,已经记录在案,会通知他的。他深信会获得成功;他在等待。什么也没有发生。

于是他决定亲自斡旋。他请求国民教育部长接见,他受到一个非常年轻却已经很庄重,甚至神气活现的办公室科员接待,他像弹钢琴一样按动一系列白色的小按钮,召来前厅的传达员、服务员以及下级公务员。他向申请者断言,他的事进行顺利,建议他继续卓有成效地工作。

萨克尔芒又开始工作起来。

议员罗斯兰先生眼下似乎非常关切他的成功,甚至给他出了许多切实可行的好建议。再说,罗斯兰先生获得了勋章,没有人知道他是出于什么原因得到这个荣誉的。

他指点萨克尔芒进行新的研究,把他介绍给学术团体,这些团体研究特别繁难的科学观点,以求获得荣誉。他甚至在部里保护萨克尔芒。

但是,有一天,他到朋友家里吃中饭(近几个月他常常去吃饭),朋友握住他的手低声说:"我刚为您弄到一个美差。历史著作委员会交给您一个任务,就是对法国各地图书馆进行一项研究。"

萨克尔芒激动得支持不住,无法吃喝。一星期后他动身了。

他从一个城市到另一个城市,研究目录,在满是尘土的阁楼里搜索,遭到图书馆管理员的仇视。

然而,有一晚,他在鲁昂,想回去拥抱一下有一个星期没有见到的妻子;他坐上九点钟的火车,半夜才能到家。

他有钥匙。他悄无声息地进门,快乐得哆嗦,很高兴给她来个惊喜。她关上了房门,多么扫兴!于是他隔着房门喊道:"让娜,是我!"

她大概吓了一大跳,因为他听到她跳下床来,像在梦中一样独自说话。然后她跑到盥洗间,打开又关上,光着脚好几次快步穿过房间,震得家具上的玻璃器皿咣当响。末了她问道:"确是你吗,亚历山大?"

他回答:"是的,是我,快开门!"

门开了,他的妻子扑到他的怀里,期期艾艾地说:"噢!多可怕啊!多令人吃惊啊!多高兴啊!"

于是他开始脱衣服,像他做任何事一样有条不紊。他在一把椅子上拿起他的外套,他习惯是挂在前厅的。但突然,他呆住了。纽孔上挂着一条红绶带!

他结结巴巴地说:"这件……这件……这件外套挂着勋章!"

于是他的妻子一跃而起向他扑来,想从他手里夺过衣服:"不……你搞错了……把它给我。"

可是他始终抓住一只袖管,没有松手,如癫似狂地一再说:"嗯?……为什么?……给我解释一下?……这件外套是谁的?……这不是我的,因为挂着荣誉勋位勋章!"

她竭力把衣服夺过来,惊慌失措,支支吾吾地说:"听着……听着……把它给我……我不能对你说……这是一个秘密……听着。"

但是他火冒三丈,脸色变得刷白:"我要知道这件外套怎么会在这里,这不是我的外套。"

于是她冲着他喊道:"是你的,别说了,向我发誓……听着……好吧!你已经获得勋章了!"

他激动得晃动一下,松开外套,他跌坐在一把扶手椅中。

"我已经……你说……我已经获得勋章了。"

"是的……这是一个秘密,一个大秘密……"

她已经把那件挂着勋章的衣服藏到大柜里了,回到她丈夫面前,瑟瑟发抖,脸色苍白。她说:"是的,这是我替你做的一件新外套。但是我发过誓瞒着你,在一个月或者一个半月之内不会正式公布。你要等到返回以后才知道。是罗斯兰先生为你得到的……"

萨克尔芒瘫软无力地嗫嚅说:"罗斯兰……勋章到手了……他……他让我……让我获得勋章……啊!……"

他不得不喝下一杯水。

一小张白纸躺在地上,是从外套的口袋里落下来的。萨克尔芒捡了起来,这是一张名片。他看到:"罗斯兰——议员。"

"你看到了吧?"妻子说。

他快乐得哭了起来。

一星期后,《政府公报》公布,萨克尔芒先生由于特殊的功绩,获得荣誉勋位骑士级勋章。

# 一个女雇工的故事①

一

由于风和日丽,在农庄打工的人比平时午饭吃得快,都下地去了。

女雇工萝丝独自留在宽敞的厨房里,炉膛内装满热水的锅子底下,余火熄灭了。她不时去舀锅里的水,慢慢洗着餐具,停一停是想看看从窗外射进来、投在长桌上的两方块阳光,窗玻璃的缺点都显现在里面。

三只很大胆的母鸡在椅子底下寻找面包屑。家禽饲养棚的气味,牲口棚发酵的热气,从半掩的门钻进来;在炎热的晌午的静谧中,可以听到公鸡的啼鸣。

姑娘洗完了餐具,擦过桌子,打扫壁炉,将盆子叠放在尽里头高高的餐具架上,旁边是一只木壳钟,滴答作响;她吸了一口气,有点晕晕乎乎,不知什么原因气闷。她望了望发黑的土墙、熏黑的梁木,上面挂着蜘蛛网、熏鲱鱼和一排排洋葱;然后她坐下来,踩结实的泥地上,长年累月,多少东西放上去晒干了;在这溽热的天气,从中逸出的酸腐气味令她难受。还要加上隔壁房间凝结奶皮的

---

① 本篇首次发表在 1881 年 3 月 26 日的《政治与文学杂志》上,同年收入短篇小说集《泰利埃公馆》。

奶制品酸味。然而她想同平常那样做缝纫活,但她没有力气了,她走到门口去透透气。

她受到灼热阳光的抚弄,感到一丝暖意直透心底,一种舒适流遍全身。

门前的厩肥不断散发出少量闪光的水蒸气。母鸡侧身躺在上面,用一只爪子翻挖一下,寻找虫子。公鸡趾高气扬地站在它们中间,不时选中一只,发出咯咯的召唤声,围着它转。母鸡懒洋洋地站起来,平静地迎接公鸡,弯下腿,用翅膀托着它;然后抖抖羽毛,去掉灰尘,又重新躺在厩肥上,而公鸡啼鸣起来,计算有多少次胜利。所有院子里的公鸡与它和鸣,仿佛从一个农庄到另一个农庄,它们在互相传送爱情的挑战。

女雇工望着这些鸡,一无所思;她抬起头,繁花满枝的苹果树,像扑满粉的脑袋,白花花一片,照得她晃眼。

有一匹马驹欣喜若狂,突然从她面前奔驰而过。它绕着栽着树的壕沟跑了两圈,然后骤然间停下,回过头来,仿佛奇怪怎么只有它一匹。

她也感到奔跑的愿望、活动的需要,和躺下来伸展四肢,在静止不动和热烘烘的空气中休息的欲望。她走了几步,犹豫不定,闭着眼睛,被一种动物的舒适攫住了;然后,她悄悄地走到鸡窝里去掏鸡蛋。有十三只鸡蛋,她都捡起,带回来放到碗橱里,厨房的气味重新使她感到不舒服,她走出来在草地上坐了一会儿。

农场的院子被树木封闭起来,似乎睡着了。黄色的蒲公英像灯光一样在草丛中闪亮;高高的青草是一种鲜绿色,像春天的新绿。苹果树的阴影在树根边形成一圈;房屋的茅草顶上,长出形似军刀叶子的鸢尾,屋顶有点冒热气,就像马厩和谷仓的湿气,透过茅草升起。

女雇工来到停车库底下，那里放着各种车辆。那边，沟里有一个绿色的大坑，长满了紫罗兰，香气四溢。在斜坡之上，可以看见田野，一马平川，生长着庄稼，一丛丛树木星罗棋布，远处一群群干活的人，东一处西一处，小得好似木偶，像玩具似的白马拖着孩子的玩具犁，由一个像手指那样高的小人儿推着。

她在库房里拿了一捆麦秸，扔在这个坑里，坐在上面；然后，由于不舒服，她解开麦秸，摊开来，双臂枕在头下，伸直了腿，躺了下来。

她慢慢地闭上眼睛，在软绵绵的惬意中昏昏欲睡。她甚至要完全睡着了，这时她感到有两只手按住她的胸脯，她一跃而起。这是农场的雇工雅克，一个身材健美、高个儿的皮卡第①人，近来在追求她。这一天，他在羊圈干活，由于看到她躺在阴影里，便蹑手蹑脚走过来，屏息静气，眼睛闪光，头发里有麦草屑。

他想抱吻她，但是她跟他一样有力，给了他一记耳光；他狡猾地求饶。于是他们并肩坐下，亲切地交谈。他们谈到天气对庄稼有利，谈到年成预料不错，谈到他们的主人很正直，谈到当地的邻居，他们自己，他们的村子，他们的青年时代，他们的往事，他们久别的也许永别的父母。想到这一点，她情动于怀，而他呢，有固定的想法，挨近了，蹭着她，哆嗦着，欲望充满了全身。她说：

"我已经很久没有见到妈妈了；这样远隔一方毕竟很难受。"

她茫然的目光望着远方，越过空间，直到那边，那边，在北方她离开的村子。

---

① 皮卡第：法国北部古省。

他突然搂住她的脖子，重新抱吻她；可是，她一拳猛挥过去，狠狠地打在他脸上，打得他鼻子出血；他站起来，将头靠在树干上。于是她心软了，走近他问道：

"打痛了你吗？"

可是他笑起来。没有，不要紧；只不过她正好打在中间。他喃喃地说："好样的！"他赞赏地望着她，产生一种敬意，一种迥然不同的爱，对这个如此结实的高个儿女孩开始有一种真正的爱情。

血止住以后，他向她提议转一圈，生怕这样并排待下去还得挨她的老拳。她自动地挽起他的胳膊，就像晚上那些未婚夫妇在林荫道上散步那样，她对他说：

"雅克，你这样瞧不起我，很不好。"

他申辩，不，他没有瞧不起她，他爱上了她，如此而已。

"那么，你愿意同我结婚吗？"

他犹豫了，然后，他偷偷看她，而这时她的眼睛消失在前面的远方。她双颊红润、饱满，宽阔的胸脯在印花布的短上衣里高高耸起，鲜艳的厚嘴唇，脖子几乎裸露，布满小汗珠。他感到欲望又袭上身来，把嘴凑到她的耳边，低声说：

"是的，我非常愿意。"

于是，她用双臂搂住他的脖子，长久地吻他，以致他们俩都喘不过气来。

从这时起，他们之间开始了永恒的爱情故事。他们在角落里调情；他们在月光下、草垛后面约会；他们在饭桌下用包铁皮的笨重的鞋在对方腿上踢得青一块紫一块。

后来雅克显得逐渐对她厌倦了；他躲开她，几乎不再跟她说话，不再力图同她单独相会。于是她疑心重重，十分忧虑；不久，她发现自己怀孕了。

她先是惊慌失措，继而怒上心头，一天天加剧，因为她无法找到他，他处心积虑躲开她。

末了，一天夜里，农庄里的人都睡下了，她穿着短裙，光着脚，无声无息出得门来，穿过院子，推开马厩的门，雅克就睡在马儿上面一只铺满干草的大箱子里，他听见她来了，佯装打呼噜；但是她爬上去，跪在他旁边，摇到他抬起身来。

他坐好问道："你想要怎样？"她咬紧牙，气得哆嗦，说道："我想，我想要你娶我，你答应过跟我结婚的。"他笑了起来，回答："哎哟！凡是不慎让她失足的姑娘都要娶过来的话，那是做不了的事。"

但是她卡住他的咽喉，把他按倒，他无法摆脱她凶狠的束缚，她掐得紧紧的，贴近他的脸喊道："我怀孕了，听明白，我怀孕了。"

他喘着气，透不过气来；他们俩待在那里，一动不动，在黑漆漆的寂静中默默无言，只有一匹马从草料架上扯下干草，然后慢慢咀嚼，打破了这寂静。

雅克明白她的力气比他大，支支吾吾地说：

"好吧，既然如此，我娶你。"

但是她不再相信他的诺言。

"马上，"她说，"你让教堂公布结婚预告。"

他回答：

"马上就办。"

"对天主发誓。"

他犹豫了一下，然后打定主意：

"我对天主发誓。"

于是她松开手，不多说一句就走了。

她有几天没有机会同他说话。此后，马厩的门每天夜里都锁上了，她担心出丑闻，不敢弄出声音来。

一天早上，她看到另一个雇工进来吃饭。她问道：

"雅克走了吗？"

"是的，"那人说，"我代替他。"

她颤抖得那么厉害，无法取下汤锅；待到大家都去干活了，她上楼来到自己屋里，怕别人听见，把脸伏在枕头上哭泣。

白天，她设法打听消息，又不让人产生怀疑；可是，她想到自己的不幸，万分困扰，她以为看见每一个被她问到的人都在狡黠地窃笑。再说，除了他已离开当地，她什么也打听不出来。

## 二

对她来说，连续不断受折磨的日子从此开始了。她像机器一样干活，没想在干什么，脑子里却执着地想："要是别人知道了，怎么办？"

持续的困扰使她无法思索，她甚至不去寻找办法回避这件丑事，她感到事情日益逼近，无法挽救，如同死亡一样在所难免。

每天早上她比别人起得早很多，坚持不懈地在一面用作梳头的破碎镜子里打量自己的身材，焦虑不安地想知道，今天是不是有人会看出来。

白天，她随时停下工作，从上往下估量她的肚子是不是大到将围裙顶得太高。

一个月又一个月过去了。她几乎不再说话，别人问她事情，她不明白，慌慌张张，目光发呆，双手颤抖；她的主人不由得说：

"可怜的姑娘,近来你变得痴痴呆呆的!"

在教堂里,她躲在柱子后面,再也不敢去忏悔,非常害怕遇到本堂神父,她认为他有一种超人的力量,一直能看到人的内心。

在饭桌上,她的同伴的目光如今使她苦恼不安得支持不住,她总是设想放牛娃会看出破绽,这个早熟而阴险的孩子闪闪的目光盯着她看呢。

一天早上,邮差交给她一封信。她从来没有收到过信,因此心潮翻滚,不得不坐下来。也许是他的来信?但是她不识字,心里犯愁,面对这张用墨水写满字的纸,抖抖索索。她把信纸塞进口袋,不敢将秘密托付给别人;她常常停下干活,长时间望着这些行距相等的字,末尾有一个签名,她隐约想象能突然发现信里的意思。末了,由于她急不可待,坐立不安,都要发疯了,她便去找小学校长,他让她坐下,给她念信:

我亲爱的女儿,这封信是要告诉你,我病得很重;我们的邻居当蒂老板代笔,让你尽可能快地回来。

你亲爱的母亲代笔人<br>村长助理塞泽尔·当蒂

她一言不发就走了;剩下她一个人的时候,她双腿发软,瘫倒在路边,一直在那里待到天黑。

回来以后,她把家里的不幸告诉了农庄主人,他答应让她回去,时间多久都可以,还答应找一个打短工的姑娘干她的活,等她回来再雇用她。

她的母亲到了临终状态;她到达当天便去世了。第二天,萝丝生下一个七个月的男孩，一副可怕的小骨头架子，瘦得令人战栗，似乎不停地难受，可怜的、没有肉的小手像蟹爪一样抽搐。

但他活下来了。

她说她结了婚，可是自己没法带孩子，便把孩子放在邻居家，他们答应好好照顾他。

她又回来了。

但这时，在她长久受伤害的心里，仿佛一线曙光，升起对留在家乡那个瘦弱的小东西一种陌生的爱；这种爱本身是一种新的痛苦，一种时时刻刻都能感到的痛苦，因为她和他分开了。

尤其使她受煎熬的是，她强烈需要吻他，抱紧他，让她的肉体感受到他的小身体的热量。夜里她睡不着，白天想着他，晚上，活儿干完以后，她坐在壁炉前面，目光呆呆的，就像想着远方的人。

甚至有人开始对她说长道短，跟她开玩笑说，她准定是有了爱人，问她那人是不是漂亮、高大、有钱，什么时候结婚、受洗礼。她时常溜走，独自哭泣，因为这些问题像针扎一样使她难受。

为了摆脱这些烦恼，她开始狂热地干活，由于她总是惦记着孩子，她便想方设法为他多攒钱。

她下决心拼命干活，别人不得不增加她的工资。

她渐渐把周围的活计都揽了过来，使得一个女雇工被辞退了，自从她一个人顶两个人的辛苦，这个女雇工就变得没用了。她在面包、油、蜡烛、别人大手大脚喂鸡的谷粒、有点浪费的牲口饲料上都竭力节省。她花主人的钱有如花自己的钱，十分吝啬，由于她做买卖只赚不赔，农庄的产品卖高价，识破出售自家产品的农民的诡计，因此她独自经营买卖，分配雇工的活计，计算食品多少；不久，她变得不可缺少。她对周围监管得井井有条，农庄在她的管理下惊人的兴旺。周围两法里的人把她说成"瓦兰老板管家的女雇工";农庄主到处说:"这个姑娘真是金不换啊。"

然而,日复一日过去,她的工资仍然是老样子。她的辛勤劳动被看成忠心耿耿的女雇工应该做的事,看成良好意愿的普通表示;她开始有点发牢骚地想,也许农庄主由于她每月多收入五十至一百埃居①,而她却继续一年不多不少只挣二百四十法郎。

她决定要求增加工资。她三次去找主人,而到了他面前,谈的却是别的事。她感到要钱是一种难为情的事,仿佛是一种羞耻的行为。最后,有一天,农庄主独自在厨房里吃饭,她尴尬地对他说,她希望跟他特别交谈一次。他抬起头来,十分吃惊,双手放在桌上,一只手拿着刀,刀尖向上,另一只手拿着一小块面包。他盯住他的女雇工。在他的注视下,她惶恐起来,提出请假一星期,回老家去看看,因为她有点病。

他立马答应了;然后,他也很尴尬,补充说:

"我呢,等你回来,我也要和你谈谈。"

三

孩子快八个月了,她一点认不出他。他变得红扑扑的,肥嘟嘟的,胖得就像一小包活生生的油脂。他的手指肉鼓鼓的并不拢,慢慢地扭动,明显地心满意足。她像野兽捕食似的猛扑过去,把他抱得那样紧,他吓得哭喊起来。她也哭了,因为他不认得她,他一看见奶妈,登时向她伸出手。

---

① 一埃居约值五法郎。

但从第二天起,他习惯了她的脸,看到她就笑。她把他抱到田野里,举起他,疯狂地奔跑,然后坐在树荫下;虽然他根本听不懂,她却生平第一次对人敞开心扉,倾吐她的忧伤、她的活计、她的思虑、她的希望,她不停地百般抚爱他,冲动异常,折腾得他疲倦了。

她在手里揉捏他,给他洗澡、穿衣服,有无限的快乐;她甚至非常高兴洗孩子的脏衣服,仿佛这些悉心照顾是母性的确认。她端详他,总是感到惊讶,他是属于她的,她在怀里让他手舞足蹈,一面小声反复说:"这是我的小宝贝,我的小宝贝。"

在回农庄时,一路上她都在啜泣,她刚到,她的主人就在屋子里叫她。她走进去,不知什么原因十分激动,又十分惊讶。

"请坐。"他说。

她坐下来,半晌,他们并排坐着,两人都很尴尬,手臂垂着,显得讨厌,像农民那样不看对方。

农庄主是个四十五岁的胖子,两次丧偶,开朗、固执,感到明显的困窘,这在他平时是没有的。末了他下了决心,神态茫然地说起话来,有点结巴,望着远方的田野。

"萝丝,"他说,"你从来没有想过成家吗?"

她变得像死人一样苍白。看到她没有回答,他继续说:

"你是一个好姑娘,规矩、勤劳、节俭。一个像你那样的女人,会让男人发财的。"

她始终一动不动,眼神慌乱,甚至不想明白他的话,她的思想就像大祸临头时乱成一团。他等了一下,然后继续说:

"你看,一个没有女主人的农庄,即便有一个像你一样的女雇工,也是不行的。"

他住了口,再不知道说什么了;而萝丝望着他,神色慌张,如同面对一个杀人凶手,只要他稍一动作,便马上逃走。

过了五分钟,最后他问:

"怎么样,你同意吗?"

她呆呆地回答:

"什么,老爷?"

于是他突然说:

"当然是嫁给我了!"

她霍地站了起来,然后又颓然倒在椅子上,纹丝不动,似乎受到大祸临头的一击。农庄主人终于不耐烦了:

"得啦,你还要什么?"

她惶惶然望着他;然后,突然,眼泪涌了上来,她喉咙堵着,连说了两遍:

"我不能够,我不能够!"

"为什么?"他问,"得啦,别犯傻了;我让你考虑到明天。"

他匆匆走了,办完这件使他十分棘手的事,他如释重负,他不怀疑,第二天,他的女雇工会接受她完全意料不到的建议,而对他来说,这是一桩好买卖,因为他就这样拴住一个女人,她给他带来的收入会超过当地最丰厚的陪嫁。

况且他们之间不存在门户不当的顾虑,因为在乡下,人人差不多是平等的:农庄主也像雇工一样干活,雇工有朝一日反过来变成主人也是常事,女雇工随时可以变成女主人,这不会在他们的生活和习惯中带来任何变化。

萝丝这一夜没有睡。她坐在床上,甚至不再有力气哭泣,她非常沮丧。她毫无生气,感觉不出自己身体的存在,精神恍惚,仿佛有人用梳理羊毛床垫的工具,撕扯她的脑子。

不过她有时还能将支离破碎的思索集中起来，想到可能发生的事就心惊胆战。

她的恐怖在扩大，每当在屋子人人沉睡的寂静中，厨房的座钟慢悠悠地报时，她便吓出一身冷汗。她的脑袋昏昏沉沉，可怕的幻象接连不断，蜡烛熄灭了；她的精神开始错乱，是乡下人自以为受到命运打击时感到不可捉摸的精神错乱，她狂热地需要离开，逃走，像船只避开风暴一样避开不幸。

一只猫头鹰尖声叫着，她打了个哆嗦，站了起来，好像疯子一样，双手抚摸面孔，插入头发，摸索身体；然后，她迈着梦游者的步子下楼。她来到院子，她爬行，不让游手好闲的村夫看见，因为月亮行将消失，在田野里洒下一片明亮的月光。她没有打开栅栏，爬上斜坡；面对平野时，她出发了。她笔直朝前走，迈着急促的有弹性的快步，不时下意识地发出一声尖叫。她拖长的身影，贴在身旁的地面上，尾随着一同前进，有时，一只夜鸟在她头顶上盘旋。农家院子里的狗，听到她走过，汪汪地叫；其中一条狗跳过壕沟，追过来要咬她；但她回过身来，朝它喊叫，狗吓得逃走，钻进窝里，一声不响了。

有时，一窝小野兔在地里嬉戏；但是，这个奔跑的疯女人像发狂的狄安娜走近时，胆小的动物四散奔逃；几只小兔子和母兔蜷缩在田垄里，消失不见了，而公兔撒开腿飞跑，竖起大耳朵，跳跃的影子掠过沉落的月亮；月亮已经落到世界的尽头，宛若一只大灯笼放在天边的地面上，斜射的光芒照亮了平原。

星星在天空深处隐没；几只鸟儿啾啾地叫；天破晓了。姑娘筋疲力尽，气喘吁吁；当太阳穿过殷红的朝霞时，她停下脚步。

她肿胀的脚迈不动步了；她看到一片池塘，一个很大的池塘，静止的水在朝阳的红光照射下，仿佛血一样。她一瘸一拐，手按住心口，小步走过去，要将双腿浸在水里。

她坐在一丛草上，脱掉沾满尘土的笨重鞋子，脱掉袜子，将发紫的小腿浸在静止不动的水里，水中不时冒出气泡。

美滋滋的清凉感从脚跟一直升到喉咙；正当她凝视着这个深潭时，突然一阵头昏袭来，有一种狂热地想全身投进水里的欲望。在水里，痛苦也就结束了，一了百了。她不再想她的孩子；她想得到平静和彻底的休息，无尽无休地沉睡。于是她站了起来，朝前迈了两步。现在水没到她的大腿，她正要往前冲，这时脚踝上强烈的刺痛使她往后跳了一步，她发出一声绝望的喊叫，因为从膝盖到脚尖，长条的黑水蛭在吮吸她的血，贴着她的肉，鼓胀起来。她根本不敢碰水蛭，恐惧得大叫。她歇斯底里的叫声引来了一个在远处赶大车的农民。他一条条地捉走水蛭，用青草缚住伤口，用大车把姑娘送回到她的主人的农庄里。

有半个月她躺卧在床，她起来那天早上，她坐在门前，农庄主人冷不丁走来，站在她面前。

"那么，"他说，"事情算定了，是不是？"

她先是不回答，由于他一直站着，目不转睛地盯住她，她才艰难地说：

"不，老爷，我不能够。"

他陡地发火了：

"你不能够，姑娘，你不能够，为什么？"

她哭起来，一再说：

"我不能够。"

他盯着她，冲她的脸嚷道：

"那么,你有情人了?"

她羞赧得发抖,吞吞吐吐地说:

"也许是的。"

他脸涨得通红,气得话语含混不清:

"啊!你毕竟承认了,骚货!这个丑八怪是干什么的?一个流浪汉?一个穷鬼?一个无家可归的汉子?一个挨饿的人?说呀,他是干什么的?"

由于她不回答,他又说:

"啊!你不想说……我来替你说,是让·博迪?"

她大声说:

"噢!不是,不是他。"

"那么,是皮埃尔·马丹?"

"噢,不是,老爷。"

他发狂地说出当地所有的小伙子,她一一否认,神情沮丧,不时用蓝围裙的一角擦眼睛。但他不依不饶地一直追问,要抓到准处,了解秘密,恰如猎狗整天搜索一个洞穴,它闻到里面的气味,要找到这只动物。他突然叫了起来:

"嗨!没错,是雅克,去年那个雇工;据说他时常跟你说话,你们说是要结婚。"

萝丝透不过气来;血往上涌,脸涨得通红;她的眼泪刹那间枯竭了,有如水滴在烧红的铁上,在她的脸颊上全干了。她大声说:

"不,不是他,不是他!"

"当真?"狡猾的农民猜到了一点真相,问道。

她忙不迭地回答:

"我向您发誓,我向您发誓……"

她用什么来发誓,不敢举出神圣的东西。他打断她:

"他可是跟着你到角落里,每顿饭他的目光都要把你吃掉。你答应他了吧,嗯?"

这回,她直视她的主人。

"不,从来没有,从来没有,我以天主的名义向您发誓,如果今天他来求我,我也不会要他。"

她的神态是那么真诚,农庄主迟疑了。他像自言自语地又说:

"那么,怎么回事?你没有遇到不幸,否则大家会知道的。既然没有什么大不了的事,一个姑娘不会无缘无故拒绝她的主人。其中必定有什么事。"

她不再回答了,苦恼不安使她无言以对。

他还在问:"你绝对不愿意?"

她叹了口气:"我不能够,老爷。"于是他转身走了。

她以为解脱了,白天的其余时间几乎平静地度过,但是十分疲劳,筋疲力尽,仿佛她代替了那匹老白马,从清晨起就套在打谷机上,转了一整天。

她一得空便睡下,一下子就睡着了。

将近午夜,有两只手抚摸她的床,把她惊醒了。她吓得一跃而起,她旋即听出是农庄主的声音,他对她说:"别害怕,萝丝,我来找你谈谈。"她起先很惊奇;由于他想钻进她的被窝,她明白了他想干什么,开始瑟瑟发抖,感到在黑暗中孤立无援。睡得昏昏沉沉,而且全身赤裸,躺在一张床上,旁边是一个想得到她的男人。她当然不同意,但是她反抗得软弱无力,同本能作着挣扎,而本能总是比普通的天性更加强大。这类不活跃的柔弱的人的意志犹豫不定,不能很好地保护她。她时而把头转向墙壁,时而把头转向房内,避免他的抚爱。他的嘴寻找着她的嘴。她的身体在毯子下扭动着,因挣扎的疲劳而神经紧张。他呢,欲望使他沉醉,变得粗暴。他猛然一下掀开她的毯子。于是她感到再也无法抵抗了。出于羞耻心,她像鸵鸟一样用双手蒙住脸,停止了自卫。

农庄主整夜待在她身边;第二天晚上又来了,以后天天来。

他们生活在一起。

一天早上,他对她说:"我已经让教堂发表结婚预告,我们下个月结婚。"

她没有回答。她能说什么呢?她一点不抗拒。她能做什么呢?

## 四

她嫁给了他。她感到自己掉到一个爬不上来的深坑里,她永远出不来,各种各样的不幸悬挂在她头上,如同大块岩石时刻要落下来。她的丈夫给她的感觉是,她偷了一个男人,总有一天他会发现的。再说,她惦记自己的孩子,她的全部不幸都来自于他,但她在人间的全部幸福也来自于他。

她一年去看他两次,每次回来后更加忧郁。

然而,随着习惯了,她的恐惧平复下来,她的心情也恢复平静,她生活得更有信心,不过心里还飘荡着一点朦胧的担心。

年复一年过去;孩子到了六岁。如今她几乎是幸福的,这时农庄主的性情突然变得阴郁了。

两三年来,他好像惴惴不安,心事重重,有一种精神的疾病在逐渐扩大。饭后他久久待在桌旁,双手捧着头,闷闷不乐,忧心忡忡。他说话更加急躁,有时粗暴;甚至似乎暗暗怨恨他的妻子,因因为他有时很生硬地回答她，几乎怒气冲冲。

有一天，一个女邻居的孩子来寻找鸡蛋，由于她忙着做事，对孩子有点不客气，她的丈夫冷不防出现，凶狠地对她说：

"如果他是你的孩子，你不会这样待他。"

她怔住了，一时语塞，她回屋时，所有的忧虑又死灰复燃。

吃晚饭时，农庄主人不同她说话，也不看她，他似乎憎恨她，蔑视她，终于知道了一点情况。

她吓坏了，饭后不敢同他待在一起；她溜走了，跑到教堂。

黑夜降临；狭窄的中殿非常幽暗，祭坛那边，寂静中有徘徊的脚步声，因为圣器室管理人在准备点燃过夜的圣龛前的油灯。摇曳不定的灯光淹没在穹顶下的黑暗中，萝丝却觉得是最后的一丝希望，她的目光盯着它，扑通跪了下去。

微弱的守夜灯随着一阵链子声，重新升到空中。不久，在石板地上响起了木鞋均匀的走动声，随后是绳子拖地的摩擦声。小钟把晚祷的三钟声投进越来越浓的雾中。管理人正要出去，她赶上了他。

"本堂神父先生在家吗？"

他回答：

"我想在家，他总是在三钟敲响时吃晚饭。"

她抖抖索索地推开本堂神父住宅的栅栏门。

教士正在吃饭。他立刻请她坐下。

"是的，是的，我知道，您的丈夫已经对我谈起过促使您来的事。"

可怜的女人支持不住了。神父又说：

"您想怎样，我的孩子？"

他迅速喝了几勺汤，有几滴落在腹部圆鼓鼓的油腻的道袍上。

萝丝不敢再说话,也不敢恳求和哀求;她站了起来;本堂神父对她说:

"鼓起勇气……"

她出去了。

她回到农庄,不知道自己在做什么。农庄主在等她,那些雇工在她离开时已经走了。于是她扑通一声跪倒在他脚下,泪如雨下,哭哭啼啼。

"你干吗要怨恨我?"

他吼起来,骂道:

"为的是我没有孩子,他妈的!娶了老婆,不是要两个人孤独地待到死。我就是为的这个。一头母牛不生小牛,就一钱不值。一个女人不生孩子,她也一钱不值。"

她抽泣着,结结巴巴地一再说:

"这不是我的错!这不是我的错!"

于是他态度缓和了一点,又说:

"我没有怪你,但毕竟令人不快。"

## 五

从这天起,她只有一个念头:生一个孩子,再生一个;她把自己的愿望告诉所有人。

一个女邻居教给她一个方法:每天晚上给她的丈夫喝一杯水,水里放一撮灰。农庄主同意了,但是这个方法没有成功。

他们想:"也许有秘方吧。"他们四处打听。有人告诉他们,有一个牧人,住在离此地十法里的地方;瓦兰老板有一天套上他的轻便双轮马车,去向他求教。牧人给他一个面包,上面做了一些符号,并掺进一些药草。他们夜里行房前后都要吃一块。

面包吃完了,不见效果。

一个小学教师向他们透露了一些秘密,是乡下人不知道的做爱方法,据他说,百试不爽。

他们也碰壁。

本堂神父建议到费康去朝拜"圣血"[①]。萝丝同人群一起跪在修道院里,把她的心愿混杂在农民的心里发出的粗俗愿望中,她恳求大家都在祈求的那一位让她再怀上一次孕。徒劳无功。于是她认为这是对她第一次犯错误的惩罚,巨大的痛苦袭上心头。

她愁得日渐憔悴;她的丈夫也变得衰老,人们说,"血吸干了",他在希望破灭中日益衰竭。

他们之间发生了激烈争吵。他骂她,打她。整天,他向她寻衅,夜晚在床上,他喘气,气咻咻的,劈头盖脸地侮辱她,骂下流话。

最后,一天夜里,他再想不出新花样来进一步折磨她,命令她起来,站在门前淋雨,一直到天明。她不听从,他掐住她的脖子,一拳拳打在她脸上。她一言不发,就是不动。他怒不可遏,跳起来用膝盖抵在她肚子上;他咬紧牙齿,气得发狂,狠狠地殴打她。于是她进行绝望的反抗,愤怒地一推,把他摔到墙上。她坐了起来,用嘶哑的、变了嗓门的声音说:

"我有过一个孩子,我呀,我有过一个!我跟雅克生的;你知道雅克。他本该娶我,他却跑了。"

---

[①] 圣血:1世纪时,有一只据说盛着耶稣的血的盒子被扔在费康的河岸上。不久,这里建起一座修道院,后被毁,10世纪时重建。大革命时期,遗物被送到圣三位教堂。在诺曼底,这一传说流传很广,被农民看作有神秘作用。

他惊呆了，愣在那里，像她一样失魂落魄。他嘟囔着说：

"你说什么？你说什么？"

她呜咽起来，泪流满面，吃吃地说：

"正因这样我不愿嫁给你，正因这样。我无法对你直说，你会让我和我的孩子没有面包。你呀，你不能生孩子；你不明白，你不明白！"

他的惊讶越来越大，下意识地一再说：

"你有一个孩子？你有一个孩子？"

她在哽咽中说：

"你用强力占有了我；你不是一清二楚吗？我呢，我根本不想嫁给你。"

于是他起床，点上蜡烛，抄着手在房里踱步。她始终在哭，倒在床上。他突然站定在她面前："如果我不能使你生孩子，那么是我的错了？"他说。她没有回答。

他又开始走起来；然后又站定，他问道：

"你的孩子几岁了？"

她喃喃地说：

"快六岁了。"

他又问：

"为什么你没有告诉我？"

她呻吟着说：

"我怎能说呢？"

他站着一动不动。

"得，你起来。"他说。

她艰难地爬起来；她靠着墙站稳脚跟，他突然像那些好日子里一样哈哈大笑；看到她惊恐不安，他又说：

"那么，我们去把这个孩子接回来，既然我们俩不能生。"

她非常惊慌，如果她有力气的话，她准定会逃走。农庄主搓着手，低声说：

"我本来想过继一个，现在找到了，现在找到了。我向本堂神父要过一个孤儿。"

然后，他始终笑着，抱吻了泪水阑干、怔住了的妻子的双颊。他仿佛怕她听不见似的，大声说：

"得，孩子他妈，我们去看看还有没有汤，我可以喝他一罐。"

她穿上裙子；两人下楼；她跪着重新点燃锅子底下的火，满面春风，在厨房里大步走来走去，一再说：

"当真，真叫我高兴；不是嘴上说说，我是真高兴，我是真高兴。"

# 绳　子[①]

### 献给阿里·阿利斯[②]


戈德维尔周围的每一条大路上，农民和他们的妻子都纷纷赶往这个村镇；因为这是集市开张之日。男人们迈着平稳的步子，长长的罗圈腿每跨一步，整个身子就向前探一下。腿变形是由于艰苦的劳动：压住犁的时候，同时使左肩耸起，歪着身子；割麦子要分开双腿，保持稳固的平衡；地里的活计既慢悠悠又很艰辛。他们的蓝布罩衫，上过浆，闪闪发亮，仿佛涂过清漆，领口和袖口用白线绣上小小的图案，在瘦骨嶙峋的身躯周围膨胀起来，仿佛一只要飞升的气球，从中伸出一个脑袋、两条手臂和两只脚。

有的人牵着一头母牛或者一头小牛。他们的妻子跟在牲口后面，用一根还带着叶子的树枝抽打牲口的腰部，催牲口快走。她们手臂上挎着大篮子，这边冒出几个鸡脑袋，那边冒出几个鸭脑袋。她们走路的步子比男人的小而快，干瘦的身子挺直，裹着一条窄小的披巾，用别针别在扁平的胸脯上，头上贴着头发裹着一块白布，再戴

---

[①] 本篇首次用笔名发表在1883年11月25日的《高卢人报》上，次年收入中短篇小说集《哈丽特小姐》。

[②] 阿里·阿利斯（1857—1895），原名伊波利特·佩尔谢，创办《现代与自然主义杂志》，著有《剖腹自杀》(1880)，在决斗中被杀。

上一顶软便帽。

一辆带长凳马车经过，小马一颠一颠地小跑，古怪地摇晃着并排坐的两个男人和一个坐在里面的女人，她为了减轻剧烈的颠簸，抓住车沿。

在戈德维尔的广场上，有一大群人，人和牲口混杂在一起。牛角、富裕农民的长毛绒高帽子和农妇的便帽在人海中涌动。尖锐刺耳的喊叫声形成一片连续不断的粗声大气的喧嚣，有时，一个乐不可支的庄稼汉从健壮的胸膛发出的大笑，盖过了这嘈杂声，或者传来拴在墙边的一头母牛拖长的哞叫。

这一切有着牲口棚、牛奶、厩肥、干草和汗水的气息，散发出人和牲口，特别是庄稼人身上难闻的酸臭味。

布雷奥泰村①的奥什科纳师傅刚刚到达戈德维尔，朝广场走去，这时他看到地上有一小段绳子。奥什科纳师傅是地道的诺曼底人，十分节俭，认为凡是有用的东西都应该捡起来；他艰难地弯下腰，因为他患风湿病。他从地上捡起那段细绳，正准备仔细地卷起来，这时他看见马具及皮件商人马朗丹在店门口望着他。他们以前为了一个笼头有过纠纷，他们俩都是记仇的人，彼此一直有气。奥什科纳师傅被仇人看见自己在烂泥地上寻找一段绳子，觉得丢脸。他赶紧把捡到的东西藏在罩衫底下，然后又藏在裤兜里；接着他假装在地上寻找什么东西，就是找不到，他脑袋朝前，由于疼痛，弯着腰，向市场走去。

他随即消失在喊叫着、慢慢移动、无休无止地讨价还价、激动异常的人流中。农民摸摸母牛，走后又回来，三心二意，总是担心

---

① 在戈德维尔（一个大镇）南面三公里处。

受骗，始终拿不定主意，窥探卖主的眼神，不断地力图发现卖主的诡计和牲口的缺点。

女人们把大篮子放在脚边，从中取出眼神惊慌、头冠通红、双脚捆住的家禽，放在地上。

她们听了顾客的还价，神情古板，脸色冷漠，仍维持原价；或者突然决定同意还价，向慢慢走开的顾客喊道：

"就这样吧，昂蒂姆师傅。我卖给您了。"

广场上人渐渐少了，教堂敲响午祷钟声，住得太远的人分散住到客店里。

在儒尔丹的客店，大厅挤满了吃饭的人，宽敞的院子停满了各种车，有平板车、两轮篷车、带长凳马车、轻便双轮马车、叫不出名的车，沾满黄泥巴，变了形，修补过，车辕像两条胳臂朝天举起，鼻子着地，屁股对着空中。

在坐下来吃饭的人旁边，巨大的壁炉火焰熊熊，将一股暖流投到右边一排人的背上。三只旋转铁叉，叉着仔鸡、鸽子和羊腿；烤肉和烧焦肉皮淌下油水的香味，从炉膛飘出，激起快乐情绪，使人馋涎欲滴。

乡下的上层人物都在儒尔丹老板那里吃饭，他又开客店，又当马贩子，是有些钱的机灵鬼。

菜肴端过来，像大杯的黄色苹果酒一样全被吃光。人人都谈生意和买卖，了解收成消息。天气对青草是适宜的，但对小麦来说就有点潮湿了。

突然，前面院子里敲起了铜鼓。除了几个无动于衷的人，大家都站了起来，跑到门口、窗前，嘴里塞满东西，手里拿着餐巾。

鼓声停止后，宣读公告的差役用断断续续的声音，不按节拍地宣读文告：

"现告知戈德维尔的居民，一般而言包括所有……赶集的人，今天上午，有人在伯兹维尔大路①……九至十点钟之间，遗失了一只黑皮夹子，内装五百法郎和票据。恳请拾得者立即送至……镇政府或马纳维尔的福蒂内·乌尔布雷格师傅家里。将奉上酬金二十法郎。"

然后这个人走了。还可以再一次听到轻微的鼓声和差役微弱的声音。

于是大家谈论起这件事，列举乌尔布雷格师傅有多少机会找回他的皮夹子。

午饭吃完了。

正喝完咖啡的时候，宪警班长出现在门口。

他问：

"布雷奥泰的奥什科纳师傅在这儿吗？"

奥什科纳师傅坐在桌子另一头，答应道：

"我在这儿。"

班长接着说：

"奥什科纳师傅，劳驾跟我到镇政府跑一趟。镇长想跟您谈话。"

这老乡感到惊讶和不安，一口喝完他的一小杯酒，腰比上午弯得更厉害，因为每次休息以后，走头几步路特别困难。他上路了，一面反复说：

"我在这儿，我在这儿。"

他跟着班长走。

---

① 奥什科纳从这儿经过。

镇长坐在一把扶手椅里等待他。这是当地的公证人,大块头,庄重,用语夸张。

"奥什科纳师傅,"他说,"有人看见你上午在伯兹维尔的大路上捡到马纳维尔的乌尔布雷格师傅丢失的皮夹子。"

乡下人哑口无言地望着镇长,这个落在他头上的嫌疑使他惊讶莫名。

"我,我,我捡到了这个皮夹子?"

"是的,是您。"

"我以人格担保,我压根没有看见过。"

"有人看见您捡到的。"

"有人看见我捡到的?是谁,谁看见我捡到的?"

"马具和皮件商人马朗丹先生。"

于是老人想起来了,明白了,气得脸通红:

"啊!这个杀千刀的看见我捡到的啊!他看见我捡到的是这根绳子,瞧,镇长先生。"

他在裤兜里搜索,掏出那一小段绳子。

可是镇长不相信,摇摇头。

"奥什科纳师傅,您总不会要我相信,马朗丹先生作为一个值得信赖的人,把这根绳子看成一只皮夹子吧?"

乡下人气愤填膺,举起了手,向旁边吐了一口,表示以人格担保,又说了一遍:

"但这是事实,天主为证,神圣得无法否认,镇长先生。我以我的灵魂和我的得救再起一次誓。"

镇长又说:

"您捡到以后,甚至还在烂泥地里找了好久,看看有没有掉出来的钱。"

老人生气和害怕得透不过气来。

"怎么可以这样说！……怎么可以这样说！……这种谎话是为了诬陷一个老实人！怎么可以这样说！……"

他抗议也是白搭，对方不相信他。

马朗丹先生同他对质，再一次咬定自己的断言。他们对骂了一个钟头。按照奥什科纳师傅自己的要求，在他身上搜了一遍。什么也没有搜到。

最后，镇长非常困窘，把他打发走了，同时通知他，要向检察院报告，听候吩咐。

消息不胫而走。老人离开镇政府时，受到人们好奇和嘲弄的包围和打听，但是其中没有一点打抱不平。他把绳子的故事讲了一遍。谁也不信，发出冷笑。

一路上，他被人截住，他又截住认识的人，没完没了的重新讲他的故事，提出他的抗议，把口袋翻出来给人看，证明他什么也没有。

别人对他说：

"老滑头，算了吧！"

他火冒三丈，气急败坏，情绪激动，因别人不相信他而感到遗憾，不知道该怎么办，一直讲述他的故事。

黑夜来临。该回家了。他和三个邻居一起上路，他给他们指出他捡到绳子的地方；一路上他讲着自己的遭遇。

晚上，他在布雷奥泰村转了一圈，为的是对每个人讲他的故事。他遇到的人都不相信他。

他一整夜病歪歪的。

第二天，下午一点钟左右，布勒东师傅的长工，在伊莫维尔种地的马里于斯·波梅尔将皮夹子和里面的东西交还给马纳维尔的乌布雷格师傅。

这个人说确实是在路上捡到的；但是他不识字，他带回家里，交给了东家。

消息传到了四乡。奥什科纳师傅听到了。他立马到各处转了一圈，讲述他的故事，将结局补上去。他胜利了。

"叫我丧气的，"他说，"倒不是事情本身，您明白吗；而是谎言。再没有什么比谎言更损人的了，你要受到大家的谴责。"

一整天，他都在说自己的遭遇，他在大路上对路过的人说，在小酒店里对喝酒的人说，到了星期天在教堂的出口对人说。他拦住不认识的人说。现在他心平气和了，然而有点东西使他不舒服，又说不准是什么。别人听他讲时，带着嘲讽的神态，看上去不像心悦诚服。他似乎觉得别人在他背后嘀咕什么。

下一个星期二，他又到戈德维尔的集市，仅仅出于讲他的故事的需要。

马朗丹站在店门口，看到他经过，笑了起来。为什么？

他同克里克托的一个农场主攀谈，农场主不等他说完，在他的胸口拍了一下，冲着他喊道："大滑头，算了吧！"然后掉转脚跟走了。

奥什科纳师傅目瞪口呆，变得越来越不安。为什么别人叫他"大滑头"？

他坐在儒尔丹客店的桌旁，又开始解释这件事。

蒙蒂维利埃的一个马贩子对他喊道：

"得了，得了！老伙计，我可知道你那根绳子了！"

奥什科纳吃吃地说：

"那个皮夹子已经找到了呀！"

但是那个人又说：

"住口吧，我的老大爷，捡到的是一个人，送还的是另一个人。神不知鬼不觉嘛。"

这个农民语塞了。他终于恍然大悟。别人以为他支使一个伙伴、一个同谋把皮夹子交回去。

他想辩驳，桌边的人哈哈大笑起来。

他无法吃完饭，在一片嘲笑声中走了出去。

他回到家里，又羞赧又气愤，怒火和困窘憋得他透不过气来，尤其他具有诺曼底人的狡猾，他做得出别人指责他的事，甚至自诩手段高明，因此格外惊骇。他朦朦胧胧地觉得，由于他的狡猾人人皆知，他的清白无辜无法证明。他感到这种不白之冤给他心头狠狠一击。

于是他重新开始讲他的故事，每天把叙述拉长一些，每次增加新的理由、更加有力的抗辩、更加庄严的誓言，是他在孤独的时候想象和准备好了的，他的脑子只想着绳子的事。他的辩解越是复杂，他的论据越是灵巧，就越是得不到信赖。

"这个嘛，这都是骗人的理由。"别人在他的背后说。

他感觉到了，忧心忡忡，白费精力，黔驴技穷。

眼看他憔悴下去。

如今，爱捉弄的人为了作乐，倒要他讲"绳子"的故事，仿佛要让打过仗的士兵讲参加过的战役。他的精神受到彻底的打击，日渐衰退。

将近十二月底，他病倒在床。

正月初，他撒手人寰，在临终谵语中，他还在证明自己的清白，一再说：

"一小段绳子……一小段绳子……瞧，就在这儿，镇长先生。"

# 老　人①

秋天暖和的阳光越过壕沟边高大的山毛榉，落在农庄的院子里。草地被母牛啃过，不久前下过雨，草下面的泥土浸泡过雨水，湿漉漉的，脚踩下去会陷出坑来，发出吱吱的水声；果实累累的苹果树在草地的深绿色中，点缀着浅绿色的果子。

四只牛犊并排拴着，在吃青草，不时朝房子发出几声哞叫；一群鸡在畜棚前面的粪堆上活动，呈现出五颜六色，不时刨呀，抖抖身子呀，咯咯叫几下，而两只公鸡不停地打鸣，为母鸡寻找虫子，轻快地叫几声，召唤母鸡过来。

木栅栏门打开；一个男人走进来，也许有四十岁，但是老得像六十，满脸皱纹，身子佝偻，慢吞吞地大步走路，趿拉着塞满干草的笨重木鞋。他过长的手臂垂在身体两边。他走近农庄时，一只拴在大梨树脚下的小黄狗，在当狗窝的木桶旁边，摇着尾巴，汪汪叫起来，表示高兴。男人喊道：

"躺下，菲诺！"

狗不叫了。

一个农妇走出屋子。她瘦骨嶙峋的身子骨架宽大而平板，在裹紧腰身的呢子短上衣下面呈现出来。一条太短的灰裙子，只落到腿

---

① 本篇首次发表在 1884 年 1 月 6 日的《高卢人报》上，次年收入短篇小说集《白天和黑夜的故事》。

肚子，腿上穿的是蓝袜子。她也趿拉着塞满干草的木鞋。一顶发黄的白便帽盖住贴在脑壳上的几根头发，她褐色的脸瘦削、丑陋，牙齿掉光，流露出农民的脸常有的野蛮、粗犷的神态。

男人问道：

"他怎么样？"

女人回答：

"本堂神父先生说，他完了，过不了今夜。"

他们俩走进了屋子。

他们穿过厨房后，走进又低又黑的卧房，只有一块窗玻璃勉强照明，窗前垂下一块破烂的诺曼底印花布。天花板的粗大房梁年深月久变成褐色，被烟熏得黑乎乎的，横穿过房间，托着顶楼的薄地板，白天和黑夜成群的老鼠在上面奔跑。

泥地坑坑洼洼，潮湿，看上去油腻。在房间尽里，床显出一个朦胧的白点。一种有规律的、沙哑的声音，一种艰难的、喘气的、带嘘声的呼吸，活像损坏的唧筒发出的汩汩的水声，从黑魆魆的床铺传出来，农妇的父亲，那个老人在那里奄奄待毙。

男人和女人走近床边，用平静的、逆来顺受的目光瞧着垂死的人。

女婿说：

"这回是玩儿完了；今儿晚上也可能拖不到。"

农妇回答：

"从晌午起，他就这样呼哧喘气。"

他们不出声了。老爹闭着眼睛，面如土色，干瘪得像木头一样。半闭半张的嘴，发出咕咕响的艰难的气息；每呼吸一下，灰布被子就在胸口起伏。

沉默良久,女婿说:

"让他死吧。我们无能为力。眼看天气这么好,油菜明天该移苗,只得耽误了。"

他的女人想到这点,显出不安。她考虑了一会儿,然后说:

"反正他快死了,星期六以前是下不了葬的;明天你可以去忙你的油菜。"

乡下人考虑一下,说:

"好的,但是明天必须去请送葬的客人,从图尔维尔到马纳托,一家家跑到,怎么也得五六个钟头。"

女人考虑了两三分钟,然后说:

"眼下三点不到,今天你就可以开始跑一圈,先跑图尔维尔这边的。你可以说,他人已经过去了,既然他几乎拖不过下午。"

男人犹豫了片刻,掂量着这个主意的后果和好处。末了他说:

"我还是去吧。"

他走到门口,又返回来,迟疑了一下:

"你没有什么活,不如去摘些苹果,做好四打烤苹果,给送葬的客人吃,总得让他们提提精神。你就用放轧床的棚子里那些细树枝烧烤炉吧。这些树枝都干了。"

他走出卧房,回到厨房,打开碗橱,取出一只六斤重的面包,细心地切下一片,将落在板上的碎屑都归到手心里,送进口中,一点也不浪费。然后,他用刀尖在一只褐色的瓦罐里挑出一点咸黄油,抹在面包上,开始慢慢吃起来,就像他做所有事那样。

他重新穿过院子,让又叫起来的狗平静下来,出了门,来到沿着壕沟伸展的路上,朝图尔维尔的方向走远了。

农妇剩下独自一个人时，干起活来。她打开面粉箱，准备烤苹果的面。她把面揉了很久，翻来覆去地揉，揉成团，再压扁，又揉碎。然后她把面揉成一个黄白色的大球，放在桌子的角上。

接下来她去摘苹果，为了避免用长竿去打会损伤树，她搬了个凳子爬到树上去摘。她仔细挑选，只摘最熟的，堆放在围裙里。

路上有一个人招呼她：

"喂，希科太太！"

她回过身，是邻居、村长奥齐姆·法维师傅，他荡着腿，坐在运肥料的车上，去给地里上肥。她又转过身，回答：

"有什么事吗，奥齐姆师傅？"

"老爹怎么样啦？"

她嚷道：

"他差不多不行了。星期六下葬，七点钟，油菜催人哪。"

邻居回答：

"说好了。祝您运气好！注意身体。"

她也以礼相待：

"谢谢，您也一样。"

她又重新摘苹果。

她一回到屋里，便去看父亲，期待着看到他已去世。但一到门口，她就听到他单调的、嘶哑的喘气声，认为用不着走近床去，免得浪费时间。她开始准备烤苹果饼。

她把苹果一个个裹上薄薄一层面，放在桌子边码齐。她做好了四十八个团儿，十二个一排前后相接，她想到做晚饭了，她把锅子吊在火上煮土豆；因为她考虑过，用不着生烤炉的火，明天还有整个白天可以准备。

她的男人将近五点钟回家。他一进门就问：

"他咽气了吗？"

她回答：

"还没有；总是咕吱咕吱地喘气。"

他们走过去看。老人绝对是老样子。他嘶哑的、像钟摆一样有规律的喘气声，既没有加快，也没有减慢，隔一秒钟重复一次，随着空气从胸中一进一出，稍稍改变一点声调。

他的女婿望着他，然后说：

"他像一支蜡烛，不知不觉就灭了。"

他们回到厨房，一声不吭，开始吃晚饭。他们喝完汤，再吃一片抹黄油的面包，盆子一洗完，就回到垂危病人的房里。

女人拿着一盏灯芯冒烟的小灯，在她父亲的面孔前晃了晃。如果他没有呼吸，就可以肯定认为他死了。

这对乡下人的床隐藏在房间的另一头，在一个凹进去的地方。他们默默无声地睡下，熄灭了灯，闭上眼睛；不久两个不均衡的呼噜声，一个深沉一点，另一个尖声一点，伴随着垂死的人不断的痰厥声。

老鼠在顶楼奔跑。

天刚露出苍白的曙光，丈夫便醒来了。他的岳父还活着。他摇了摇妻子，对老人这样拖下去感到不安。

"喂，菲米，他不肯咽气。你看该怎么办呢？"

她回答：

"他一准活不过白天，用不着担心。还是明儿把他埋了，村长不会反对，因为雷纳尔老爹正是在播种的时候过世的，也是第二天下葬。"

这番议论在理，他信服了，于是下地去。

他的妻子烤苹果，然后干完农庄里她所有的活儿。

晌午，老人还没有死。雇来移植油菜的一批短工来看这个迟迟不肯离去的老人。每个人都发表了意见，然后下地去。

六点收工，老爹还在呼吸。他的女婿终于惴惴不安了：

"菲米，你看，眼下该怎么办？"

她也束手无策。他们去找村长。他答应会闭眼不看，允许第二天下葬。[①]他们去看没有医学博士学位的那位医生，他也答应要让希科村长倒推死亡日期填写证明。男女二人放心地回家了。

他们醒来时，老人还没有死。

于是他们吓坏了。他们站在老爹的床头，带着疑惑端详他，仿佛他想作弄他们，欺骗他们，为了取乐，为难他们，他们尤其怨恨他让他们浪费那么多时间。

女婿问道：

"咱们该怎么办？"

她毫无办法；她回答：

"这可真是麻烦了！"

如今不可能通知所有的客人，他们会准时到。只好决定等他们来，再向他们解释。

七点差十分左右，第一批客人来了。女人们穿黑衣服，头上蒙着大面纱，愁容满面地走来。男人们穿着呢上衣，举止受到限制，但走路更加松弛，两个一对，谈着事情。

希科师傅和他的妻子惊慌失措，接待他们时唉声叹气；夫妻俩走

---

① 根据法国的法律，禁止在人死后不到二十四小时内下葬。

近第一批客人时,突然同时哭了起来。他们解释这个意外事故,讲述他们的为难,给客人让椅子,忙个不停,很感抱歉,想证明大家也会像他们那样做,说个不停,突然变成爱唠叨的人,不让别人回答。

他们从这个人走到那个人身边:

"我们压根没料到;他拖得这样久,真令人想不到!"

客人们噤若寒蝉,有点儿失望,就像错过了等待已久的典礼那样,不知道干什么,要么坐着,要么站着。有几个人想走了。希科师傅挽留住他们。

"我们还是来吃点心吧,我们做了烤苹果;总得吃啊。"

想到吃烤苹果,人人都笑逐颜开。大家开始低声谈话。院子里逐渐挤满了人;先来的人把消息告诉刚到的人。大家窃窃私语,想到吃烤苹果,使大家喜滋滋的。

女人们进屋去看垂危的病人。她们在床前画十字,低声念祷文,然后出来。男人们没有那么想看这个场面,只从打开的窗子看里面一眼。

希科太太解释垂死的人的情况。

"他这样已经有两天了,喘得不多不少,不更响也不更低。简直就像个不汲水的唧筒!"

等所有人都看过垂死的病人,人人都想到点心;但是人太多,厨房里挤不下,便把桌子搬到门外。四打烤苹果,分放在两个大盘里,金黄色,很诱人,吸引着眼球。每个人都伸出手去拿自己的一份,生怕数量不够。但是还剩下四个。

希科师傅塞满了嘴,说道:

"老爹要是看得见我们,可要难受死了。他活着的时候,喜欢吃这个。"

一个开朗的肥胖农民说:

"这会儿他吃不了啦。每个人都有挨到的时候。"

这个想法远远没有使客人们悲哀,反而使他们开心。眼下是轮到他们吃烤苹果。

希科太太虽然心痛这笔开销,仍然不断到地窖去取苹果酒。一大罐又一大罐拿来,都一一倒空。现在大家又说又笑,就像吃酒席时那样,开始大喊大叫。

突然,一个守在病人旁边、生怕这种事不久要轮到自己的老农妇,出现在窗口,尖声叫道:

"他咽气啦!他咽气啦!"

大家默不作声了。女人们赶紧起身去看。

他确实死了。他停止了喘气。男人们面面相觑,低下头来,很不自在。苹果还没吃完呢。这个混蛋,死都不挑个好时候。

希科夫妇现在不哭了。完事大吉了,他们安心了,一再说:

"我们早知道他决不会拖久的。只不过昨儿夜里他能下决心的话,也不会这样闹腾了。"

无论如何,事情完结了。星期一下葬吧,不过如此,到时候会再吃一次烤苹果。

客人们边谈论这件事边走了,看到这个场面,还吃了点心,倒也满意。

只剩下夫妇俩面对面时,她愁容满面地说:

"还得再做四打烤苹果。要是他昨儿夜里能够下决心就好了!"

丈夫比她更能忍耐,回答:

"这不会天天再来一次。"

# 伞①

献给卡米耶·乌迪诺②

奥雷伊太太十分樽节。她知道一个铜子的价值,她有一大堆积累金钱的清规戒律。她的女仆自然很难报虚账来揩油;奥雷伊先生好不容易才能弄到零用钱。然而,他们生活很宽裕,而且没有孩子;但是奥雷伊太太看到白花花的银币③从家里流出去,便感到真正的痛苦。这就像她的心被撕去一块肉。每当她不得不开支一笔数目稍大的款子,尽管是必不可少的,她当天晚上便睡不好觉。

奥雷伊不断地对妻子说:

"你本该手松一点,因为我们永远也吃不掉我们的收入。"

她回答:

"我们永远不知道会发生什么事。钱多总比钱少好。"

她是一个四十岁的小个儿女人,活跃,已有皱纹,干净,经常发火。

---

① 本篇首次用笔名发表在1884年2月10日的《高卢人报》上,同年收入短篇小说集《隆多里姐妹》。
② 卡米耶·乌迪诺:法国戏剧家、小说家,著有《上流社会的姑娘》(1887)、《情感通奸》(1890),是莫泊桑的密友。
③ 当时的银币是辅币,有两角、五角、一法郎、二法郎和五法郎。

她的丈夫随时抱怨她让他省吃俭用。有些东西缺得特别使他难受，因为伤害了他的自尊心。

他是国防部的主任科员，待在那里仅仅是为了服从妻子，增加家里用不着的年息。

两年来，他一直带着那把打上补丁的伞去上班，招来同事们的耻笑。他终于受不了他们的嘲笑，要求奥雷伊太太给他买一把新伞。她挑了一把八法郎五十生丁的，是大商店的廉价促销商品。那些公务员看到这样东西是成千上万投放到巴黎的商品，便又重新开始揶揄，奥雷伊为此痛苦万分。这把伞真不管用，三个月就报废了，部里大家乐得直笑。甚至有人写了一首歌，大楼里从早到晚，从上到下，都听得见这首歌。

奥雷伊气不打一处来，吩咐妻子给他挑一把二十法郎的细绸的新大雨伞①，并且必须把发票带回来作证。

她买了一把十八法郎的，在交给丈夫的时候，脸气得通红，说道：

"你至少用上五年。"

奥雷伊得意扬扬，在办公室取得一次真正的胜利。

晚上，他回到家里时，他的妻子不安地瞥了一眼那把伞，对他说：

"你不该用松紧带箍住伞，这会把绸面撕裂。你要仔细看着点，因为我不会隔不多久就给你再买一把。"

她拿过伞来，解开箍，抖开折痕。她激动得呆住了。她看到就在伞的正中有一个圆洞，大如铜钱。是雪茄烧的！

---

① 大雨伞（riflard）来自皮卡尔所写的剧本《小城》（1801）中，扮演里弗拉（Riflard）一角的演员上台时，带着一把大雨伞，由此这个词得名大雨伞。

她结结巴巴地说：

"怎么回事？"

她的丈夫看也不看，平静地回答：

"谁？什么？你想说什么？"

愤怒堵住了她的嗓子，她说不出话来：

"你……你……你烧了……你的……你的……伞。你……你……你真是疯了！……你想把我们毁了！"

他回过身来，感到自己脸色煞白：

"你说什么？"

"我说你烧了你的伞。瞧！……"

她向他冲过去，仿佛要打他，把烧破的小圆洞愤然放在他眼前。

面对这个烧出的洞，他头昏脑涨，期期艾艾地说：

"这个，这个……这是怎么回事？我不知道！我什么也没有做，没有做，我对你发誓。我不知道这把伞怎么回事。"

她现在嚷了起来：

"我敢打赌，你在办公室拿着伞开玩笑，玩把戏，你打开伞要炫耀一下。"

他回答：

"我只打开过一次，让人看看伞多漂亮。就是这样，我对你发誓。"

但是她气得跺脚，她和他大吵起来，这种夫妇间的争吵，对一个平和的男人来说，使得家庭生活比枪林弹雨的战场还要可怕。

她从颜色不一样的旧伞上剪下一块绸子，补在新伞上；第二天，奥雷伊低声下气地拿了补过的伞出门。他把伞放在自己的柜里，就跟不愉快的回忆一样，不再去想它。

但是傍晚他一回家,他的妻子就从他手里把伞夺了过去,打开来看看情况怎样,面对无法弥补的灾难,她气愤得透不过气来。伞上密密麻麻都是小洞,显然是烧出来的,好像有人把一斗燃着的烟灰全倒在上面。伞是完蛋了,无药可救了。

她看着这种局面,说不出一句话来,怒不可遏,嗓子里反而发不出声音。他呢,他也注视着损坏的地方,呆若木鸡,惶恐不安,沮丧万分。

然后他们互相对视;然后他低下了头;然后他脸上挨到她向他扔过来的那件完蛋的东西;然后她喊叫起来,在一阵狂怒的发作中恢复了嗓音:

"啊!坏蛋!坏蛋!你是故意做的!你要为我付出代价!你休想再要伞……"

又开始大吵大闹。经过一小时的风暴,他才能声辩。他发誓说,他搞不清是怎么回事;这只能是出于恶意或者报复。

一阵门铃给他解了围。这是一个要到他们家吃晚饭的朋友。

奥雷伊太太把情况告诉他。至于买一把新伞,到此为止,她的丈夫就别想有新伞了。

这位朋友说得有理:

"那么,太太,他的衣服就要遭殃,而衣服还要值钱呢。"

小个子女人一直怒气冲冲,回答:

"那么,他就用厨房那把伞,我不会给他再买一把新绸伞。"

听到这个想法,奥雷伊反抗了。

"那么我,我就辞职!我不会拿着厨房用伞到部里去。"

朋友又说:

"去把面子换一下,花不了多少钱。"

奥雷伊太太气急败坏，结巴地说：

"换面子至少要八法郎。八法郎加十八法郎，是二十六法郎！一把伞花二十六法郎，简直发疯！神经错乱！"

朋友是个穷市民，灵机一动：

"让保险公司赔偿。只要是在您的住宅里烧坏的物品，保险公司都会赔偿。"

听到这个建议，小个子女人立马平静下来；考虑了一分钟以后，她对丈夫说：

"明天，到部里上班之前，你先到马泰奈尔公司去，让他们看一下伞的情况，并要求赔偿。"

奥雷伊先生吓了一跳。

"我一辈子也不敢去！不就损失十八法郎嘛。我们不会饿死的。"

第二天他拿了一根手杖出门。幸亏天气晴朗。

奥雷伊太太独自在家，对十八法郎的损失不能聊以自慰。伞就放在餐室的桌上，她围着它转，下不定决心。

考虑到保险公司的想法时刻回到她脑子里，但她也不敢面对接待她的那些先生嘲弄的目光，因为在旁人面前她很胆怯，动辄脸红，一旦要对陌生人说话，就局促不安。

可是，懊悔失去十八法郎，使她像受伤一样痛苦。她力图不再想这件事，而回想起这笔损失，却不断痛苦地敲击她。怎么办呢？好几小时过去，她一点拿不定主意。后来，正像胆小的人变得有胆量一样，蓦地，她下了决心。

"我要去，走着瞧！"

不过她先要把伞收拾好，让灾难是全面的，更容易坚持她的要求。她在壁炉台上拿了一根火柴，在两根伞骨之间烧了手掌大一块；

然后她把剩下的绸面仔细卷好，用松紧带箍好，穿上披肩，戴上帽子，匆匆地朝保险公司所在的里沃利街走去。

但是，随着她走近，她放慢了脚步。她要说什么呢？别人会回答她什么呢？

她看了看门牌号，还有二十八个号。很好！她可以思索一下。她走得越来越慢。突然，她哆嗦一下。这是大门，门上闪耀着几个金字："马泰奈尔火灾保险公司"。已经到了！她停住一下，忐忑不安，羞愧难当，走过去又走回来，再走过去，再走回来。

她终于心想：

"总得进去啊。早去比晚去好。"

但是，她走进去时，发觉自己的心怦怦地跳。

她走进一间宽敞的房间，四周都是小窗口；每个小窗口后面看得见一个人的脑袋，而身子被隔板挡住了。

来了一位捧着文件的先生。她停下来，小声怯气地问：

"对不起，先生，请问，东西烧毁要赔偿，应该去哪儿咨询？"

他声音洪亮地回答：

"二楼，左边，损失科。"

这句话使她越发害怕；她想溜走，什么也不说，牺牲十八法郎算了。可是，想到这笔款子，又恢复了一点勇气，她走上楼梯，喘着气，每一级都停一下。

在二楼，她看到一扇门，敲了几下。一个清脆的声音喊道：

"进来！"

她走了进去，来到一个大房间，有三位先生佩戴着勋章，一本正经地站着谈话。

其中一个问她：

"太太,您要办什么事?"

她找不到要说的话,支支吾吾地说:

"我来……我来……为了……为了一笔损失。"

那位先生彬彬有礼地指着一个座椅说:

"劳驾坐一下,我过一会儿就给您服务。"

他朝另外两位先生回过身去,继续谈话。

"两位先生,敝公司认为对你们承担的责任不能超过四十万法郎。你们要求我们多付十万法郎,我们无法答应。再说,评估……"

两人中的一位打断了他的话:

"够了,先生,法庭会做出裁决。我们就此告辞。"

他们连连行礼如仪,然后走了出去。

噢!如果她敢跟他们一起走,她早已这样做了;她会放弃一切溜掉!可是她能这样做吗?那位先生回来了,鞠了个躬:

"太太,有什么事需要为您效劳?"

她很难出口:

"我来是为了……为了这个。"

经理有点惊诧莫名,目光朝下望着她递给他看的东西。

她竭力用哆嗦的手解开松紧带。她费了一点劲才解开,猛然撑开雨伞破烂的骨架。

那人用同情的口吻说:

"我看损坏得够呛。"

她犹豫地说:

"我花了二十法郎。"

他很惊讶:

"当真！这么贵？①"

"是的，原来是很好的伞。我想给您看看损坏的情况。"

"很好，我看到了。很好。可是我不明白这事跟我有什么关系。"

她有点不安。也许这个公司对小物品是不赔偿的，于是她说：

"不过……它是被烧坏的……"

这位先生不否认：

"我看得很清楚。"

她张口结舌，再也不知道说什么；突然，她明白，忘了要说的话，便迫不及待地说：

"我是奥雷伊太太。我们在马泰奈尔保险公司保了火险；我是来向你们要求赔偿这笔损失的。"

她担心遭到正式拒绝，赶紧又补充了一句：

"我只要求你们换一个伞面。"

经理感到尴尬，说道：

"可是……太太……我们不是卖伞的。我们无法承接这类修补工作。"

小个子女人感到恢复镇定了。必须争一下。于是她就争了！她不再胆怯，她说：

"我只要求修理费。我会找人修理的。"

这位先生看来很窘：

"太太，钱确实很少。但从来没有人要求我们赔偿这样无足轻重的意外事件。要知道，手帕、手套、扫帚、旧鞋……所有每天都有火险的小物品，我们无法赔偿。"

---

① 1882 年末，一把英国哔叽、色彩艳丽的伞，只值 6.75 法郎。

她脸涨得通红，感到怒火中烧：

"可是，先生，去年十二月，我们的烟囱着火，给我们造成至少五百法郎的损失；奥雷伊先生并没有向公司要求任何赔偿；因此，今天要求公司赔偿我的雨伞损失是正当合理的。"

经理猜到了是谎言，微笑着说：

"太太，您得承认，奥雷伊先生没有要求赔偿五百法郎的损失，却来为一把伞要求五六法郎的修补费，岂非咄咄怪事。"

她一点也不慌乱，反驳说：

"对不起，先生，五百法郎的损失只关系到奥雷伊先生的钱包，而十八法郎的损失关系到奥雷伊太太的钱包，这不是一码事。"

他看出无法脱身，要浪费这一天了，便忍着性子问道：

"那么，请告诉我事情是怎么发生的。"

她感到胜利在望，开始讲起来：

"是这样的，先生：在我的前厅里，有一件青铜器具，用来插雨伞和手杖。那一天，回家时我把伞插进去。应该告诉您，上面正好有一块小木板，用来放蜡烛和火柴。我伸手拿了四根火柴。我擦了一根，灭了。我又擦一根，火柴点着了，马上又灭了。我擦第三根，又是一样。"

经理打断她，插入一句俏皮话：

"这么说是政府专卖的火柴喽？①"

她不明白，继续说：

"可能是吧。第四根总算点着了，我点上蜡烛；然后我回到房里

---

① 从 1875 年 1 月 18 日起，法国化学火柴的制造和销售由国家垄断，于是出现两个弊端：在法国本土有地下制造的火柴，从国外秘密进口的火柴胜过"政府制造"的火柴。大家抱怨不迭，怀念从瑞典进口火柴的年代。

睡觉。一刻钟以后,我似乎闻到烧焦的味道。我呀,我总是害怕着火。噢!如果我们家真有火灾,那不会是我的过错!尤其在对您说过的那场烟囱着火以后,我活得不安心。于是我爬起来,走出卧室,四处寻找,像一头猎犬到处闻气味,最后我发现我的伞烧着了。兴许是一根火柴掉在里面。您看把伞烧成什么样了……"

经理已经打定主意;他问:

"您估计赔多少钱?"

她沉默不语,不敢确定一个数目。然后,她想表示大方,说道:

"您让人去修理吧。我就托付给您了。"

他拒绝:

"不行,太太,我办不了。告诉我,您要多少钱吧。"

"可是……我觉得……您看,先生,我也不想占您的便宜……我们这么办吧。我把伞送到制伞店去,换上好绸、经久耐用的绸面,我再把发票给您送来。这样行吗?"

"很好,太太;一言为定。这是给出纳员的一个条子,他会把您的花费还给您。"

他递给奥雷伊太太一张名片,她接住了,站起身,一面道谢一面往外走,匆匆来到外边,生怕他改变主意。

如今她在街上迈着轻快的步子,寻找一家她认为体面的伞店。她找到一家气派华丽的商店,走了进去,用说一不二的口气吩咐:

"这把伞要换一个绸面,头等的绸面。用上你们最好的绸缎。价钱我不在乎。"

# 项　链①

　　世上有一些漂亮迷人的女子，仿佛是命运安排错了，生长在职员的家庭里，她便是其中的一个。她没有陪嫁费，希望渺茫，压根儿没法让一个既有钱又有地位的男子认识她，了解她，爱上她和娶了她。她只好听之任之，嫁给了一个小科员。

　　她打扮不起，只得穿着从简，但感到非常不幸，就像抱怨自己阶级地位下降的女子那样。因为女子原没有一定的阶层和种族，她们的美貌、娇艳和丰韵就作为她们的出身门第。天生的敏锐，高雅的本能，脑筋的灵活，只有这些才分出她们的等级，使平民的姑娘和最显赫的命妇并驾齐驱。

　　她总觉得自己生来就配享受各种精美豪华的生活，因而感到连绵不绝的痛苦。住房寒碜，四壁空空，凳椅破旧，衣衫丑陋，都叫她苦不堪言。所有这些都折磨着她，使她气愤难平，而换了她那个阶层的另一个妇人的话，甚至会一无所感。看着那个替她料理家务的小个儿布列塔尼女人，她心中便抑郁不乐，想入非非。她幻想挂着东方料子的壁衣②，被青铜高脚灯照亮了的寂静的前厅；幻想那两个穿着短裤的高大男仆，被暖气管发出的闷热催起睡意，在宽大的

---

① 本篇首次发表在 1884 年 2 月 17 日的《高卢人报》上，1885 年收入短篇小说集《白天和黑夜的故事》。
② 有钱人家往往在墙上蒙上一层布或壁毯，是一种豪华的装饰。

靠背椅里酣睡。她幻想墙上罩着古老丝绸的大客厅，里面有陈设着奇珍古玩的精致家具；幻想香气扑鼻的、风雅的内客厅，那是专为下午五点娓娓清谈的地方，来客有最亲密的男友，还有知名之士，难得的稀客，那是所有的妇女都欣羡不已，渴望得到他们青睐的。

每当她坐到那张铺着三天未洗桌布的圆桌前去吃饭，坐在对面的丈夫揭开盆盖，欣喜地说："啊！多好的炖肉！世上哪有比这更好的东西……"那时候她便幻想那些精美的筵席，亮闪闪的银餐具，挂满四壁的壁毯，上面织着古代人物和仙境森林中的异鸟珍禽；她幻想在华美的盘碟里的美馔佳肴，幻想一边嚼着粉红的鲈鱼肉或者松鸡翅，一边带着深不可测的微笑倾听窃窃情话的景象。

她没有华丽衣服，没有珠宝首饰，统统没有。而她偏偏就爱这些，她觉得自己生来就应该享受这些东西。她多么希望讨人喜欢，惹人嫉妒，风流诱人，被人追求啊。

她有一个有钱的女友，那是教会学校的同学，现在她再也不愿去看她了，因为每次看望回来，她总感到非常痛苦。她要伤心、懊悔、绝望、凄苦得哭好几天。

可是有一天傍晚，她的丈夫回家时满脸得意扬扬，手里拿着一个大信封。

"嗨，"他说，"这玩意儿是给你的。"

她赶快撕开信封，从里面抽出一份请柬，上面印着这几行字：

兹定于一月十八日（星期一）在本府举行晚会，敬请罗瓦赛尔夫妇莅临为荷。

教育部长乔治·朗波诺先生暨夫人谨上

她不但没有欢天喜地,像她丈夫所期待的那样,反而怨气冲天地把请柬往桌上一扔,嘟囔着说:"你不想想,我要这个干吗?"

"可是,我亲爱的,我原以为你会很高兴的。你从来也不出个门儿,这可是一个机会,真是难得的机会!我费了多少周折才弄到这张请柬。人人都想要,很不易到手,给职员的不多。在那儿,大小官员你都可以看到。"

她瞪着他,眼里都要冒出火来,按捺不住脱口而出:

"你可叫我穿什么上那儿去呢?"

这个,他却从未想到。他咕哝着说:

"你上剧场穿的那件连衣裙呢?照我看,那件好像够好的……"

他戛然而止,看见妻子哭起来了,他又是惊讶又是慌乱。两大颗眼泪从他妻子的眼角顺着嘴角流下来。他结结巴巴地问:

"你怎么啦?你怎么啦?"

她下了狠劲儿,把难言的苦衷压了下去,一面擦拭着沾湿的双颊,一面用镇静的嗓门回答:

"没有什么。只是我没有衣服,这次盛会我就去不成了。你有哪位同事,他的太太的衣衫总比我强的,你就把请柬送给他吧。"

他感到不是味儿。他于是又开口说:

"玛蒂尔德,咱们来算一下。一套合适的衣服,你在别的场合还可以穿的,简简单单的,得花多少钱?"

她想了一想,算了一笔账,也考虑了一个数目,她可以提出来,而不会招致节俭的科员立即回绝和吓得叫起来。

末了,她犹犹豫豫地回答:

"我不知道准数,不过有四百法郎,我大概也可以办妥了。"

他的脸色有点煞白,因为他正好备下这样一笔钱,要买一支枪,以便夏天和几个朋友一道打猎作乐，星期日到南代尔平原去打云雀。①

可是他还是说："好吧。我就给你四百法郎。不过得设法做一件漂亮的连衣裙。"

晚会那天临近了，而罗瓦赛尔太太却显得抑郁不安，忧虑重重，虽然她的衣服已经做好了。她的丈夫有天晚上问她：

"你怎么啦？瞧你这三天，阴阳怪气的。"

她回答："我没有首饰，没有宝石，身上什么也戴不出来，真叫我心烦意乱。那样我就会显出一副十足的寒酸气。我简直宁愿不赴会了。"

他接口说："你可以戴几朵鲜花呀。眼下这个季节，这是很雅致的。花上十个法郎，你就有两三朵美丽鲜艳的玫瑰花了。"

她一点儿没有被说服。

"不行……在阔太太中显出一副穷酸相，没有什么比这更丢脸的了。"

她的丈夫嚷了起来："你真是糊涂！你去找你的朋友福莱斯蒂埃太太②，问她借几件首饰嘛。你跟她交情够好的，准行。"

她高兴得叫了出来："这倒是真的。我竟一点儿也没想到。"

第二天她就上朋友家，给她诉说自己的苦恼。

福莱斯蒂埃太太起身走到镶镜大柜跟前，取出一个大首饰匣，拿到罗瓦赛尔太太面前打开，对她说："挑吧！亲爱的。"

她先看见几只手镯，再有便是一串珠子项链，然后是一个威尼斯出品的十字架，镶嵌着黄金宝石，工巧精致。她戴上这些首饰，

---

① 19世纪末，南代尔平原农民种菜，只能打小猎物。
② 这个名字在《漂亮朋友》中也出现过，当时莫泊桑正在写作这部长篇小说。

对着镜子试来试去，游移不决，舍不得摘下来放回去。她一个劲儿地问：

"你再没有别的了？"

"有啊。你自个儿找吧。我不知道你喜欢什么样儿的。"

突然，她在一个黑缎子的盒里发现一长串钻石项链，光彩夺目。一种过于强烈的欲望使她怦然心跳。她的手攥着它的时候直打哆嗦。她戴在脖子上，衬在连衣裙外面，对着镜子自我欣赏得出了神。

然后她欲言又止地、十分胆怯地问："你可以借给我这个吗？就借这一样。"

"当然可以啦。"

她扑过去搂住了朋友的脖子，激动地吻着她，随后带着宝贝一溜烟跑了。

晚会那天到了。罗瓦赛尔太太十分成功。她比所有女人都漂亮，又优雅又妩媚，笑容满面，快活得发狂。所有的男子都尽瞧着她，打听她的名字，设法能被介绍给她。办公厅的随员全都想跟她跳华尔兹舞。部长也注意到她。她忘怀地、尽情地跳着，被乐趣陶醉了，什么也不想，她的美丽压倒群芳，她的成功令人羡慕，她幸福得如同跌入彩云中，所有这些献媚、赞美、挑起的欲望、妇女心中认为十全十美的胜利使她如醉如痴。

她在清晨将近四点时才离开。她的丈夫从半夜起就在一间空空落落的小客厅里睡着了，客厅里还躺着另外三位先生，他们的太太也在尽情欢乐。

他怕她出门受寒，把事先带来的衣服披在她的肩上，那是平日穿的普通便服，那种寒碜和舞装的雅致很不调和。她感觉到了，便想溜走，不让其他裹在锦裘里的太太们注意到。

罗瓦赛尔一把拉住她：

"等一等，到外边你要着凉的。我去叫一辆马车。"

可是她一点儿不听他的，便迅速下了楼梯。等他们来到街上，却找不到马车。他们东寻西找，远远看见马车走过，就追着向车夫呼喊。

他们走到通向塞纳河的下坡路上，垂头丧气，冻得发抖。临了，他们在岸边找到了一辆逛夜的旧马车，这种马车在巴黎只有夜里才看得见，仿佛白天它们会耻于外表的寒碜。

马车把他们一直送到殉教者街，他们的家门口。他们没精打采地上了楼，回到家里。对她来说，一切已经结束。而他呢，他在想着十点就该到部里去办公。

她脱下裹在肩上的衣服，站在镜前，想再一次看看自己满载盛誉的情景。但她突然大叫一声。原来她颈上的项链不见了！

她的丈夫已经脱了一半衣服，他问："你怎么啦？"

她转身对着他，吓得发狂了似的：

"我……我……我把福莱斯蒂埃太太的项链丢了。"

他兀地站了起来，惊惶万分：

"什么！……什么！……这不可能吧！"

于是他们在连衣裙的皱褶里，大衣的皱褶里，口袋里，到处都搜寻了一遍。哪儿也找不到。

他问："你拿得稳离开时，项链还戴在身上吗？"

"没错，在部里的衣帽室里，我还摸过它呢。"

"不过，要是丢在街上，我们会听见掉下来的声音的。准是掉在车里了。"

"对，这很可能。你注意过车号吗？"

"没注意。你呢，你也没有留意吧？"

"没有。"

他们相互对视,都变得痴呆了。末了,罗瓦赛尔又把衣服穿上,他说道:

"刚才我们步行的那段路,我再去走一遍,看看是否能找到。"

于是他出去了。她仍旧穿着晚会的服装,连上床去睡的气力都没有了,颓然倒在一张椅子上,既不生火,也毫无主意。

快七点时她丈夫回来了。他什么也没有找到。

他又到警察厅和各报馆,请他们悬赏寻找,他还到租小马车的各个车行①,总之,凡是有一点希望的地方他都去了。

她整天都在等候着,面对这可怕的灾难,一直处在惶然若失的状态中。

罗瓦赛尔傍晚才回来,脸庞陷了下去,颜色苍白,他一无所获。他说道:

"只好给你的朋友写封信,告诉她你把项链的搭扣弄断了,现在正让人修理。这样我们就可以有回旋的时间。"

在他的口授下,她写了一封信。

一星期过去了,他们失去了一切希望。

罗瓦赛尔仿佛老了五岁,他最后说:

"该考虑赔偿这件首饰了。"

第二天,他们拿着装项链的那只盒子,按照里面印着的字号,到了那家珠宝店。珠宝商查过账后说:

"太太,这串项链不是本店卖出的,只有盒子是本店给配的。"

于是他们从这家珠宝店跑到那家珠宝店,凭记忆要找一串一模

---

① 当时有几个大一点的车行:法兰西剧院广场、蒙特马尔大街、嘉布遣会修女大街、勒阿弗尔大街等,至于驶往郊区的车行,则有25个之多。

一样的项链，两个人连愁带急眼看就要病倒。

他们在王宫附近一家店里找到一串钻石项链，看来跟他们寻找的完全一样。项链原价四万法郎。店里答应可以三万六千法郎让给他们。

他们请店商三天之内先不要卖出。他们还谈妥了，要是在二月底前找到原件，店里以三万四千法郎折价收回首饰。

罗瓦赛尔存有他父亲留给他的一万八千法郎。其余的便须去借了。

他向这个借一千法郎，向那个借五百；这儿借五个路易①，那儿借三个。他签署借约，同意做足以败家的抵押，和高利贷者，以及形形色色放债生利的人打交道。他整个晚年要大受影响，不管能不能偿还，他就冒险签押。对未来的忧患，即将压到身上的赤贫，瞻望到各种物质上的缺乏和种种精神上的折磨，这一切使他惶惶不安，他怀着这种心情把三万六千法郎放到那个商人的柜台上，取来了那串新项链。

等罗瓦赛尔太太把首饰送还福莱斯蒂埃太太时，这位太太满脸不高兴地对她说：

"你本该早点儿还我，因为我说不定要用得着呢。"

福莱斯蒂埃太太没有打开盒子，她的朋友害怕的正是这个。要是她发觉调换了一件，她会怎么说？不会把她看成偷窃吗？

罗瓦赛尔太太尝到了穷人那种可怕的生活。然而她勇气十足地横下了一条心。必须还清这笔骇人的债。她一定要还清。家里辞退了女仆，换了房子，租了一间屋顶下面的阁楼。

家庭里的粗活，厨下腻人的活计，她都尝遍了。碗碟锅盆都得

---

① 一个路易值二十法郎。

自己洗刷,她粉红的指甲在油污的盆盆盖盖和锅子底儿上磕磕碰碰磨坏了。脏衣服、衬衫、抹布,也得自己搓洗,在绳上晾干。每天清早,她把垃圾搬到楼下,送到街上,还要提水上楼,每一层都得停下来喘喘气。她穿着同下层妇女一样,挎着篮子上水果店、杂货店、猪肉店,讨价还价,挨骂受气,一个铜子一个铜子地保护她那一点儿可怜巴巴的钱。

每月都要偿付几笔债券,其余的则要续期,延长时间。

丈夫每天傍晚要替一个商人誊清账目,夜里常常干五个铜子一页的抄写活儿。

这样的生活过了十年。

十年之后,他们一切都还清了,不但高利贷的利息,连利滚利的利息也全都还清了。

罗瓦赛尔太太如今看来变得苍老了。她成了穷人家健壮有力的女人,又硬直,又粗犷。头发乱糟糟,裙子歪歪斜斜,两手通红,说话粗声大气,刷地板大冲大洗。不过有时候她丈夫还在办公,她坐到窗前,就想起从前那一次晚会,在舞会上她是那么美丽,真是出够了风头。

如果她没有丢失这串项链,那又会怎么样呢?谁知道?谁知道?生活是多么奇异,多么变化莫测啊!真是一丁点事儿就能断送你或者拯救你!

且说有一个星期天,她到香榭丽舍去溜溜,消除一星期干活的劳累。突然之间,她瞅见一个妇人带着一个孩子在散步。这是福莱斯蒂埃太太,她还是那么年轻、那么美丽、那么动人。

罗瓦赛尔太太感到很激动。要去跟她说话吗?当然要去。如今既已把债还清,她可以把一切告诉她了。为什么不可以去说呢?

她走了过去。

"你好，让娜。"

那一个一点儿认不出她了，心里很诧异，这个小市民模样的女人怎么这样亲密地称呼她？她嘟嘟囔囔地说：

"可是……太太！……我不知道……您大概认错了人吧。"

"没有。我是玛蒂尔德·罗瓦赛尔。"

她的朋友喊了起来：

"哎呀！……我可怜的玛蒂尔德，你可是大变样啦！……"

"是呀，自从那一次和你见面之后，我过的日子可艰难啦！真是千辛万苦……而这都是因为你！……"

"因为我……那是怎么回事呀？"

"你还记得你借给我去参加部里晚会的那串钻石项链吧。"

"记得。那又怎样呢。"

"那又怎样！我把它丢了。"

"怎么会呢！你不是已经给我送回来了嘛。"

"我给你送回的是一模一样的另一串。这件首饰我们整整还了十年。你知道，对我们来说这可不是容易的事，我们是什么也没有呀……现在总算了结啦，我是说不出的高兴。"

福莱斯蒂埃太太停住了脚步。

"你是说，你曾买了一串钻石项链来赔我那一串吗？"

"是的。你一直没有发觉吧，是不是？两串真是一模一样。"

她感到一种足以自豪的、发自内心的快乐，于是露出微笑来。

福莱斯蒂埃太太非常激动，抓住了她的两只手。

"哎呀！我可怜的玛蒂尔德！我那串可是假的呀。顶多也就值五百法郎！……"

# 索瓦热大妈[1]

献给乔治·普歇[2]

一

我已经有十五年没有回到维尔洛涅[3]了。今年秋天,我回到那里打猎,住在我的朋友塞瓦尔家里,他终于重建起给普鲁士人毁掉的古堡。

我无比喜欢这个地方。美妙的世界有一些角落,给人的眼睛一种肉感的魅力。你会怀着性爱去爱它们。常常见到有些泉水,有些树林,有些池塘,有些山冈,以艳遇的方式打动我们这些被大地迷住的人,我们会保留亲切的回忆。有时,我们的思想会回到森林的一角,或者一段河岸,或者一个花香扑鼻的果园,虽然只在一个快活的日子里见过一次,可是却像一个春天早晨在街上邂逅的身穿浅色透明衣衫的那些女子的影像,会长存于我们心中,在我们的心灵

---

[1] 本篇首次用笔名发表在1884年3月3日的《高卢人报》上,同年收入中短篇小说集《哈丽特小姐》。
[2] 乔治·普歇(1833—1894),法国博物馆的比较解剖学教授,福楼拜的朋友,莫泊桑生病初期得到他的关心,左拉写作《小酒店》时在酒精中毒方面得到他的指点。
[3] 想象的地名。

和肉体里留下难以平息、难以忘怀的欲望,留下擦肩而过的幸福感。

在维尔洛涅,我热爱整个田野,大地布满了小树林,小溪纵横交错,仿佛血管一样流经土地,将血液输送进去。河里能钓到虾、鳟鱼和鳗鱼。真是天上人间!还可以就地沐浴,在小溪两旁生长的高草丛中,常常可以找到沙锥鸟。

我好像山羊一样轻快地走着,望着我的两只狗在我面前东寻西找。塞瓦尔在我右边一百米外的一块苜蓿地搜索。我绕过索德尔家的树林边上的灌木丛,看到一间倾圮的茅屋。

骤然间,我想起一八六九年最后一次看见这间茅屋,干干净净,爬满了藤条,门前有几只母鸡。还有什么比一间只耸立着破烂、阴森的骨架,已毁掉的屋子更加凄凉呢?

我还记得有一天我筋疲力尽,有一个善良的女人给我喝了一杯葡萄酒,当时塞瓦尔将她家的经历讲给我听。她父亲是个年老的偷猎者,被宪警打死了。儿子我从前见过,是个瘦高个儿小伙子,也被看成鸟兽的残害者。大家管他们家叫索瓦热。

这是一个姓呢,还是一个绰号?[①]

我把塞瓦尔喊了过来。他迈着长脚鹬的大步子走来。我问他:

"这一家人怎么啦?"

他给我讲了这段故事。

## 二

开战[②]的时候,小索瓦热三十三岁,应征入伍,撇下母亲一人在

---

[①] "索瓦热"在法语中有"野蛮人"之意。
[②] 指1870年爆发的普法战争。

家。大家倒不太替老女人叫苦，因为都知道她有钱。

于是她孤零零地住在树林边上，远离村子的这所孤立的房子里。再说，她不害怕，因为她和家里的男人是一类人，这个高高瘦瘦的粗犷的老女人难得笑一笑，别人也从不跟她开玩笑。况且乡下女人是不苟言笑的。笑是男人的事！她们过着阴沉沉的没有晴天的日子，心灵沉闷、狭隘。农夫在小酒馆养成一点热闹、快乐的脾性，而他的妻子却总是板着脸，一本正经。她们脸上的肌肉根本没有养成笑的动作。

索瓦热大妈在自己的茅屋里继续过着平常的生活，不久，大雪覆盖住屋顶。她一星期去一次村里，买一点肉和面包；然后，她回到家里。由于说是有狼，她出门背着枪——她儿子的枪，生了锈，枪托被手磨损了；她的模样看起来真够古怪：高高的个子，背有点驼，在雪中缓慢地迈着步子，枪筒高过黑帽子，帽子紧紧戴在头上，罩住从来没有人见过的白发。

有一天，普鲁士人来了。按照每家的财产和收入，他们被分配到居民家里。大家知道老女人有钱，她摊到了四个。

这是四个胖小伙子，金黄色皮肤，金黄色胡子，蓝眼睛，虽然吃苦受累，仍然胖胖的，尽管在被征服的国家里，依旧和和气气。他们与部队分开，住在这个上岁数的女人家里，对她很体贴，尽可能省掉她的劳累和开支。可以看见他们四个人早晨只穿着衬衫，在井边梳洗，迎着白雪的强烈光线，用冷水冲洗北欧人白里透红的皮肤，而索瓦热大妈来来去去，准备做早饭。随后他们打扫厨房，擦方砖地，劈木柴，削土豆，洗衣服，就像四个好儿子围着母亲，做完家里所有的活计。

但是这个老女人不断记挂着她的儿子，她那个瘦高个子、鹰钩鼻、褐色眼睛、嘴唇上有一圈黑而浓密髭须的儿子。她天天都要问住在她家的每一个士兵：

"您知道法国步兵二十三团开到哪儿去了吗？我的儿子在里面。"

他们回答："不，不次（知）道，一点不次（知）道。"他们家里也有母亲，明白她的痛苦和不安，千方百计关心她。再说，她也非常爱这四个敌人；因为农民几乎没有爱国的仇恨，这只是上层阶级的人才有。卑贱者由于穷困，一切新的负担都压在他们身上，付出的最多；由于他们人数多，被成批地屠杀，成了真正的炮灰；由于他们最弱小，最缺乏抵抗能力，遭到战争的苦难蹂躏也最深重。他们几乎不理解那种好战的狂热，那种容易激发的荣誉感，那种在半年内把胜与负两个国家都耗尽了的所谓政治手段。

当地人谈到索瓦热家的德国人时说：

"这四个人找到了家。"

一天早上，老女人独自在家里，看到远处平原上有一个人朝她的房子走来。过了一会儿，她认出是邮差。他交给她一张折起来的纸，她从盒子里取出做针线活儿的眼镜，然后阅读起来：

索瓦热太太：

此信是为了通知您一件噩耗。您的儿子维克托昨天被一颗炮弹打死，几乎截成两段。我就在旁边，因为我们在连队里紧挨在一起，他对我谈起过您，说是万一遇难，当天就告知您。

我在他的口袋里找到他的表，战争结束后会奉还给您。

顺致亲切问候。

步兵二十三团二等兵<br>塞泽尔·里沃

寄信的日期是在三星期以前。

她一点没哭。她一动不动,深受打击,呆若木鸡,她甚至还未感到痛苦。她心里想:"维克托现在被打死了。"眼泪逐渐涌上她的眼睛,痛苦潜入她的心头。可怕的、痛彻心扉的念头一个接一个来到她的脑子里。她再也不能拥抱他了,不能拥抱她的儿子、她的大个儿子了,再也不能了!宪警打死了父亲,普鲁士人打死了儿子……他被一颗炮弹炸成了两段。她觉得看到了现场,可怕的现场:脑袋耷拉下来,眼睛张开,还像他生气时那样咬住大髭须的尖角。

他们事后怎么处理他的尸体呢?要是也像额头正中带着子弹的丈夫一样,把她儿子送回来,那就好了!

她听到一阵说话声。这是普鲁士人回到村子。她赶快把信藏到口袋里,还来得及擦干眼睛,带着平常的脸容,平静地迎接他们。

他们四个高高兴兴地笑着,因为他们带回来一只肉很多的兔子,无疑是偷来的,他们向老女人示意,可以大快朵颐了。

她立即干活,准备中饭;但要杀兔子的时候,她没有勇气下手了。她可不是第一次杀兔子!一个士兵在兔子耳朵背后一拳打下去。

兔子一死,她就剥掉皮,取出红色的肉;可是,看见自己摆弄着满手的血,她感到血从温热到冷却、凝结,不禁从头到脚颤抖起来;她总是看到她的大个儿子被炸成两段,而且浑身是血,就像这只还在颤动的动物一样。

她和普鲁士人一起坐下吃饭,但是她吃不下,甚至一口也不吃。他们狼吞虎咽地吃兔子,没有注意她。她从旁瞧着他们,一言不发,酝酿成熟一个想法,面孔毫无表情,他们觉察不到什么。

她突然问道:"我根本不知道你们的名字,而我们在一起已经有一个月了。"他们好不容易才明白了她的意思,说出自己的名字。她

批发酒商洛瓦佐夫妇
诡计多端，投机倒把，贪得无厌

抢先瓜分羊脂球的食物，有好处就占，最后先出卖羊脂球

羊脂球
善良真诚，衷心爱国

死要面子，自私自利，出了事情后又事不关己

布雷维尔伯爵夫妇
有权有势，虚荣心强

自私自利，绝对的利己主义者，总是以一副虚伪的面貌示人

报其自私伪善，心理病态扭曲

议员拉马东夫妇
贪婪，善于伪装

两个修女
虚伪，假清高

# 羊脂球

莫泊桑

还不满足,让他们在纸上写出来,还有他们的家庭地址。她把眼镜架在大鼻子上,端详这陌生的字体,然后她把纸折好,放进口袋,叠在通知她儿子死讯的信上面。

饭吃完后,她对他们说:

"我去给你们办点事。"

她把干草搬到他们睡觉的阁楼里。

他们对这样做很奇怪;她向他们解释,他们会暖和一点;他们帮她去搬。他们把一捆捆干草堆到麦草屋顶;他们就这样给自己弄好了一间被干草围在中间的大卧房,又温暖又香喷喷,他们会睡得很舒服。

吃晚饭时,他们当中的一个看到索瓦热大妈还是一点东西不吃,感到不安。她说是胃痉挛。她把炉子生旺取暖,四个德国人像每天一样,爬上梯子,登上他们的住室。

翻板活门一盖上,老女人就抽掉梯子,然后无声无息地打开大门,她又去搬了几捆干草,塞满厨房。她赤脚走在雪地上,轻得听不见一点声音。她不时倾听四个睡着的士兵响亮的不均匀的呼噜声。

等她认为准备就绪,就在炉子里扔了一捆干草,等干草燃烧起来,便把它分散放在其他干草上面,然后走到外面瞧着。

一刹那间,强烈的火光照亮了茅屋的整个内部,然后这是一个可怕的火场,一个巨大的炽热的熔炉,火光从狭窄的窗户射出来,在雪地上投下耀眼的光芒。

接着,从顶楼发出狂叫,接着,是号叫声,撕心裂肺的恐怖的呼救声。接着,翻板活门在屋里塌了下来,一团团火冲进阁楼,洞穿麦草屋顶,仿佛一个巨大的火炬升上天空,整座茅屋熊熊燃烧。

茅屋里除了大火的毕剥声、墙壁的咔嚓声和梁木的倒坍声,什么也听不到。屋顶突然塌陷,炽热的房架将一大束火星,夹带着浓烟,抛到空中。

白茫茫的原野被火光照亮,有如一块染上红色的银白桌布,闪闪发光。

远处的大钟敲响起来。

索瓦热大妈伫立在自己烧毁的家门口,拿着她的枪,她儿子的枪,生怕有一个人逃出来。

待她看到大功告成后,她把武器扔到火场里。响起了一下爆炸声。

人们奔来了,有农民,有普鲁士人。

他们发现老女人坐在一个树桩上,平静而满足。

一个德国军官能像法国人一样讲法语,问她:

"您家的几个士兵在哪儿?"

她朝正在熄灭的那堆红炭火,伸出干瘦的手臂,大声回答:

"在里面!"

她周围挤满了人。普鲁士人问道:

"火是怎样烧起来的?"

她说:

"是我放的火。"

没有人相信她的话,都认为火灾把她突然吓疯了。于是,大家围着她,听她说话,她把事情从头到尾,从收到信到屋子里被烧着的人最后的喊声,都说了一遍。她没有遗漏她的所感和她所做的每一个细节。

她讲完后,从口袋里掏出两张纸,她又戴上眼镜,借着火光分辨这两张纸。然后她展示一张说:"这张是通知维克托的死讯。"展示另一张时，她朝烧红的废墟头一扬说："这张是他们的姓名，以便给他们家里写信。"她平静地把这张纸递给抓住她双肩的军官，又说：

"您要写事情是怎么发生的，您要对他们的家人说，是我干的。维克托瓦尔·西蒙，索瓦热女人！别忘了！"

军官用德语大声下了几道命令。士兵把她抓住，推到她家还热烘烘的墙上。然后，十二个士兵迅速面对她，在二十米的地方排列好。她一动不动。她明白得很；她等待着。

命令发出了，紧接着是一排枪声。有一发晚发的子弹，在其余的枪响后才单独发出。

老女人没有栽倒。仿佛有人砍断了她的两条腿，她瘫了下去。

普鲁士军官走过去看。她差不多被打成了两截，而她痉挛的手里攥着浸在血泊中的信。

我的朋友塞瓦尔补上一句：

"正是为了报复，德国人毁掉了我在当地的古堡。"

我呢，我想到那四个烧死在里面的、温和的小伙子的母亲；想到另一位被枪杀在墙边的母亲残忍的英勇行为。

我捡起一颗小石子，还是被火烧成黑乎乎的呢。

# 俘　虏①

森林里除了雪片落在树上的沙沙声以外，万籁俱寂。从中午起就下雪了，小片雪花在树枝上覆盖了一层冻结的沫子，这沫子在矮树丛的枯叶上面也投下一层薄薄的银白色顶盖，并在道路上展开又软又白的大地毯，使这片林海中的无边寂静更加浓重了。

在森林看守人居所的门前，一个年轻女人光着手臂，在一块石头上用斧子劈柴。她个子高挑而结实，打小在森林长大，父亲和丈夫都是森林看守人。

屋里有人在喊：

"贝尔蒂娜，今天晚上只有我俩，天黑了，该回屋了，说不定普鲁士人，还有狼，在那儿转悠呢。"

劈柴的女人正使劲劈着一个树根，双臂一举，胸脯便挺起来。她回答：

"我干完了，妈妈。我来了，我来了，不用担心；天还亮着呢。"

随后她把一捆捆细木柴和大块木柴搬进屋子，沿着壁炉码好，又出去关上护窗板，这是用橡木心子做的巨大护窗板；最后她才回到屋里，推上沉重的门闩。

她的母亲在炉边纺纱，这个满脸皱纹的老女人，由于上了年纪，

---

① 本篇首次用笔名发表在1884年12月30日的《吉尔·布拉斯报》上，1886年收入短篇小说集《图瓦纳》。

不免胆小谨慎，她说：

"我不喜欢你父亲出门，两个女人，势单力薄。"

年轻女人回答：

"噢！我能打死一头狼，也能打死一个普鲁士人。"

她看了一眼挂在壁炉上方的一把大手枪。

她的男人在普鲁士人刚入侵时入了伍，家里只剩下两个女人和老爹。老看守人尼古拉·皮雄，绰号"高跷"，固执地不肯离开他的住屋，回到城里。

附近的城市是勒泰尔[①]，这个原先的要塞高踞于一片悬崖上。城里的人很爱国，他们决意抵抗侵略者，要按照城市的传统，坚守拒敌，抵御围攻。在亨利四世和路易十四时期，勒泰尔人已经两次因英勇的保卫战而遐迩闻名[②]。这次，他们要依样画葫芦，妈的！要不然宁可让敌人烧死在墙垣之内。

因此，他们购买了大炮和枪支，装备了一支民兵，组成营队和连队，整天在练兵场操练。所有人，面包商、食品杂货商、肉店老板、公证人、诉讼代理人、木匠、书商、药剂师，全都在规定时间里轮流操练，听从拉维涅先生的命令。他以前是龙骑兵士官，后来娶了拉沃当先生家长房一脉的女儿，并继承了岳父的铺子，当了服饰用品店老板。

他要了个少校司令的军衔，由于所有的年轻男子都到部队去了，他把剩下的人编成队伍训练，准备抵抗。胖子上街都要小跑步，以

---

[①] 勒泰尔：阿尔登的专区所在地。
[②] 不是在亨利四世时期，而是后来在路易十三时期，即1617年，勒泰尔的公爵沙尔·德·贡扎格战胜了德·吉士公爵的围城；第二次在1650—1655年之间，这时路易十四未成年，该城三次失守，但最后图雷纳把对手赶走。

求瘦身和练气，体弱者则负重，锻炼肌肉。

他们等待普鲁士人来犯。可是普鲁士人没有出现。然而他们离得不远；他们的侦察兵已经两次越过森林，推进到"高跷"尼古拉·皮雄的护林屋的边上。

老森林看守人像狐狸一样快捷，已跑去城里报告。城里人已经把大炮对准方向，可是敌人根本没有出现。

"高跷"的住所成了阿弗灵森林①的前哨站。他一星期到城里去两次，购买食品，给城里居民捎去乡下的消息。

这一天，他去报告前天下午两点左右，有一小分队德国步兵曾在他家停留，几乎立刻又走了。带兵的士官会说法国话。

老人每次这样去，都带着他那两条狮子嘴的大狗，因为他怕遇到狼，狼在这个季节里变得凶恶起来。他留下两个女人，叮嘱她们天一黑就关门自卫。

年轻女人毫无惧色，但老女人总是提心吊胆，一再说：

"结果不妙，不管什么，瞧着吧，结果不妙。"

这天晚上，她比平时更加不安。她问：

"你知道爸爸什么时候回来？"

"噢！十一点以前准定回不来。他在司令家吃饭，总是很晚回来。"

她把锅子挂在火上熬汤，听见壁炉的烟囱里传来朦胧的响声，便停住不动。

她低声说：

---

① 这个地方是杜撰的。

"有人在林子里走动,至少有七八个人。"

母亲惊慌失措,不再纺纱,结结巴巴地说:

"噢!我的天!你爸爸又不在家!"

她还没说完话,门砰砰地被敲得震动起来。

由于两个女人不作回应,一个喉音很重的声音喊道:

"开闷(门)!"

停了一下,那个声音又喊:

"开闷(门),不然我就擦(砸)闷(门)了!"

贝尔蒂娜把壁炉上的大手枪放进裙子的口袋里,然后,她走过去将耳朵贴在门上,问道:

"谁呀?"

那个声音回答:

"我是那田(天)的小坟(分)队。"

年轻女人又问:

"你们有什么事?"

"冲(从)早上起,我和我的小坟(分)队在疏(树)林里米(迷)了路。开闷(门),不然我就擦(砸)闷(门)了。"

女森林看守人没有选择余地;她赶紧把大门闩拉开,再打开沉重的大门。她在雪地有点泛白的黑暗里看到六个人,六个普鲁士士兵,就是前天来过的。她用坚定的口气问:

"这个时候,你们来干什么?"

士官又说一遍:

"我米(迷)了路,完全米(迷)了路,我扔(认)出了房子。冲(从)早上起,我什么也没痴(吃),我的小坟(分)队也没有痴(吃)。"

贝尔蒂娜说:

"可是今天晚上家里只有我和妈妈两个人。"

那个军人看上去倒像很正直,回答道:

"没有关系。我不想(伤)害你们,可是,你们要给我们做东西痴(吃)。我们饿得和累得快到(倒)下了。"

女森林看守人往后退一步,她说:

"进来吧。"

他们走进屋子,满身是雪,头盔仿佛盖了一层打成泡沫的奶油,活像奶油夹心烤蛋白,他们看来累得筋疲力尽。

年轻女人指着大桌子两边的木头长凳。

"坐吧,"她说,"我这就给你们做汤。你们看来确实累得够呛。"
然后她又把门闩上。

她往锅里加水,重新投进黄油和土豆,然后把挂在壁炉里的一块肥肉取下来,切下一半,放到汤里。

那六个人眼里带着饥饿的神色,跟随她的每一个动作。他们把枪和头盔放在一个角落里,俨然孩子们坐在学校的长凳上,乖乖地等待着。

母亲又开始纺纱,不时朝入侵的士兵投去惶乱的目光。除了纺车轻轻的转动声、柴火的毕剥声和水烧热的扑哧声,什么声音也听不见。

但是突然,一种古怪的声音把他们吓得哆嗦起来,仿佛是从门底下传进来的嘶哑喘气声,一种野兽粗重的、很响的呼气声。

德国士官一跃,扑向枪支。森林女看守人用一个手势止住他,微笑着说:

"这是狼群。它们像你们一样,到处转悠,它们饿了。"

德国人不相信,想看一看,门一打开,他看到两只灰色的大野兽,迈开又快又大的步子逃走了。

他回来坐下,喃喃地说:

"荻(我)本来还不行(信)呢。"

他等着浓汤做好。

他们狼吞虎咽地吃起来,嘴巴张得大大的,想多吃一点,圆鼓鼓的眼睛和下颌同时张大,喉咙里发出的声音活像檐槽汩汩的流水声。

两个女人一声不响地看着这些浓密的红胡子快速的动作;土豆看来像陷进颤动的毛发中。

由于他们口渴,森林女看守人下到地窖给他们取苹果酒。她在那里待了很长时间;这是一个有拱顶的小地窖,在大革命时期,据说曾用作监狱和藏身地。在厨房尽里,从一道狭窄的螺旋形楼梯下去,有一块翻板活门盖住。

贝尔蒂娜重新出现时笑着,独自笑着,神态狡黠。她将酒罐递给德国人。

然后她和母亲也坐在桌子另一头吃汤。

士兵们吃完了,他们六个人睡在桌子旁边。不时有一个额头落在木板上,发出一下沉闷的声音,便又抬起头来。

贝尔蒂娜对士官说:

"你们可以睡到炉火前面,足够有六个人睡的地方。我呢,我和妈妈爬到我的房间去。"

两个女人上了二楼,可以听到她们关门上锁的声音,还走动了一会儿;然后她们再没有声音了。

普鲁士人躺在石板地上,脚对着火,脑袋枕在卷起的大衣上,不久,他们六个人打起了呼噜,有的尖锐,有的响亮,但是连续不断,声音吓人。

他们已经睡了很久,忽然响起一下枪声,响得令人以为是打在房子的墙壁上。士兵们马上站了起来。又响起几下枪声,随后又响起另外三下。

二楼的房门突然打开,森林女看守人出现了,光着脚,没穿外衣,只穿着短裙,手里拿着一支蜡烛,神色惶惶。她讷讷地说:

"是法国人来了,他们至少有两百人。如果他们在这里碰到你们,他们会烧掉房子。你们赶快下到地窖去,不要发出响声。如果你们发出响声,我们就完了。"

士官慌张起来,结结巴巴地说:

"获(我)原(愿)意,获(我)原(愿)意。该从哪里下去?"

年轻女人赶紧掀起狭窄的、方方的翻板活门,六个人消失在螺旋小楼梯下面,一个接一个后退着,踏准梯级,隐没在地底下。

等最后一个头盔的尖顶消失了,贝尔蒂娜把沉重的橡木板放下来。橡木板好像墙壁一样厚,像钢一样坚硬,有铰链连接,还安上地下室的一把锁,她上了两道锁,然后笑了起来,无声地欢快地笑,她真想在她的俘虏的头上跳舞。

他们没发出一点儿响声,关在里面就像关在一个结实的匣子里,一个只从有铁栅的通风口透气的石头匣子。

贝尔蒂娜立即重新点燃炉火,把锅搁在火上,重新做汤,一面喃喃地说:

"今夜父亲准定很累。"

然后她坐下来等待。只有钟摆的响声在寂静中送出均匀的滴答声。

年轻女人不时望一下钟面,不耐烦的目光似乎在说:

"走得真慢。"

不久,她觉得脚下有喃喃声。低低的模糊的话语声,透过地窖的水泥拱顶传过来。普鲁士人开始猜测出她的诡计,不久,士官爬上小楼梯,用拳头敲翻板活门。他又叫道:

"开闷(门)。"

她站起来,走过去,模仿他的声音:

"宁(您)相(想)干什么?"

"开闷(门)。"

"获(我)不开。"

这个人生气了。

"开闷(门),要不获(我)擦(砸)碎闷(门)。"

她笑了起来。

"擦(砸)吧,好汉,擦(砸)吧,好汉。"

他开始用枪托敲打在他头顶关上的橡木翻板活门。可是它能顶得住投石器的攻打。

森林女看守人听到他又走下去了。接着几个士兵一个接一个,来试试他们的力气,察看一番关闭的情况。但是,无疑认为他们是在白费气力,他们又走到地窖底下,重新议论起来。

年轻女人倾听着他们说话,随后她去打开大门,侧耳谛听黑夜中的动静。

远处传来狗吠声。她像猎人那样吹起口哨,几乎有两只大狗出现在黑暗中,跳跃着扑到她身上。她抓住它们的颈圈,拉住它们,不让它们跑开。她使出全力喊道:

"喂,父亲!"

有个还离得很远的声音回答:

"喂,贝尔蒂娜。"

她等了一会儿,又喊道:

"喂,父亲。"

声音稍近了,重复说:

"喂,贝尔蒂娜。"

森林女看守人应声说:

"不要从通气窗前面过。地窖里有普鲁士人。"

突然,有个人的巨大身影出现在左边,在两棵树之间站定了。他不安地问:

"地窖里有普鲁士人啊。他们在干啥?"

年轻女人笑起来:

"就是昨天那伙人。他们在森林里迷了路,我把他们关在地窖里。"

她讲了事情经过,她怎样开了几下手枪吓唬他们,把他们关在地窖里。

老人始终很严肃,问道:

"这种时候,我能把他们怎么样?"

她回答:

"去向拉维涅先生讨救兵呀。他会俘虏他们。他会高兴的。"

皮雄老爹微笑说:

"不错,他会高兴的。"

他的女儿又说:

"给你煮了汤,快吃吧,然后出发。"

老看守人在桌边坐下,将两只盛得满满的盆子放在地上喂狗,然后喝起汤来。

普鲁士人听到有人说话,沉默下来。

一刻钟后,"高跷"出发了。贝尔蒂娜双手捧着头,等待着。

普鲁士人又骚动起来。现在他们又叫又嚷,用枪托不停地猛敲地窖不可动摇的翻板活门。

然后他们通过气窗开枪,无疑希望在附近经过的德国小分队听到。

森林女看守人不再动弹;但是所有这些声音使她变得神经质和气恼。她心里火冒三丈;她真想把这些无赖杀死,让他们闭嘴。

她的不耐烦在增长,她开始看钟,计算着时间。

父亲已走了一个半小时。眼下他该到城里了。她仿佛看到了他。他把情况告诉拉维涅先生,拉维涅先生激动得脸色发白,打铃叫女仆准备他的军服和武器。她似乎听到鼓手满街奔走。惊惶的脑袋出现在窗口。民兵从家里出来,衣服勉强穿好,气喘吁吁,扣着腰带,小跑步朝指挥官的家赶去。

"高跷"领头,部队冒着黑夜和雪,朝森林开拔。

她望望钟。"他们过一小时才能来到这里。"

神经质的不耐烦袭上身来。她觉得时间长得没完没了。真是漫长啊!

最后,针指着她确定的、他们到达的时刻。

她重新打开门,想听到他们来到。她瞥见一个黑影小心翼翼地行走。她害怕起来,叫了一声。这是她的父亲。

他说:

"他们派我来看看有没有变化。"

"没有,什么也没有。"

于是,轮到他向黑夜发出一声尖锐的拖长的口哨声。不久,可以看到一样褐色的东西在树下慢慢地行走:这是十个人组成的先头部队。

"高跷"不时一再说:

"不要从通气窗前面经过。"

先到的人向新来者指出可怕的通气窗。

最后,队伍的主力出现了,总共二百人,每人携带着二百发子弹。

拉维涅先生很激动,有点哆嗦,把队伍部署成从四面包围房子,在那个贴着地面、地窖通气的小黑窟窿前面留下一大块空地。

然后他走进屋子,了解敌人的实力和所采取的态度,他们变得没有一点声息,令人还以为他们消失了,化为乌有,从气窗飞走了。

拉维涅先生用脚踩着翻板活门,叫道:

"普鲁士军官先生?"

德国人不回答。

指挥官又说:

"普鲁士军官先生?"

这是白费劲。他有二十分钟催促这个一声不响的军官带着武器和行装投降,同时答应他,保证他和他的士兵的生命安全并保持军人荣誉。但是,他得不到任何同意或者敌意的表示。情势变得很尴尬。

民兵在雪地上踩着脚,抡起手臂敲打自己的肩膀,就像车夫那样为了取暖,他们望着通气窗,天真地越来越想从通气窗前经过。

最后，他们之中的一个，名叫波德万，非常灵活，壮起胆子。他一冲，像鹿一样跑着穿过去。他的尝试成功了。俘虏们好像死了一样。

一个声音喊道：

"没人。"

另一个士兵从危险的窟窿前面穿过空地。于是这成了一个游戏。不时有一个人冲出去，从一个队伍中冲到另一个队伍中，仿佛孩子们在玩捉人游戏，他在身后扬起一片雪，两只脚跑动得非常急速。为了取暖，他们用枯树枝生起大堆篝火，火光把快速地从右边营地跑到左边营地的国民自卫军的侧影照亮了。

有个人喊道：

"轮到你了，马卢瓦宗！"

马卢瓦宗是一个肥胖的面包店老板，他的肚子令大家发笑。

他犹豫了一下。大家嘲笑他。于是他打定主意，用均匀的、气喘吁吁的小跑步搬动双腿，大肚子一颠一颠的。

全分队的人笑出了眼泪。大家喊叫着鼓励他。

"好极了，好极了，马卢瓦宗！"

他大约跑了三分之二的路程，这时，从通气窗喷出一长条快速掠过的红火舌。响起一下枪声，大块头的面包店老板扑倒在地，发出一声惨叫。

没有人扑过去救他。只看到他在雪地里一面呻吟一面爬着，他爬出这可怕的通道之后，昏了过去。

子弹打在大腿上部的肥肉中。

在第一阵惊讶和第一阵惊吓过去以后，又掀起一片笑声。

指挥官拉维涅出现在森林看守人的家门口。他刚制订了攻击计划。他用激动的声音下命令：

"白铁铺老板普朗苏和他的工人们！"

三个人走了过来。

"你们拆下屋子的檐槽。"

在一刻钟之内，他们把二十米长的檐槽交给指挥官。

于是他叫人小心翼翼地在翻板活门的边上钻了一个小圆洞，将一根唧筒的水管安装在这个口子上，他用满意的口吻宣称：

"我们要让德国人先生们喝个饱。"

"乌拉"的狂热赞叹声爆发出来，紧接着是快乐的叫声和发狂的笑声。指挥官组织了几个工作队，每五分钟换一次班。然后他发出命令：

"抽水。"

手轮摇动起来，沿着管子滑过细微的声音，不久这声音落到地窖里，带着瀑布的潺潺声和金鱼池的假山石间的流水声，向前涌流。

大家等待着。

一小时过去了，然后是两小时，然后是三小时。

焦躁不安的指挥官在厨房里踱步，不时将耳朵贴到地面上，力图猜测敌人在做什么，寻思敌人是否不久会投降。

敌人现在骚动不安，只听到他们在移动酒桶、说话、蹚水。

将近早上八点，从通气窗传出一个声音：

"获（我）相（想）对法国军官先生说话。"

拉维涅脑袋没有太往前探，从窗口回答：

"您投降吗？"

"获（我）投降。"

"那么，把枪扔到外面。"

马上看到一支枪从窗口扔出来，落在雪地里，然后是两支、三支，所有的武器。同一个声音说：

"获（我）没枪了。快一点。获（我）要被淹死了。"

指挥官命令：

"停止。"

唧筒的飞轮停止了转动。

厨房里挤满了等待的士兵，他们把武器放在脚边，慢慢地拉起橡木翻板活门。

四只脑袋露了出来，湿淋淋的，四只金黄长发的脑袋，脸色苍白，一个接一个露出来。六个德国人瑟瑟发抖，浑身湿透，惊慌失措。

他们被抓住了和捆绑起来。由于担心突袭，法国人立马出发，分成两队，一队押着俘虏，另一队把马卢瓦宗放在竹竿和褥垫扎成的担架上，护送着他。

他们胜利地回到勒泰尔。

拉维涅先生因为俘虏了一队普鲁士人的先头部队而荣获勋章，而肥胖的面包店老板由于被敌人打伤而获得军功章。

# 骑 马[①]

　　这对穷人靠丈夫微薄的工资艰难度日。他们结婚后生了两个孩子，最初的拮据变成了那种卑微的、掩盖起来的、羞愧的贫困，一种贵族之家硬要撑门面的贫困。

　　埃克托·德·格里伯兰在外省父亲的庄园里长大，家庭教师是一个老神父。他们家境并不富裕，可是还能保持外表的风光，勉强维持生活。

　　二十岁上，家里给他找到一个位置，他进入海军部当科员，年薪一千五百法郎。[②] 就像所有那些早年根本没有准备好要经历严酷的生活斗争的人，就像所有那些观察生活如雾中看花，没有手段和抵抗力，没有从童年起便展现特殊才能，对斗争养成坚强毅力的人，就像所有那些手中没有拿过武器或者工具的人，他在这块礁石上搁浅了。

　　他在办公室最初的三年不堪回首。

　　他遇到过几位世交，都是老迈的时代落伍者，家境也并不宽裕，却生活在贵族聚居的街上和圣日耳曼区愁惨的街上；他组成了一个朋友圈子。

　　这些穷贵族与现代生活格格不入，自卑而又自傲，住在静悄悄

---

① 本篇首次用笔名发表在1883年1月14日的《高卢人报》上。同年收入短篇小说集《菲菲小姐》第二版。
② 莫泊桑在22岁进入海军部，年薪也是1500法郎。

的楼房的高层上①。这些住宅从高到低，住户都是有贵族封号的；不过，从第二楼到第七楼，他们似乎钱都少得可怜。

保持不变的偏见，只关心门第，一心不愿地位下降，这一切纠缠着这些从前辉煌过，由于游手好闲而败落的家庭。埃克托·德·格里伯兰在这个世界上遇到了一个像他那样穷苦的贵族少女，娶了她。

他们在四年中有了两个孩子。

随后四年，这家人在穷困的磨难中，除了星期天在香榭丽舍大街散步，冬天有同事赠送优待券，晚上到剧院看一两次戏，就没有别的消遣了。

接近春季时，科长给了他一件额外的工作，他得到三百法郎的特别酬劳。

把这笔钱带回家时，他对妻子说：

"亲爱的昂丽艾特，我们应该犒劳一下自己，比如让孩子们乐一乐。"

经过长时间讨论，他们决定到乡下去野餐。

"说实话，玩一次又不是经常的事；我们租一辆四轮马车，归你、孩子们和女仆，我呢，我到训练场租一匹马。这对我身心有益。"

在整个星期里，他们只谈计划中的旅行。

每天晚上，埃克托从办公室回来，抓住他的长子，让他骑坐在自己的腿上，使劲颠他，对他说：

"爸爸下个星期天去郊游时，就是这样骑马的。"

孩子整天骑在椅子上，拖着椅子围着餐室转圈，一面喊道：

"爸爸在骑马。"

---

① 19世纪的民歌有这样的歌词：财产越下降，住得就越高。

女仆以吃惊的目光望着先生,心想他要骑马伴随马车前往;每顿饭她都听到他谈骑术,叙述他从前在父亲家里的辉煌事迹。啊!他受过良好的训练,一旦他双腿夹着马,便无所畏惧,天不怕地不怕!

他搓着手对妻子一再说:

"如果能给我一匹性子暴烈一点的马,我会很高兴。你会看到我的马术多么高明;如果你愿意,从树林①回来时,我们路过香榭丽舍大街;我们满面春风,遇到部里的一个人,我不会不高兴的。不用更多的东西,这一手就能得到上司的另眼相看。"

在说定那一天,车和马同时来到门口。他立马下楼,察看一下他的坐骑。他事先让人缝好系在鞋底、扣紧长裤脚管的带子,他舞动着一根昨天买的马鞭。

他把马的四条腿一条接一条提起来,触摸一下,抚摸马脖子、两肋和腿弯,用手指去按它的腰,掰开它的嘴,检查牙齿,说出马的年龄。这时全家下了楼,他做了一篇关于马的讲课。从理论和实践上谈到一般的马,特别是这一匹马,他承认这是一匹好马。

等到大家在车上坐好的时候,他检查了一下马鞍的肚带;然后,踏上一个马镫,再落在马背上;马感到有了负荷,开始腾跳起来,差点儿将骑手摔下来。

埃克托十分慌张,竭力让马儿平静下来:

"呃,克制一点,我的朋友,克制一点。"

坐骑终于恢复了平静,骑手也恢复了镇定,他问:

"都准备好了吗?"

大家齐声回答:

---

① 指布洛涅树林。冬季四点至五点,夏季五点至七点,那里车水马龙,人流如潮。

"准备好了。"

于是他发出命令：

"上路！"

一队人马走远了。

人人的目光都盯着他。他故意在马背上颠簸着，依照英国式，催马小跑。他刚一落在鞍子上又弹起来，仿佛要往上腾升。他不时准备伏在马鬃上；他的眼睛望着前方，面孔抽缩，脸颊苍白。

他的妻子膝上抱着一个孩子，女仆抱着另一个，她们不停地说：

"瞧爸爸，瞧爸爸！"

两个孩子陶醉于车的颠簸、快乐和新鲜空气，发出了尖声叫喊。马儿受到喧闹声的惊吓，终于奔跑起来，骑手尽力让它停下，帽子却滚落到地下。车夫不得不从座位上下来捡帽子。埃克托从他手里接过帽子，隔开老远，对他妻子说：

"别让孩子们乱喊乱叫，你要让我被马驮走了！"

他们在维齐奈①树林的草地上用餐，食品装在盒子里。

虽然车夫在照料那三匹马，埃克托还是常常站起来，去看看他那匹马是不是缺少什么；他抚摸它的脖子，给它吃面包、点心、糖。

他说：

"这匹马跑得快，性子烈。一开始它甚至把我摇了下来，但是你看，我很快就控制住了：它承认了它的主人，现在再也不乱蹦了。"

就像预定的那样，他们经过香榭丽舍大街回来。

宽阔的林荫大道车水马龙，两边的人行道上，游人如织，仿佛展开两条黑色长丝带，从凯旋门延续到协和广场。密集的阳光落在

---

① 维齐奈：位于塞纳河的河湾处，19世纪末是个迷人的村庄，只有四千居民，周围是树林。

所有这一切上面,使车上的漆、马具上的钢、车门把手都闪闪发光。

一种活动的狂热,一种生活的陶醉,仿佛掀动着这群人和车马。那边,方尖碑矗立在一片金色的水汽中。

埃克托的马一越过凯旋门,突然获得新的活力。尽管骑手想尽一切使它平静的办法,它却往马厩那边迅跑,在车轮之间穿行。

他们那辆马车现在落在后面很远的地方;到了工业宫[①]的对面,马看到一片坦途,便向右转,狂奔起来。

一个身系围裙的老妇人迈着平稳的步子,穿过马路;她正好走在埃克托的道上,他飞速而至。他无法驾驭他的马,便拼足全力喊起来:

"喂!当心!喂!前面当心!"

她兴许是聋子,因为她继续安步当车,直至像火车头冲过来的马前胸撞上她,她连翻三个跟头,裙子飞舞,滚出去十步之外。

一些人喊了起来:

"止住他!"

埃克托失魂落魄,抓住马鬃,狂喊:

"救人啊!"

猛地一震,把他像球一样越过马的耳朵抛出去,落在一个刚赶过来拦截他的警察怀中。

一霎时,在他四周围了一群人,他们愤慨异常,指手画脚,骂声不断。尤其是一个老先生,他戴着一枚圆形大勋章,浓密的白髭须,似乎怒气冲冲,他一再说:

"真见鬼!像这样笨拙,还是待在家里。不会骑马,就别在街上撞死人。"

---

① 工业宫:1853年开始兴建,迎接1855年的世博会,以后用作各种展览会,特别是每年举办的画展,1900年被小王宫代替。

四个男人抬着老妇人出现了。她像死了一样,面孔蜡黄,便帽歪戴着,沾满了尘土。

"把这个女人抬到药房去,"老先生吩咐说,"我们去警察局。"

埃克托走在两个警察中间。第三个警察牵着马。一群人跟在后面;那辆四轮马车突然出现了。他的妻子冲了过来,女仆晕头转向,两个孩子哇哇地叫。他解释说,他就要回家,他撞翻了一个女人,但没事的。他的家人慌慌张张地走了。

在警察局,说明情况时间很短。他说了自己的名字,埃克托·德·格里伯兰,海军部的属员;大家等候受伤女人的消息。派去了解情况的警察回来了。她恢复了知觉,但是据她说,她体内痛得厉害。她是一个女佣,六十五岁,叫西蒙太太。

埃克托知道她没有死以后,恢复了希望,答应负担她治疗的费用,然后朝药房跑去。

一群人聚集在药房门口;老妇人瘫倒在一张椅子里,呻吟着,两只手毫无生气,面孔发呆。两个医生还在给她诊断。手脚都没有折断,但是医生担心内部受伤。

埃克托对她说:

"您很难受吗?"

"噢!是的。"

"哪儿痛?"

"我胃里好像有团火在烧。"

一个医生走过来:

"先生,您是肇事者吗?"

"先生,是的。"

"要把这个女人送到疗养院去;我知道一家疗养院,六个法郎一天就可以收留她。您愿意我来办理吗?"

埃克托心中窃喜,道了谢,如释重负地回到家里。

他的妻子含着眼泪等待他。他安慰她说:

"没事,这个西蒙太太已经好多了,过三天就会完全好的;我把她送到一家疗养院;没事。"

没事的!

第二天,他离开办公室便去打听西蒙太太的消息。他看到她正在满意地喝着油腻的肉汤。

"怎么样?"

她回答:

"噢!我可怜的先生,没有变化。我感到几乎完蛋了。没有好转。"

医生说应该等一等,伤情可能突然恶化。

他等了三天,然后再来看她。老妇人脸色好转,目光明亮,看到他便呻吟起来。

"我无法动弹,可怜的先生;我无法动弹。到死我就这样了。"

埃克托的背脊掠过一阵寒战。他问医生,医生举起手臂:

"有什么法子呢,先生,我呀,我不知道。只要试图扶她起来,她就大喊大叫。甚至不能移动她圈椅的位置,否则她要声嘶力竭地叫喊。我应该相信她对我说的话,先生;我不能钻到她内心。只要我没看到她走路,我就没有权利设想她在扯谎。"

老妇人一动不动地听着,目光狡黠。

一星期过去了;然后是半个月,然后是一个月。西蒙太太没离开她的圈椅。她从早吃到晚,发胖了,同其他病人一起愉快地交谈,似乎习惯了一动不动,仿佛经过五十年的上下楼梯,拍打褥垫,把煤块一层层搬上楼去,扫地,刷衣服,这是她理所应得的休息。

埃克托都要发狂了，每天来看她；每天他都看到她十分平静，泰然自若，一面声称：

"我无法动弹，可怜的先生，我无法动弹。"

每天晚上，德·格里伯兰太太都忧心忡忡地问：

"西蒙太太怎样了？"

每次，他总是绝望而颓丧地回答：

"毫无变化，什么变化也没有！"

他们辞退了女仆，付她工钱变得负担太重了。他们进一步节衣缩食，那笔额外报酬全部贴了进去。

于是埃克托请了四位名医，替老妇人会诊。她让人检查、触摸、按诊，用狡猾的目光窥视他们。

"要让她走路。"一个医生说。

她喊叫起来：

"我无法走路，我的好医生，我无法走路！"

于是他们抓住她，把她提了起来，拖着她走了几步；但是她从他们的手中滑下来，摔倒在地板上，发出可怕的喊声。他们只得小心翼翼地把她抬回原来的座椅里。

他们发表了一个谨慎的意见，下结论认为她无法工作了。

当埃克托把这个消息告诉他的妻子时，她瘫倒在一把椅子里，结结巴巴地说：

"还不如把她接到这里来，我们花钱可以少一些。"

他跳了起来：

"这里，在我们家，你这样想吗？"

可是她现在是万般无奈，眼里噙着眼泪说：

"有什么办法呢，我的朋友，这不是我的过错啊！……"

# 皮埃罗①

献给亨利·卢戎②

勒费弗尔太太是一位乡绅的太太,已经守寡,属于一种半乡下女人,爱用缎带,爱戴有饰物的帽子,说话常犯联诵的错误,在大庭广众中摆出了不起的神态,在打扮得可笑和俗气的外表下,隐藏着一个自命不凡的、粗野女人的灵魂,恰如她们用生丝手套掩盖自己又红又粗的双手。

她的女佣是一个朴实的善良的乡下女人,名叫萝丝。

主仆二人住在诺曼底的科区的中心,在公路边一座有绿色百叶窗的小房子里。

由于在住宅前面有一个狭窄的园子,她们种了一些蔬菜。

然而,一天夜里,有人偷走了一打洋葱。

萝丝发现有人偷东西后,跑去告诉太太,太太穿着呢裙子下楼。这是一件令人悲哀、令人惊恐的事。有人偷勒费弗尔太太的东西!

---

① 本篇首次发表在1882年10月9日的《高卢人报》上,次年收入短篇小说集《山鹬的故事》。
② 亨利·卢戎(1853—1914),从1875年起已和莫泊桑来往,当时任《文学共和国》助理编辑,1878年介绍莫泊桑进入公共教育部工作。1891年任美术院院长。《胸像画廊》(1909)中记录了回忆莫泊桑的往事。

这么说，当地有人偷东西，贼还会再来。

两个惊慌失措的女人察看脚印，议论起来，做出猜测："瞧，他们经过这里。他们的脚踩在墙上；他们跳进花坛。"

她们为未来担惊受怕。眼下怎么能睡安稳觉呢！

失窃的消息不胫而走。邻居都来察看，轮到他们议论；两个女人给每个新来的人解释她们的观察和想法。

一个附近的农庄主给她们出了这个建议："你们应该养条狗。"

这点不错；她们应该养条狗，哪怕是给人提个醒。不是一条大狗，我的天！她们要一条大狗干什么！光吃就要使她们倾家荡产。只要一条小狗（在诺曼底叫作"干"），一条会汪汪叫的小"干"。

所有的人走了以后，勒费弗尔太太久久地探讨养狗的想法。经过考虑，她提出千百条异议，被一大碗盛满狗食的画面吓坏了；因为她是那种精打细算一类的乡下大户女人，平时衣袋里总是揣着一些铜板，用来公开施舍给路边的穷人和礼拜天给教堂捐款。

萝丝喜欢动物，摆出她的理由，狡黠地为之辩护。就这样决定了养一条狗，一条小不点的狗。

她们开始寻找，但是只找到大狗，它们吃起肉汤来能叫人发抖。罗勒维尔的食品杂货店老板倒是有一条很小的、小不点的狗；但是他要人家付给他两法郎作为饲养费。勒费弗尔太太说，她愿意养一条"干"，但是不会买来。

面包店老板知道事情以后，一天早上用他的马车带来一只奇异的小动物，它一身黄毛，腿短得几乎没有，鳄鱼身子，狐狸头，尾巴翘起像羽翎一样，同身子一样长。有个顾客想摆脱它。勒费弗尔太太感到这条肮脏不堪的小狗不用花钱，倒很漂亮。萝丝抱住了它，然后问它叫什么名字。面包店老板回答："皮埃罗。"

它被安顿在一只旧肥皂箱里,先是给它喝水,它喝了。然后给它一块面包,它吃了。勒费弗尔太太不安起来,产生一个想法:"待它习惯了这个家以后,就让它自由来去。它在附近转悠,就可以找到吃的。"

果然让它自由来去,这丝毫不能使它不挨饿。再说,它只在讨东西吃时才汪汪叫;但是,在这种情况下,它叫得很凶。

人人都可以走进园子。皮埃罗对每个新来的人都亲热一番,绝对不叫一声。

勒费弗尔太太倒也习惯了这条狗。她甚至终于喜欢它,不时把面包在自己的肉汁里蘸一蘸,亲手一口口喂它吃。

但是她绝对没有想过纳税①,"八法郎,太太!"当别人为了这条不会汪汪叫的小狗,问她要八法郎的时候,她差点儿惊吓得昏过去。

于是立刻决定甩掉皮埃罗。没有人愿意要它。周围十法里的所有居民都拒之门外。无法可想,于是决定让它"啃烂泥"。

所谓"啃烂泥",就是"啃泥灰岩"。凡是不想要的狗,人们都让它去"啃烂泥"。

在广阔的平原上,可以看到一种窝棚,或者更准确地说,是一种架在地上的、小小的茅草屋顶。这是泥灰岩坑的入口。这个陡直的深井一直通到地底二十米处,到达一系列长坑道。

每年一次到了要用泥灰肥田的时候,才有人下到坑底。其余所有的时间,它就用作被判丢弃的狗的坟墓;常常有人经过这个坑口附近时,哀怨的吠声、愤怒或者绝望的吼叫、凄惨的求救声就会传到耳朵里。

---

① 1855年5月2日的一条法律规定,养狗要上税,并要有拴狗的项圈。

猎狗和牧羊狗来到这个呻吟声不绝的洞口,便吓得逃走;要是俯身在上面,一股恶浊的腐臭味便冲出来。

可怕的惨剧在黑暗中完成。

一条狗以先前的狗的腐烂尸体充饥,在坑底苟延残喘了十至十二天以后,又有一条无疑更大更壮的狗突然被扔了下来。只有两条饥饿的狗,眼睛闪闪发光。它们互相窥伺,互相追逐,迟疑不决,焦躁不安。但是饥饿相逼:它们互相攻击,斗了很久,十分激烈;强壮的狗吃了衰弱的狗,活生生地把它吞吃了。

当决定下来让皮埃罗"啃烂泥"时,要物色一个执行人。给公路除草的养路工人要十苏,才肯跑这一趟。勒费弗尔太太觉着多得离奇了。邻居那个学徒只要五苏,还是太多了;萝丝表示,还不如她们亲自送去,因为这样的话,它不会在路上受虐待,而且事先知道自己的命运。于是决定天傍黑她们俩一起去。

这天傍晚,给它准备了一盆好吃的肉汤,外加一点儿黄油。它吃得一滴也不剩;它摇尾表示高兴,萝丝把它抱到围裙里。

她们像两个偷农作物的女人,迈开大步,穿过平原。不一会儿,她们看到了灰泥岩坑。到了坑边,勒费弗尔太太俯身听听有没有狗叫声。没有。里面没有狗。坑里只会有皮埃罗。这时泪流满面的萝丝吻了吻它,然后把它扔进了坑;她们俩俯下身子,尖起耳朵。

她们先是听到一下沉闷的响声,随后是一只受伤的狗凄惨的尖叫声,再随后是一连串痛苦的呻吟声,随后又是绝望的呼叫、一只狗抬头仰望坑口哀求的悲叫声。

它在汪汪叫,噢!它在汪汪叫!

她们感到后悔、惊骇、一种无法控制的难以解释的恐惧;她们跑着逃走了。由于萝丝跑得快,勒费弗尔太太叫道:"等等我,萝丝,等等我!"

她们一夜做着可怕的噩梦。勒费弗尔太太梦到她坐下吃饭,把汤碗的盖子打开,皮埃罗在里面。它冲出来,咬她的鼻子。

她惊醒了,以为还听到它在汪汪叫。她侧耳细听,她搞错了。

她重新睡着,来到一条大路上,一条无休无止的大路,她往前走。突然,她在路中央看到一只篮子,一只乡下人的大篮子,丢弃在那里;这只篮子令她害怕。

但她终于打开了篮子,皮埃罗蜷缩在里面,一口咬住她的手,再也不松开;她没命地逃走,狗不松口,她就这样将狗吊在手上。

天色微明,她就起来了,几乎要发疯,跑到泥灰岩坑。

它在汪汪叫;它还在汪汪叫,它叫了一整夜。她开始抽抽搭搭地哭起来,用千百种亲热的称呼叫它。它也用狗的声音所能表达的亲切声调来回答。

于是她想再看到它,决心让它到死都能快活。

她跑到挖泥灰的掘井工人家里,把情况讲给他听。这个人听着,一声不吭。等她讲完了,他说:"您要您的'干'吗?那得四法郎。"

她吓了一跳;她的全部悲伤一下子飞得无影无踪。

"四法郎!您会撑死的!四法郎!"

他回答:"您想,我要把我的绳子、手柄带来,把这一切都安装起来,带着我的伙计下去,还要被您那条该死的'干'咬我一口,给您弄回来,让您高兴吗?本来就不该把它扔掉。"

她愤愤然地走了。——四法郎!

她一回到家里,便把萝丝叫来,把掘井工人的要求告诉她。萝丝一直是顺从的,一再说:"四法郎!不少钱啊,太太。"

她接着又说:"要是扔点吃的东西给这条可怜的'干',不让它饿死呢？"

勒费弗尔太太十分高兴地赞成了；她们于是带着一大块抹了黄油的面包，又出发了。

她们把面包切成小块，一块接一块扔下去，轮流跟皮埃罗说话。狗吃完一块，马上汪汪叫，要求第二块。

她们傍晚又来了，然后是第二天，天天都来。不过后来一天只跑一次。

然而，一天早上，她们刚扔下第一块，就听到井里突然传来可怕的吠声。下面有两条狗！有人扔下去另外一条狗，一条大狗！

萝丝喊道："皮埃罗！"皮埃罗汪汪地叫，于是她们把食物扔下去；但是，每一次，她们都清晰地听到一阵可怕的抢夺，然后是皮埃罗被它的同伴咬伤的哀叫声；这只同伴更强壮，把一切都吃掉了。

她们专门说清楚也是白搭："这是给你的，皮埃罗！"很明显，皮埃罗什么也吃不着。

两个女人干瞪眼，面面相觑；勒费弗尔太太用尖酸的口吻说："我不能给别人扔下去的狗全都喂食啊。只好放弃了。"

想到所有这些狗都要她破费来养活，她气得透不过气来，甚至带走了剩下的面包，一路走一路吃。

萝丝跟在她后面，用蓝围裙的边角擦着眼睛。

# 首　饰[①]

　　朗坦先生在副科长家里的一次晚会上，遇到了这个年轻姑娘，从此就坠入了情网。

　　她的父亲是外省的一个收税官，几年前去世了。随后她跟着母亲来到巴黎；她的母亲常常造访街区的几户中产阶级人家，希冀把年轻姑娘嫁出去。她们人穷志不短，恬静而和蔼。少女好像是正派女人的真正典型，明智的年轻男子梦想把自己的一生托付给这样的女人。她的纯朴美有着天使般的贞洁魅力，难以觉察的微笑始终不离开她的嘴唇，仿佛是她心灵的反映。

　　人人都对她赞不绝口；凡是认识她的人都没完没了地说："能娶到她的人是幸福的。不会找到更好的了。"

　　朗坦先生当时是内政部的主任科员，年薪三千五百法郎，向她求婚，娶到了她。

　　同她在一起，他的幸福令人难以置信。她持家精打细算，又非常灵活，他们的日子似乎过得很阔绰。她对丈夫关心备至、体贴入微、温柔多情；她本身是这样诱人，他们相遇六年之后，他比开初相识的日子还要爱她。

　　他责备她的只有两个嗜好，一是爱看戏，二是喜欢假首饰。

---

[①] 本篇首次用笔名发表在 1883 年 3 月 27 日的《吉尔·布拉斯报》上，次年收入短篇小说集《月光》。

她的女友（她认识几个小官员的妻子）随时给她搞到包厢，去看风行的戏，甚至是首场戏；她不管丈夫愿意与否，拖着他去消遣，他经过一天工作，更加疲惫不堪。于是他央求她同意请认识的某个太太陪她去看戏，随后把她送回来。她认为这样做不太合适，久久不肯让步。末了为了讨好他，才决定同意，他对她无限感激。

然而，这种爱看戏的嗜好，不久在她身上产生了打扮的需要。不错，她的服装仍然朴素无华，始终品位高雅，不过很朴实；她温柔的风韵，她无可抵御的、谦逊的、笑脸相迎的风韵，似乎从她衣裙的朴素中得到一种新的韵味，不过她养成了习惯，爱在耳朵上戴两大颗仿钻石的莱茵石，她还戴假珍珠项链、充金的手镯和镶嵌充作宝石的、五颜六色玻璃珠的梳子。

她的丈夫有点抵触这种对假货的爱好，常常说："亲爱的，一个人没有办法购买真首饰，就只有用她的美丽和妩媚来装饰自己，这也是最稀罕的珠宝。"

但是她莞尔一笑，一再说："有什么法子呢？我爱好这个。这是我的陋习。我深知你说得对；可是本性难移啊。我呀，我自然更喜欢真首饰。"

她在手里转动着珍珠项链，让晶体的切面闪耀光华，一再说："你瞧瞧，做得多么精致。能打赌说是真的。"

他微笑着说："你有吉普赛人的趣味。"

有时，晚上，他们单独待在炉火旁，她把装着朗坦先生称作"次货"的摩洛哥皮匣子捧到茶桌上，开始兴味盎然地观察那些假首饰，仿佛在品味神秘而深切的享受；她坚持将一串项链套在丈夫的脖子上，然后朗声大笑，嚷道："你真逗！"接着她扑到他怀里，狂热地吻他。

一个冬夜,她从歌剧院回来,冻得瑟瑟发抖。第二天,她咳嗽了。一个星期后,她死于肺炎。

朗坦差一点也跟她进了坟墓。他绝望到可怕的地步,一个月内,他的头发全变白了。他从早哭到晚,他的心灵被难以忍受的痛苦撕裂了,受到回忆、死去的女人的音容笑貌和全部魅力的折磨。

时间根本没有平息他的痛苦。往往在上班的时候,同事们正在谈论当天的新闻,会突然看到他面颊鼓起,鼻子一皱,眼睛充满泪水;他显出一副可怕的苦脸,呜咽起来。

他让亡妻的房间保持原状,他每天关在里面想念她;每件家具,甚至她的衣服,就像她临死时那样都放在原处。

但是对他来说,生活变得艰难了。他的薪金在他妻子手里足以应付家庭的一切开支,如今他独自一人反倒入不敷出。他纳闷她怎么施展本领,让他总能喝上好酒,吃上精美的食物,他那点微薄的工资,再也不能弄到这些了。

他借了几笔债,像走投无路的人那样,追逐金钱。终于有一天早上,他一文不名了,离月底还有整整一个星期呢,他想到变卖一点东西;他旋即想到要将妻子的"次货"出手,因为他心底里对这些从前使他生气的"假货"保持一种怨恨。甚至每天看到这些东西,都有点损害他对心爱的人的回忆。

他在她留下的那堆假货中寻找了老半天,因为她一直到临终前几天还在固执地购买,几乎每晚都带回来一件新东西。他决定卖掉她似乎最喜欢的那串大项链,他想,可能值到七八法郎,因为就假货而言,做工确实很精细。

他把它揣到口袋里,沿着大街朝部里走去,寻找一个他能信任的首饰店。

他终于看到一个,走了进去,有点不好意思这样展示他的贫困,要变卖这样一件不值钱的东西。

"先生,"他对商人说,"我想让您给这件东西估个价。"

这个人接过来翻来覆去地看,掂了掂分量,拿起一个放大镜,把伙计叫过来,对他低声发表一些看法,然后将项链放回柜台上,又从老远去判断效果如何。

朗坦先生被这样小题大做弄得窘困,张开口要说:"噢!我很清楚这没有什么价值。"首饰商却先开口了:

"先生,值一万二到一万五法郎;但是,如果您能准确告诉我它的来源,我才能收购。"

鳏夫睁大眼睛,愣在那儿,不明白怎么回事。他终于期期艾艾地说:"您说什么?……您敢确定?"那个人误会了他的惊讶,冷冷地说:"您可以到别处问问,别人是否肯出更高的价钱。对我来说,顶多值一万五千法郎。如果您找不到更好的地方,再来找我好了。"

朗坦先生完全傻眼了,他朦朦胧胧地感到需要独自一人考虑一下,便拿起项链走了。

但是,他一旦来到街上,便感到想笑,他想:"傻瓜!噢!傻瓜!我当时要他兑现就好了!居然有这么一个不辨真假的首饰商!"

在和平街的入口,他走进另一家首饰店。珠宝商一见到这件首饰,便叫起来:

"啊!我认得这条项链;是从我这儿卖出去的。"

朗坦先生非常窘,问道:

"值多少钱?"

"先生,我是两万五千法郎售出的,我准备出一万八千法郎回收,不过,按照法律规定,您要告诉我,您是怎样把它弄到手的。"

这回，朗坦先生惊讶得不能动弹，坐了下来。他说："不过……不过，您仔细看看，先生，我至今一直以为它是……假货。"

首饰商人又问："您愿意把您的名字告诉我吗，先生？"

"当然愿意。我叫朗坦，我是内政部的公务员，我住在殉道者街十六号。"

商人打开账簿，查了一下，说："这条项链确实是在一八七六年七月二十日送到朗坦太太的住址，殉道者街十六号。"

这两个人互相对视，公务员吃惊得目瞪口呆，首饰商怀疑他是个贼。

首饰商又说："您愿意把这件首饰留在我这儿二十四小时吗？我会给您一张收据。"

朗坦先生结巴地说："当然可以。"他把收据折好，放在衣袋里，走了出去。

他穿过街道，往上坡路走去，发觉走错了路，便重新朝下走到杜依勒里宫，过了塞纳河，又发现走错了，再重新回到香榭丽舍大街，脑子里乱糟糟的。他竭力思索，想弄明白。他的妻子不可能购买这样贵重的首饰。"当然不能。那么，这是一件礼物！一件礼物！谁的礼物呢？为什么送礼？"

他停住脚步，站在林荫道中间，心中掠过可怕的怀疑。"莫非她？"那么其他所有的首饰也是礼物喽！他觉得大地在摇晃；他面前的一棵树倒下了；他伸出双臂，栽倒下去，失去了知觉。

他在一家药房恢复神智，是路人把他抬进来的。他让人把自己送回家，关在屋里。

直到夜晚，他痛哭不已，咬住一条手帕，免得哭出声来。然后他精疲力竭、悲愤痛心地上了床，沉沉地睡着了。

一注阳光照醒了他,他慢吞吞地起床,要到部里去。受到这样的打击以后,工作很艰难。于是他考虑,可以请求科长原谅;他写了一封信。然后他想,应该再去首饰店;他臊得满脸通红。他考虑了很久。然而他不能把项链留在那家店里,他穿上衣服出门了。

天气晴朗,蔚蓝的天空笼罩着喜气洋洋的城市。闲逛的人双手插在衣袋里,走在他前面。

朗坦望着他们走过,心想:"有财产的人多么幸福啊!有了钱,连忧愁都可以摆脱,想去哪儿都行,可以旅游、消遣!噢!要是我有钱就好了!"

他发觉肚子饿了,从前天晚上起没有吃过东西。但是他口袋空空如也,他又想起那条项链。一万八千法郎!一万八千法郎!这可是一大笔款子!他来到和平街,在首饰店对面的人行道上逡巡。一万八千法郎!有多少次他差点走进去;而羞耻心总是止住了他。

然而他饿了,非常饿,却一文不名。他突然下了决心,跑着穿过街道,为的是让自己来不及思考,他冲进了首饰店。

商人一看到他,便热情相迎,面带笑容,彬彬有礼,让他坐下。伙计们也过来了,他们的眼睛里和嘴角都笑盈盈的,偷偷瞧着朗坦。

首饰商说:"我已经打听过了,先生,如果您还是老主意,我准备照我出的价钱付款给您。"

公务员结巴地说:"当然可以。"

首饰商从抽屉里取出十八张大额钞票,数过后递给朗坦,他在一张小收据上签字,手哆嗦着把钱放进衣袋。

他正要出门,又转向始终对他笑吟吟的商人,垂下眼睛说:"我……我还有别的首饰……都是从同一个人那里继承来的。您也乐意买下来吗?"

商人鞠了个躬:"当然愿意,先生。"有个伙计走了出去,为了自由自在地笑;另一个伙计使劲地擤鼻子。

朗坦红着脸,却镇定而严肃地说:"我这就给您拿来。"

他坐上一辆出租马车,回去拿首饰。

一个小时后,他回到首饰店,这时他还没有吃饭。他们开始一件件地察看,一一估价。几乎每一件都是来自这家店的。朗坦现在争价钱了,他发火,要求给他看销售的账本,随着总价的升高,他说话的嗓门也越来越高。

大粒钻石的耳坠两万法郎,手镯三万五千法郎,胸针、戒指和挂件一万六千法郎,一条祖母绿和蓝宝石镶成的首饰一万四千法郎,吊在金项链上的独粒钻石四万法郎,一共是十九万六千法郎。

商人用好意揶揄的口吻说:

"拥有这些东西的人,把所有的积蓄都用在首饰上了。"

朗坦严肃地说:"这是一种存钱的方法,殊途同归。"他和买主约好第二天要请人复查,然后走了。

来到街上,他望见旺多姆纪念柱[①],真想爬上去,就像夺彩竿[②]一样。他感到自己身轻如燕,可以玩跳山羊游戏,越过栖息在高空中的皇帝塑像。

他到瓦赞餐馆[③]吃了中饭,喝的是二十法郎一瓶的葡萄酒。

然后他坐上一辆出租马车,到布洛涅树林兜了一圈。他带着几分轻蔑望着来往的车马,真想向行人喊道:"我呀,我也有钱。我有二十万法郎!"

---

① 旺多姆纪念柱:在巴黎旺多姆广场,高44米,柱顶上有拿破仑像。

② 夺彩竿:一种游戏,竿顶上有奖品,为爬上去者所得。

③ 瓦赞餐馆:位于康蓬蓬和奥诺雷街的拐角上,供应的酒很有名,顾客多为官员。

他想起了内政部。他叫马车拉到那里,傲傲然走进科长办公室,宣布道:"先生,我是来向您递辞呈的。我得到了一笔三十万法郎的遗产。"他去和老同事们握手,把他新生活的打算告诉他们;然后,他在英国咖啡馆①吃晚饭。

他坐在一位看来很有地位的绅士旁边,心里痒痒的,忍不住想炫耀一下,便告诉这位先生,他刚刚继承了四十万法郎的遗产。

他平生第一次对看戏不感到厌烦,他和几个妓女过了一夜。

半年后,他重新结婚了。他的第二个妻子很正派,但是脾气难弄。她让他吃足苦头。

---

① 英国咖啡馆:位于意大利人大街13号,供应波尔多葡萄酒和外国葡萄酒。

# 穷 鬼[1]

别看他又穷又残废,他也经历过好日子。

十五岁那年,在瓦维尔的大路上,他的两条腿被大车压断了。从这时起,他便撑着拐棍,晃荡着身子,穿过路旁的农庄,一步步拖着去要饭;拐棍撑得久了,使得双肩高耸到耳边,脑袋也好像夹在两座山峰中间。

他本是比耶特的本堂神父在万灵节的前夕,从一条壕沟里捡到的弃儿,因此给他起了尼古拉·诸圣[2]的名字。他靠慈善布施长大,没有受过任何教育,村里的面包店老板给他喝了几杯烧酒,害得他成了残废,从此他变成了流浪汉,除了伸手求乞,不会干别的事。

从前,德·阿瓦里男爵夫人在古堡的农庄里紧挨一个鸡窝的旁边,给他让出一个铺上干草、类似狗窝的地方睡觉;饿得要命的日子,他总可以在厨房得到一块面包和一杯苹果酒。老太太还时常从台阶之上或者从她卧室的窗口扔给他几个铜子。如今她已经去世。

在村子里,人们不大给他东西吃:大家太了解他了;四十年来,看见他穿着破衣烂衫的畸形身体撑在两条木头拐棍上,从这间破屋走到那间破屋,已经感到厌烦了。他根本不愿走到别的地方,因为

---

[1] 本篇首次发表在1884年3月9日的《高卢人报》上,次年收入短篇小说集《白天和黑夜的故事》。

[2] 11月2日是天主教的万灵节,万灵节的前夕是诸圣瞻礼节。

他除了这个地区，在世上不认识其他地方，他就在这三四个村子里转悠，过着悲惨的生活。他限定了要饭的区域，他从来不会越出界线，他习惯不越过这雷池一步。

他不知道世界是否延伸到他目力所及的树木后面。他在心里不去思索这一点。老乡们厌倦了总是在田边或者壕沟边遇到他，向他喊道：

"你干吗不到别的村子去，老在这儿撑着拐棍转悠？"他不回答，走远了，心里有一种对陌生事物的隐约恐惧，有一种穷人对千百种东西模糊的恐惧，包括新面孔、咒骂不认识他的人怀疑的目光、大路上成对走着的宪兵；宪兵会使他本能地钻进灌木丛或者躲到石子堆后面。

当他远远看见阳光下亮闪闪的宪兵时，他总是突然变得特别敏捷，像野兽一样的敏捷，躲到一个地方。他从拐棍上滑下来，像一块破布那样落在地下，蜷成一团，变得很小，仿佛龟缩在窝里的野兔一样趴着，隐没不见，褐色的破衣和泥土混成一片。

但他从来没跟宪兵有过麻烦。似乎他这种恐惧和这种花招来自于他的父母，血液中就携带着，而他根本没有见过他的双亲。

他没有藏身地，没有家，没有茅屋，没有隐蔽处。夏天他席地而睡，冬天他绝顶灵活地钻进谷仓或者牲口圈里。他总是在被人发现他时便溜之大吉。他知道有哪些窟窿能钻进房子；由于使用拐棍，他变得膂力惊人，他只消手腕的力量就能爬到放干草的屋子里，待在那里四五天不动，而这时他在转悠中已搜集到足够的食物。

他生活在人群中，却和树林中的野兽一样，不认识人，也不爱人，在农民中只引起一种冷漠的蔑视和忍住的敌意。人们给他起了个绰号叫"吊钟"，因为他在两根木头拐棍中晃荡，活脱脱像吊在木架中间的一口钟。

两天来他没吃过东西。没有人再给他东西了。终于谁也不怜惜他了。农妇们在门口看到他走过来,老远就对他喊叫:

"你走不走开,穷鬼!不到三天前,我给过你一块面包!"

他撑在木拐棍上掉转身,走向旁边一家,受到的是同样对待。

女人们从这一家到那一家表示:

"总不能整年养着这个懒汉。"

可是这个懒汉天天都要吃东西呀。

他跑遍了圣伊莱尔①、瓦维尔和比耶特,讨不到一个铜子或者一块面包皮。他只剩下对图诺尔一地抱着希望了;可是,他要在大路上走两法里,肚子和衣袋都空空如也,他感到再也拖不动了。

他还是走起来。

眼下是十二月,寒风掠过田野,在光秃秃的树枝之间呼啸;彤云在低暗的天空中飞驰而过,匆匆地不知奔向何方。残障人慢吞吞地走着,费力地一前一后移动拐棍,支撑在剩下的一条扭曲的腿上,这条腿的顶端是一只畸形的脚,裹着一块破布。

他时不时坐在壕沟边,休息几分钟。饥饿在他乱糟糟的昏沉沉的心灵里投入的是孤苦无望。他只有一个想法:"吃东西。"但是他不知道有什么办法搞到吃的。

他在漫长的路上跋涉了三个小时;他看到村里的树木时,加快了动作。

他遇到的第一个农民听到他乞讨时,回答说:

"你又来了,老顾客!我们永远摆脱不了你啦?"

---

① 圣伊莱尔:奥德镇的村子,有葡萄园。

"吊钟"走开了。一家家都粗暴地对待他，把他打发走，什么也不给他。然而他继续挨家去讨，耐心而执着。他讨不到一个铜子。

于是他到各个农庄去，穿越被雨水泡软的地面，筋疲力尽，再也提不起他的拐棍。到处都被人赶走。在这种寒冷而令人愁惨的天气里，让人心中感到痛苦，头脑容易恼怒，心灵变得阴沉，不肯伸出手去施舍，也不肯去救助别人。

他去过所有认识的人家，倒在希盖师傅院子旁边一条壕沟的角上。他像人们所说的从钩上退下来，这是表明他从两根高拐棍上滑下，将它们夹在胳膊下面。他待在那里一动不动，受着饥饿的折磨，但是他太粗野不文，不能深入了解深不可测的贫困。

他不知等待着什么，这种朦胧的等待不断地存在于我们心中。他在这个院子的一角，在寒风下等待人们总是期望上天或别人赐予的神秘帮助，既不问怎么来的，为什么来，也不问能够通过谁来。一群黑母鸡经过，在养育着一切生物的土地上觅食。它们不时啄起一颗种子或者一只看不见的昆虫，缓慢而有把握地继续寻找。

"吊钟"望着它们，一无所想；然后，不如说是在肚子里，而不是在头脑里产生一种感觉，而不是产生一种想法：弄一只这种家禽，在枯枝点着的火上烤来吃，倒是不错的。

对要犯偷窃罪的怀疑，没有掠过他的脑际。他伸手捡起一块石头，由于他非常灵活，他把石头扔出去，一下子就砸死了离他最近的一只鸡。这只家禽侧身倒下，还翕动着翅膀。其他鸡搬动细腿，摇摇晃晃逃走了。"吊钟"重新爬上他的拐棍，走过去捡起他的猎物，动作跟那些母鸡一样摇摇晃晃。

正当他走到头上血迹斑斑的黑色小身体的旁边时，他的背上被人猛地一推，他的拐棍脱了手，他朝前滚了十步远。希盖师傅怒气冲冲,向小偷扑了过来,拳脚相加,发狂地打他,像一个被偷了东西的农民那样打残废人的身体,残废人无法自卫。

农庄的雇工也赶来了,开始同东家一起殴打乞丐。等他们打得累了,他们把他拉起来带走,关在柴房里,一面派人去叫宪警。

"吊钟"半死不活,流着血,饿得要命,躺在地下。傍晚来临,然后黑夜来临,然后黎明来临。他始终没有吃东西。

将近晌午,宪警出现了,小心地打开了门,等待着遇到抵抗,因为希盖师傅说是遭到穷鬼的攻击,好不容易才保卫住自己。

小队长吆喝道:

"喂,站起来!"

但是"吊钟"再也不能动弹,他竭力想用拐棍支撑起来,却办不到。宪警以为他在假装、耍花招,像做坏事的人想使刁,两个武装的人一面斥骂他,一面抓住他,硬把他撑在拐棍上。

他感到恐惧,这是对黄色军用肩带的天生恐惧,是猎物对猎人的恐惧,是老鼠面对猫的恐惧。他使出超人的努力,终于站稳了。

"走!"小队长说。他走起来。农庄里所有人看着他离开。女人们向他伸出拳头;男人们讥笑他,咒骂他:终于把他抓起来了!这下可轻松啦。

他夹在两个宪警中间走远了。有一股在绝望中产生的毅力支持着他,使他还能拖着走到黄昏,他昏头涨脑,再也不知道自己会发生什么事,惊恐万分,什么也不明白。

路上遇到的人都停下来,看他走过去,老乡们喃喃地说:

"是个贼!"

快到黑夜时,他们来到地区首府。他从来没有一直走到这里。他确实想象不出发生的事,也想象不出可能发生什么事。所有这些可怕的、意料不到的事，这些新面孔、这些新房子，都使他惊愕。

他一言不发，没有什么要说的，因为他一点都搞不清楚。况且这么多年他没对人说过话，他几乎失去了使用舌头的习惯；他的思维也太混乱了，无法用话语表达出来。

他被关在镇上的监狱里。宪警们想不到他需要吃东西，把他撂在那里，直到第二天。

但是，一清早过来提审他时，却看到他死在地上。多么令人吃惊啊！

# 小酒桶[1]

献给阿道尔夫·塔维尼埃[2]

埃佩尔维尔的客店老板希科师傅,在马格卢瓦尔大妈的农庄前面,停下他的轻便双轮马车。这是一个四十岁的高大汉子,面色红润,大腹便便,被人看成阴险毒辣。

他把马拴在栅栏门的木桩上,然后走进院子。他拥有一块与老大妈的田地毗邻的产业,他已经觊觎了很久大妈的地。多少次他想买下来,但是马格卢瓦尔大妈固执地加以拒绝。

"我生在这儿,也要死在这儿。"她说。

他看到她在自己门前削土豆。她七十二岁,干瘪,皱纹满面,佝偻,但是像一个姑娘一样不知疲倦。希科友好地拍拍她的背,然后坐在她身边的一张凳子上。

"呃!大妈身子骨始终这样硬朗吗?"

"不算坏,您呢,普罗斯佩尔师傅?"

"唉!唉!有点儿风湿痛;要不然就称心了。"

"啊,太好了!"

---

[1] 本篇首次发表在1884年4月7日的《高卢人报》上,同年收入短篇小说集《隆多里姐妹》。

[2] 阿道尔夫·塔维尼埃:生于1854年,法国剑术家,著有《决斗艺术》(1884)。

她再也不吭声。希科看着她干完活。她那像螃蟹爪子一样钩曲、纽结、硬实的手指，以钳子的方式从柳条筐里抓起一只只灰不溜秋的土豆，利索地转动，另一只手拿着一把旧刀子，从刀刃下削出长条的土豆皮。等土豆整个变成黄色的时候，她便把它扔进一只水桶里。三只大胆的母鸡一只接一只走到她的裙下，叼起土豆皮，再撒开腿逃走。

希科显得很为难，犹豫不决，焦虑不安，话到了嘴边，却又不想说出来。末了，他下了决心：

"呃，马格卢瓦尔大妈……"

"您有什么事？"

"这个农庄，您始终不肯卖给我？"

"这个不行。别指望了。都说过了，都说过了，别再提了。"

"我倒是找到了一个办法，可以促成我们俩这笔生意。"

"什么办法？"

"是这样的。您把地卖给我，但是您仍然留在手里。您不明白吧？请听我申述。"

老婆婆停止了削土豆，她用起皱的眼皮下活跃的目光盯住客店老板。

他接着说：

"我来解释清楚。我每月给您一百五十法郎。您听好了：每月我坐轻便两轮马车到这里来，带着三十枚五法郎一个的埃居。什么都没有改变，一成不变；您还待在您家里，您压根不用管我，您什么也不欠我的。您只消拿走我的钱。您觉得这样行吗？"

他喜盈盈地、平心静气地望着她。

老婆婆不信任地打量他，想找出里面的圈套。她问：

"对我是这么办；但是对您呢，这个农庄，就压根不属于您吗？"

他接着说：

"您不用操这个心。老天爷让您活一天，您就在这儿住一天。您待在自己家里。不过，您要到公证人那里给我立个小字据，等您百年之后，农庄就归我所有。您没有孩子，只有几个您并不看重的侄子。您觉得这样行吗？您生前保留着您的产业，我每月给您三十枚五法郎一个的埃居。您是净赚。"

老婆婆很吃惊，惴惴不安，但是受到了诱惑。她回答：

"我决不一口回绝。不过，我想琢磨一下。下星期您再来商谈吧。我会给您一个答复，把我的想法告诉您。"

希科师傅走了，就像一个刚刚征服了一个帝国的国王一样满心欢喜。

马格卢瓦尔大妈沉思凝想起来。夜里她睡不着了。接连四天，她迟疑不决，兴奋不已。她嗅到这里面有对她不利的地方，但是，想到每月有三十枚埃居，叮当响的白花花的银币会泻到她的围裙里，像从天而降，而她什么事也用不着做，欲望折磨着她。

于是她去找到公证人，把情况说给他听。他建议她接受希科的提议，不过向他要求五十枚五法郎一个的埃居，而不是三十枚，她的农庄至少值六万法郎。

"如果您再活十五年，"公证人说，"他这样付钱，只要付出四万五千法郎。"

老婆婆想到每月有五十枚五法郎一个的埃居进账，便哆嗦起来；但是她始终有疑虑，生怕千百种意料不到的事和隐藏的诡计，她一直待到晚上，提出问题，下不了决心离开。末了，她吩咐准备文件，昏头昏脑地回家，仿佛她喝了四罐①新酿的苹果酒。

待到希科来听回音的时候，她长时间让人家祈求她，声称她不愿意，但是心里七上八下，生怕他不同意给五十枚五法郎一个的钱币。最后，由于他一再坚持，她便提出自己的意图。

他失望得跳了起来，拒绝了。

为了说服他，她对自己能活多长议论起来。

"我准定活不了五六年。现如今我快七十三岁，老得不行了。有天晚上，我真以为我要完了。我觉得有人掏空了我的身体，只得把我抬到床上。"

但是希科没有上当。

"得了，得了，老滑头，您结实得就像教堂里的钟楼。您至少能活到一百一十岁。一准是您来埋葬我。"

一整天就在争论中消磨掉。可是，由于老婆婆不让步，客店老板最后同意给五十埃居。

第二天，他们签了文件。马格卢瓦尔大妈还要求额外给十个埃居。

三年过去了。老女人像有魔法似的身体健壮。她看来没有一点变老，希科绝望了。他觉得这笔定期开支要支付半个世纪，他受了骗，上了当，破产了。他不时去拜访一下农庄女主人，就像七月里去看看田地里的麦子是不是成熟了，该开镰收割。她接待他时，目光里有着狡黠。简直可以说她在庆幸对他玩弄的圈套；他随即登上轻便双轮马车，低声说：

---

① 一罐约有两公升。

"你这个瘦猴,就永远不死啦!"

他束手无策。看到她,他真想把她掐死。他咬牙切齿地恨她,恨之入骨,像农民被盗窃后那样恨。

于是他寻找办法。终于有一天,他又来看她,像第一次向她提出交易时那样搓着手。

聊了几分钟以后,他说:

"呃,大妈,您经过埃佩尔维尔时,为什么不到我家吃饭呢?有人说闲话,说是咱们不是朋友,这使我难受死了。您知道,在我家里吃饭,您根本不用付钱。吃一顿饭,我不会斤斤计较。只要您想来,就不要克制,我会高兴的。"

马格卢瓦尔大妈用不着他再说一遍,第三天她坐上她的马车到市场去,让雇工塞莱斯坦驾车,毫不客气地把她的马牵进希科师傅的马棚里,然后要求吃他答应了的那顿饭。

客店老板大喜过望,像对贵妇一样招待她,端上母鸡、猪血香肠、其他香肠、羊腿和肥肉烧卷心菜。但是她几乎不吃东西,从小她过的是简朴生活,向来只吃一点汤和一块抹黄油的面包。

希科很失望,硬要她吃。她也不喝酒,拒绝喝咖啡。

他问:

"您总可以喝一小杯酒吧?"

"啊!这可以。我不拒绝。"

于是他放开喉咙喊叫,声音穿过客店:

"罗萨丽,拿烧酒来,超级烧酒,最好的烧酒。"

女招待出现了,拿着一只长瓶,瓶子上贴着一张葡萄叶的商标。

他斟满两小杯酒。

"尝尝这个,大妈,这是久负盛名的。"

老妈妈慢慢喝起来,一小口一小口地喝,多享受一会儿。等她喝完,把剩下的一点也滴光,然后说:

"不错,是好酒。"

她还没有说完,希科已经给她斟上第二杯。她想拒绝,可是为时已晚,她像喝第一杯那样,品尝了很久。

于是他想让她喝第三杯,但是她不喝了。他劝酒说:

"您看,这是牛奶;我呀,我喝十杯,十二杯,都没有事。这像糖一样下肚。肚里没有感觉,也不上头;简直可以说在舌头上就化掉了。对身体再好不过!"

由于她很想喝,便退让了,但是她只喝了半杯。

这时,希科在慷慨的冲动下嚷道:

"好吧,既然您喜欢这酒,我就送您一小桶,为的是向您表表心意,咱们一向是一对朋友。"

老妈妈没有说不要,走时有点醉意。

第二天,客店老板走进马格卢瓦尔大妈的院子,然后从车里拖出一只箍着铁圈的小木桶。他想让她尝尝里面的酒,证明确是同样的纯烧酒;他们每人又喝了三杯,走时他说:

"您知道,喝完了还有;不用拘礼。我不是斤斤计较的人。喝完得越快,我越高兴。"

他登上轻便马车。

四天后他又来了。老妈妈正在门前忙着切放在汤里的面包。

他走近问好,凑近她的鼻子对她说话,为的是闻闻她的气息。他闻出了一股酒味。于是他脸上放出光彩。

"您请我喝一杯好酒吗?"他说。

他们碰杯两三次。

不久，当地传闻不胫而走，说是马格卢瓦尔大妈常常独自喝得醉醺醺的。只见她有时躺在她的厨房里，有时躺在她的院子里，有时躺在附近的路上，像死尸那样一动不动，必须把她抬回家里。

希科不再上她家了，别人对他谈起这个乡下女人时，他愁容满面地低声说：

"在她这种岁数，沾上了这种嗜好，岂非不幸吗？您瞧，人老了，头脑就迟钝了。最后要吃大亏。"

果然她吃了大亏。冬天来到，将近圣诞节，她喝得烂醉，倒在雪地上死了。

希科师傅继承了农庄，对人说：

"这个乡下女人，如果她不贪杯，还可以多活十年。"

# 散　步[1]

　　拉比兹股份公司的记账员勒拉斯老爹走出商店，被夕阳的光辉照得晃眼，站住了一会儿。他已经在商店后间煤气灯的昏黄光线下工作了一整天；后间面向像水井一样又窄又深的院子。这个小房间，四十年来他一直在里面度过白天，是那么阴暗，甚至在盛夏，也仅仅是在十一点钟至下午三点钟勉强可以不点灯。

　　里面总是又潮又冷；打开窗子时，壕沟似的院子散发的气味便进入幽暗的房间，使它充满了霉味和阴沟的臭气。

　　四十年来，勒拉斯先生早上八点钟就来到这个牢房；一直待到晚上七点钟，伏在账本上，以一个好职工的专心致志抄写账目。

　　眼下他每年挣三千法郎，开初是一千五百法郎。他仍然是单身汉，他的收入不允许他娶老婆。他从来没有享受过什么，清心寡欲。然而，时不时他厌倦了这种单调的、持续不断的工作，产生了一个空幻的愿望："唉！如果我有五千法郎的年金，我会舒舒服服地花的。"

　　再说，由于从来只有月薪，他一直没有舒舒服服地花钱。

　　他的生活没有什么大事，没有激动，几乎没有希望地度过。人人身上拥有的梦想能力，由于他胸无大志，从来没有发展起来。

---

[1] 本篇首次用笔名发表在1884年5月27日的《吉尔·布拉斯报》上，同年收入中短篇小说集《伊薇特》。

他在二十一岁进入拉比兹股份公司，再也没有离开过。

一八五六年，他失去了父亲，一八五九年又失去了母亲。此后，仅仅在一八六八年由于他的房东想增加房租，他搬了一次家。

每天六点整，他的闹钟像有人抖链子似的发出可怕响声，把他惊得从床上跳起来。

这只闹钟在一八六六年和一八七四年坏过两次，原因他不清楚。他穿衣服，铺好床，打扫房间，擦去椅子和五斗柜的灰尘。所有这些活儿花去他一个半小时。

然后他出门，在拉于尔面包店买一个羊角面包，他认识这家店更换的十一个老板，但是店名不改。他边走边吃这只小面包。

他的全部生活，是在这间糊墙纸不变的，狭窄而阴暗的办公室里实现的。他年轻时进来，作为布吕芒先生的助手，抱着接替他的期望。

他果然接替了，再也没有什么奢望。

别人在生活的进程中总有的一大堆往事，例如意想不到的大事、甜蜜的或者悲苦的爱情、探奇涉险的旅行，自由自在的生活遇到的各种偶发事件，都与他无缘。

一天天，一周周，一月月，一季季，一年年，彼此相似。每天在同一时刻起床，出门，到达办公室，吃中饭，下班，吃晚饭，睡觉，从来没有任何事打乱过同样动作、同样事情和同样想法的单调规律。

从前，他在前一位房客留下的小圆镜中，看到自己的金黄髭须和鬈曲的头发。如今，每天晚上和出门之前，在同一面镜子里，他端详的是白髭须和秃顶。四十年过去了，既长又快，如同忧愁的日子一样空虚，又像失眠之夜时间白白流逝！自从他的双亲去世之后，这四十年他什么也没有留下，甚至没有留下一个回忆、一件不幸的事。一片虚空。

这一天，勒拉斯先生在临街的大门口被夕阳的光辉照得晃眼；他不但没有回家，反而想在晚饭之前转一小圈，一年之中这会发生四五次。

他来到大马路，重新泛绿的树木下，人流如织。这是一个春天的傍晚，是开初暖和的、使人懒洋洋的夜晚中的一个，令人心里生出对生活的迷醉。

勒拉斯先生迈着老人一颠一拐的步子；他眼里含着喜悦，对人人的快乐与和煦的空气感到高兴。

他来到香榭丽舍大街，继续往前走，在和风中掠过的青春气息令他兴奋。

整个天空在燃烧；凯旋门的巨大黑影衬托在天际灿烂的背景上，宛如一个巨人伫立在大火中。这个记账的老人来到庞大的建筑旁边，感到饿了，便到一家酒馆吃晚饭。

侍者在酒馆前的人行道上给他端上一份普莱特汁调味的羊腿、一份色拉和芦笋；勒拉斯先生吃了一顿很久没吃过的最好的晚餐。他喝了半瓶上好的波尔多葡萄酒，给布里干酪佐餐；然后他喝了一杯咖啡，这在他很少有，然后又要了一小杯上等香槟酒。

会账以后，他感到十分快活，十分得意，甚至有点儿动情。他思忖："多好的夜晚。我要一直散步到布洛涅树林①的入口。这会对我身心有益。"

他又往前走。他的一个女邻居以前唱的老曲子执着地回到他的

---

① 布洛涅树林：位于巴黎西面，在十六区，面积846公顷，13世纪时在此建立了龙尚修道院，路易十四时开放，成为散步场所，1852年划归巴黎市管辖。

脑子里：

树林刚刚返青，
情人的话听得清：
美人，快到棚下，
喘一口气吧。

他没完没了地哼着，不断重复。夜幕降落在巴黎上空，没有一丝儿风，是个闷热的夜。勒拉斯先生沿着布洛涅大街往前走，望着出租马车经过。车灯亮晃晃的，一辆接一辆驶来，一刹那间一对搂抱的男女掠过，女的穿着浅色裙子，男的穿着黑色服装。

这是一长串情侣的队伍，在繁星点缀的炎热的天空下周游。他们掠过、掠过，躺在车上，沉默无语，互相搂紧，沉浸在幻觉、情欲的冲动和近在眼前的交欢的颤栗中。热烘烘的阴影好像充满了飞舞着、飘荡着的吻。一种温情感使空气令人疲软，也更加闷人。所有这些搂抱的人，所有这些沉醉于同样的等待、同样的想法的人，使他们周围流动着一股狂热。所有这些满载抚爱的马车，仿佛在它们所过之处散发出一种沁人心脾的、撩拨人心的气息。

勒拉斯先生走到最后有点累了，坐在一张长凳上，望着满载爱情的出租马车列队而过。几乎同时，一个女人走来坐在他身边。

"你好，我的小男人。"她说。

他没有吭声。她又说：

"亲爱的，让我来爱你；你会看到我非常可爱。"

他开口了：

"太太，您搞错了。"

她挽住他胳膊：

"得了，别犯傻了，听着……"

他站起来，走开了，心里揪紧。

一百步开外，另一个女人走近他：

"您愿意在我身边坐一会儿吗，我的帅哥？"

他对她说：

"为什么干这种行业？"

她站在他前面，嗓音变了，嘶哑而狠巴巴地说：

"他妈的，总不是我乐意的吧？"

他用柔和的声音追问：

"那么，是什么促使您这样做呢？"

她嘟囔说：

"总得生活啊，干吗这样戏弄人。"

她哼着小调走开了。

勒拉斯先生茫然若失。其他女人从他身边经过，招呼他，邀请他。他觉得有一种黑暗的东西，一种令人难受的东西在他头上展开。

他重新坐在一张长凳上。马车始终奔驰而过。

"我本不该到这儿来，"他心想，"看把我弄得这样不舒服，不好受。"

他开始思索在他面前鱼贯而过的这种卖淫或者热烈的爱情，思索所有这些付钱的或者自由的接吻。

爱情！他不大了解。他生平只有过两三个女人，出于偶然，出于意外，他的工资不允许他有任何额外的开支。于是他思考他经历过的生活，与别人的生活迥然不同，是那么可悲，那么沉闷，那么平板，那么空虚。

有些人确实没有机会。仿佛一层厚厚的幕布撕开了，骤然间他看到了穷困，他的生活无尽的不变的穷困：过去的穷困、现在的穷困、将来的穷困；结束的日子和起初的日子雷同，在他前面一片空白，在他后面一片空白，在他周围一片空白，在他心中一片空白，哪里都是一片空白。

马车仍然川流不息地经过。他在每一辆敞篷的出租马车疾驰而过中，总是看到两个人默默地拥抱在一起，出现又消失了。他觉得全人类沉醉于快乐、欢笑、幸福中，在他面前经过。他独自一人在观看，孤零零，完全孤零零。明天他仍然孤零零，始终孤零零，别人不会孤零零，只有他孤零零。

他站起来，走了几步，蓦地感到疲倦，仿佛他刚刚完成了长途徒步旅行，他在随后的一条长凳上又坐下来。

他等待什么？他期望什么？都没有。他心里想，待到他老了，回到家里，看到唧唧喳喳的小孩子们，该是多么好啊。你儿孙满堂，这些孩子的生命是你给的，他们爱你，温存你，对你说着温馨的天真的话语，温暖你的心，使你对一切都感到安慰，那时，衰老倒是件好事。

想到室内空空如也，想到他那间干净而冷清清的房间，除了他没有人进去，一种忧伤感压抑着他的心灵。他觉得他的房间比他的办公室更加令人悲哀。

没有人来过；从来没有人在里面说过话。它是死寂的，没有人的回声。似乎墙壁保留着住在里面的人的某些东西，他们的举止、他们的面孔、他们的话语依稀可辨。那些幸福的家庭住过的房子，比穷人的房子更加喜气洋洋。他的房间就像他的生活一样缺乏往事回忆。想到独自一人回到这个房间，睡在床上，再做每晚所有的事和活动，使他惶恐不安。仿佛为了更加远离这阴森森的住所，而且拖长他该回去的时候，他站起来，猛然间遇到树林的第一条小径，走进一片矮林，坐在草地上……

他听见周围、头上、到处是一片混杂的、范围广阔的、持续不断的、由无数不同的声音组成的喧闹声，一种低沉的、或远或近的喧闹声，一种朦胧的、巨大的生命颤动：这是巴黎的气息，像一个巨人那样呼吸。

……

已经高悬的太阳，将灿烂的阳光洒进布洛涅树林。有几辆马车开始来回驰过；骑马的人高高兴兴地来到。

一对男女在空荡荡的小径慢悠悠地走着。年轻女人抬起头来，冷不防看到树枝上有样褐色的东西；她惊讶地举起手，不安地说：

"瞧……这是什么东西？"

她发出一下叫喊，倒在同伴的怀里，他不得不把她放倒在地。

几个守林人被很快叫来，他们把一个用背带吊死的老人解了下来。

经过验证，死亡上溯到昨天晚上。他身上的证件表明他是拉比兹有限公司的记账员，名叫勒拉斯。

人们认为是自杀，原因无从猜测。也许是疯狂突然发作吧？

# 珍珠小姐[①]

## 一

当真,那天晚上我怎么会有如此古怪的念头,要选珍珠小姐做王后。

每年我都到我的老朋友尚塔尔家过三王来朝节[②]。他和我父亲有莫逆之交,我小时候,父亲把我带到他家去。我继续这样做,只要我活着,只要世上还有尚塔尔家的人,我无疑还会这样做。

再说,尚塔尔家生活很特别;他们生活在巴黎,却仿佛住在格拉斯、伊弗托或者穆松桥[③]。

他们在天文台附近有一所带小花园的房子。他们住在那里,就像住在外省一样。他们对巴黎,对真正的巴黎一无所知,也根本不去推测;他们待在那么远、那么远的地方!但有时,他们到巴黎旅行一次,作一次长途旅行。按照家里人的说法,尚塔尔太太去大批采购。请看,她是这样去大批采购的。

---

[①] 本篇首次发表在1886年1月16日的《费加罗报》的文学增刊上,同年收入短篇小说集《小萝克》。
[②] 三王来朝节:天主教节日,又称主显节,定在1月6日。教徒分吃三王来朝饼,饼内放一个小瓷人或一粒豆子,吃到者为国王,由他挑选王后。
[③] 格拉斯:滨海阿尔卑斯的专区所在地;伊弗托:法国西北部滨海塞纳省城市,作者在此上中学;穆松桥,作者在此发表他的第一篇小说(1875)。

珍珠小姐管厨房大柜的钥匙（因为放衣服的大柜由主妇亲自管理），珍珠小姐通知说，白糖用完了，罐头吃光了，咖啡袋里的东西也所剩无几了。

尚塔尔太太为防止闹饥荒，查了一下存货，在本子上做了记录。然后，她记下许多数字，先进行长时间计算，再同珍珠小姐进行长时间讨论。最后达成一致意见，确定每样东西供应三个月的数量：白糖、大米、李子干、咖啡、果酱、豌豆罐头、菜豆罐头、龙虾罐头、咸鱼或者熏鱼，等等。

然后，定好采购日期，坐上马车，顶上有行李架的出租马车，过了桥到新市区的一家大型食品杂货店去。

尚塔尔太太和珍珠小姐一起神秘地跑这一趟，到吃晚饭时回来；这辆车的车顶上摆满了大包小包，就像一辆搬家的马车。她们一路上颠簸，虽然还很兴奋，但是已精疲力竭。

对尚塔尔家来说，位于塞纳河另一边的整个巴黎市区，构成新区，住着奇特的、吵闹的、不体面的居民，他们白天闲逛，晚上寻欢作乐，挥金如土。不过有时他们也带着两个年轻姑娘到剧院，喜歌剧院或者法兰西剧院，只要尚塔尔先生阅读的报纸推荐了这出戏。

两个年轻姑娘如今一个十九岁，一个十七岁；这是两个漂亮的姑娘，高大、娇艳，很有教养，太有教养了，是这样有教养，仿佛两个俊俏的玩偶，不被人看重。我从来没想过要注意或者去追求两位尚塔尔小姐；别人感到她们那么纯洁无疵，真叫人不敢和她们说话；别人几乎害怕向她们致意会不适宜。

至于父亲，这是一个讨人喜欢的人，很有教养，很外露，很热忱，但是首先喜欢休息、安宁和平静，为了能随心所欲地生活，他把自己的家弄成一潭死水，功莫大焉。他书读得多，就爱聊天，易动感情。缺少接触、耳鬓厮磨和冲撞，使他的表皮，精神的表皮非常敏感和脆弱。一点小事就使他激动、烦恼和痛苦。

尚塔尔家也有来往，不过非常有限，在邻居中经过仔细挑选。每年他们都对住在远方的亲戚拜访两三次。

至于我，我在八月十五日和三王来朝节那天到他们家吃晚饭。这属于我的责任，就像天主教徒要在复活节领圣体那样。

八月十五日，他们会邀请几个朋友，而在三王来朝节，我是唯一的外客。

## 二

因此，那一年跟往年一样，我到尚塔尔家吃晚饭，庆祝三王来朝节。

我照例拥抱尚塔尔先生、尚塔尔太太和珍珠小姐，向路易丝和波莉娜两位小姐深深鞠躬。他们向我打听各种各样的事，打听大街发生的新闻，打听政局，打听公众对东京事件[①]的看法，打听我们的代表的情况。尚塔尔太太是个胖女人，她的所有想法给我的印象就像一块方方正正的大石头，她习惯用这个句子给政治争论下结语："到头来这一切不会有好结果。"为什么我总是把尚塔尔太太的想法设想成方方正正的呢？我搞不清；但是，她所说的一切在我的脑子里具有这个形状：一个正方形，一个大正方形，四角对称。另外一些人的想法我觉得总是圆的，像铁环一样滚动。一旦他们对某件事

---

① 东京事件：东京指越南北部。1883年法国强迫越南签订《顺化条约》，把越南变成法国的保护国。12月法军向中国军队进攻，挑起中法战争，法军虽败北，清政府却与法国签订了屈辱的条约。

说出一句话，于是十个、二十个、五十个圆形的想法，有大有小，我看见一个接一个滚动，一直滚到天际。还有的人有尖的想法……说到底，这并不重要。

大家像以往那样入席，晚饭吃完了，没有什么话值得一提的。

吃饭后吃点心时，端来了三王来朝饼。每年，尚塔尔先生都是国王。是连续的巧合呢，还是家里的惯例，我不得而知。可是他必定在他那份点心中找到蚕豆，他宣布尚塔尔太太为王后。因此，我吃了一口饼，感到有一样很硬的东西，差点把我的牙齿崩掉时，我惊呆了。我轻轻地从嘴里取出这样东西，看到是一个小小的瓷人，不比蚕豆大。我惊讶得叫了一声："啊！"大家望着我，尚塔尔拍着手嚷道："是加斯东，是加斯东。国王万岁！国王万岁！"

大家齐声喊道："国王万岁！"我面红耳赤，就像遇到有点尴尬的场面时，有人会无缘无故地脸红那样。我低下头，两只手指捏着蚕豆大的瓷人，竭力笑着，不知道做什么、说什么，这时尚塔尔又说："现在，该选王后了。"

于是我不知所措了。霎时，千百种想法、千百种设想掠过我的脑海。他们要让我在两位尚塔尔小姐中挑选一位吗？这是一个办法。让我说出我喜欢的一位吗？这是做父母的在柔和地、轻巧地、不明显地促成一桩可能缔结的婚姻？如何嫁女不断地在每个有大年龄姑娘的家庭里转悠，采取各种形式、各种掩饰、各种方法。非常担心要连累自己的想法袭上我心头，面对路易丝和波莉娜两位小姐一成不变的端庄和内向的态度，我极其胆怯。选中其中一个，牺牲另外一个，我觉得就像从两滴水中选择一样困难。再说，我担心在这件事情上冒险，我就会不由自主地被引导到结婚上去，被人慢慢地，手法谨慎、不易觉察、平静地去引导，就像得到这个毫无意义的王位一样,这弄得我六神无主。

但是,我突然灵机一动,我把这个有象征性的瓷人递给了珍珠小姐。大家先是感到吃惊,继而无疑赞赏我的细心和谨慎,因为大家狂热地鼓掌,喊道:"王后万岁!王后万岁!"

至于她,可怜的老姑娘,她失去了常态;她发抖,惶乱,嗫嚅地说:"不行……不行……不行……别选我,我求求您……别选我……我求求您……"

这时,我平生第一次仔细打量珍珠小姐,心里在想她是怎样一个人。

我已习惯看见她在这所房子里,就像从小坐在上面,却从来没有注意到的织锦衬垫旧圈椅。有一天,一缕阳光照在椅子上,你会莫名其妙地想:"啊,这件家具倒非常珍奇呢";你发现木雕出自一位艺术家之手,织锦很出色。我可从来没有留意过珍珠小姐呢。

她是尚塔尔家的成员,如此而已。但是,她怎么会成为这家的成员呢?是什么身份呢?——她高而瘦,竭力不被人注意,可是并非微不足道。他们待她很亲切,好过一个女佣,又不如一个亲戚。我突然抓住了许多至今根本没有留意的细微差别!尚塔尔太太喊她:"珍珠。"两位姑娘喊她:"珍珠小姐。"而尚塔尔只称她小姐,语气也许更加尊重。

我开始审视她。——她多大年纪?四十岁?是的,四十岁。——这个姑娘,她不见老,她打扮成老相。她的发式、服装和饰物显得可笑,但尽管这样,她一点儿不可笑,她身上有着纯朴自然的风韵,被仔细掩盖起来的风韵。这确实是个多么古怪的人啊!我怎么从来没有更好地观察过她呢?她的发式很滑稽,梳成许多完全可笑的、有点老气的小发卷;在这种贞洁的圣母式头发下面,可以看见一个高高的、平静的前额，横着两道很深的皱纹，那是长期忧虑形成的。一对蓝眼睛，大而柔和，那么胆怯，那么畏缩，那么卑顺，这对美丽的眼睛那么天真，充满小姑娘的惊奇、青春的感受，也充满了昔日的哀愁，使眼睛变得令人哀怜，但没有使它们变得混浊。

整个脸是细腻的、不引人注目的，就像没有损耗过就自行消融，要么劳累过度，要么生活中经历过情感激荡因而憔悴的脸。

多么好看的嘴！多么好看的皓齿！可是她好像不敢微笑！

我突然把她和尚塔尔太太作比较！珍珠小姐当然长得更好看，好一百倍，她更加细腻、更加典雅、更加有自信心。

我对自己的观察感到吃惊。大家斟上了香槟酒。我向王后举杯，说了一番拐弯抹角的恭维话，向她祝酒。我发觉她想用餐巾掩住脸；然后，她用嘴唇沾了沾清澈的酒，大家叫道："王后喝酒啦！王后喝酒啦！"她涨红了脸，呛了几下。大家笑起来；但是我看得很清楚，这家人非常爱她。

## 三

晚饭一结束，尚塔尔就拉住我的手臂。这是他抽雪茄的时候，神圣不可侵犯。他独自一人的时候，会到街上去抽烟；有人在家吃饭时，大家上楼打桌球，他一面打球一面抽烟。这天晚上，由于是三王来朝节，在桌球房里甚至生起了火；我的老朋友拿起桌球棒，一根非常精致的球棒，很仔细地用白粉擦了擦，然后说：

"你开球，我的小伙子！"

虽然我已经二十五岁，但是他和我初次见面时我还年幼，所以他一直用"你"称呼我。

我开了球；有几次我连撞两球；另外几次失了手；可是，由于脑子里想到珍珠小姐，老是徘徊不去，我突然问道：

"呃，尚塔尔先生，珍珠小姐是您的亲戚吗？"

他停下打球，十分惊讶，望着我。

"怎么，你不知道吗？你不知道珍珠小姐的身世？"

"不知道。"

"你父亲从来没有对你讲过？"

"没有。"

"啊，啊，真是怪事！啊！真是怪事！噢！可是，这是一段不平凡的往事啊！"

他沉默了一下，接着又说：

"今天是三王来朝节，你却问起我这个，哪有这样的怪事！"

"为什么？"

啊！为什么！你听着。这是四十一年前的事了，四十一年前的今天，三王来朝节。当时我们住在鲁伊－勒托尔[①]的城墙上；但是首先要给你解释这所房子，才能让你明白。鲁伊城修建在山坡上，或者说得更准确些，是修建在高踞于一大片草地的山冈上。我们在那儿有一所房子和一座被古老的防卫城墙托在半空的、美丽的空中花园。因此，房子是在城里的街上，而花园高踞于平原之上。这座花园另有一个出口通到田野，正如我们在小说中看到的那样，从修在城墙中的一道暗梯走下去，尽头是一扇门。一条大路从门口通过，门上挂着一口大钟，因为农民为了避免绕个大圈子，从这里运送生

---

① 这是个虚构的城市。

活必需品。

你看清环境了，是不是？但这一年的三王来朝节，下了一个星期的雪。简直是到了世界末日。我们到城墙上眺望平原，心里不免感到冷飕飕，这无边的土地，白茫茫一片，是冰雪世界，像上了漆一样闪闪发光。仿佛老天爷把大地包扎起来，送到古老世界的顶楼上。我对你实说吧，真够凄惨的。

当时我们一家人住在一起，人数很多很多：我的父亲，我的母亲，我的舅舅和舅妈，我的两个兄弟和四个表姐妹；这是四个漂亮的小姑娘；我娶了最小的一个。这一大家子中，如今只剩下三个人：我的妻子和我，还有住在马赛的大姨。见鬼，一家人像珠子一样散开了！我一想起就不寒而栗！我呀，当时十五岁，眼下我五十六岁。

我们就要庆祝三王来朝节，非常高兴，心里乐滋滋的！大家聚在客厅里等吃晚饭，这时我的大哥雅克说："有一条狗在平原上叫了十来分钟，这准定是一条迷了路的、可怜的狗。"

他还没有说完话，花园里的钟便敲响了。这口钟有教堂的钟沉滞的声音，令人想到死了人。大家不由得战栗。我的父亲把仆人叫来，吩咐他去看看。大家默然无声地等着；我们想到覆盖大地的白雪。仆人回来说，他什么也没有看到。狗一直不停地叫，它的声音没有改变位置。

我们坐下吃饭；可是有点儿激动，尤其是几个年轻人。一直延续到上烤肉的时候，然后钟声又连续响了三下，又重又长的三下，震得牵动我们的指尖，一下子切断我们的呼吸。我们面面相觑，叉子举在半空，始终倾听，感到一种不可思议的恐怖。

我的母亲终于说："真奇怪，等了这么久又回来敲钟；巴蒂斯特，你不要一个人去，这些先生中的一位陪你去。"

我的舅舅弗朗索瓦站起身。他有大力士的体格,对自己的力气感到自豪,无所畏惧。我的父亲对他说:"拿上一支枪。无法预料会发生什么事。"

但我的舅舅只拿了一根拐杖,马上跟仆人一起出去了。

我们其余的人,惊吓和不安得瑟瑟发抖,既不吃东西,也不说话。我的父亲竭力让我们放心,他说:"你们会看到,这是个乞丐或者过路人,在雪地里迷了路。第一次敲钟,看到没有人来开门,他想再找到路,却找不到,只好又回到我们家门口。"

我们觉得我舅舅离开长达一个小时。最后他回来了,怒不可遏地骂道:"什么也没有,他妈的,是恶作剧!只有这条该死的狗在离墙壁一百米的地方吠叫。如果我带着枪,我会把它打死,让它住声。"

大家重新吃饭,但是人人仍然忐忑不安;大家感到,事情没有完,还要有事,待会儿钟还会敲响。

正当切开三王来朝饼的时候,钟又响了。所有的人一齐站了起来。我舅舅弗朗索瓦刚喝过香槟酒,声称要杀死这家伙,那样怒气冲冲,我母亲和我舅妈扑过去阻拦他。我父亲虽然十分平静,而且行动有点不灵便(他从马上摔下来折断腿以后,就拖着腿走路),这下却轮到他声称,他想知道怎么回事,他要出去。我的两个哥哥,一个十八岁,一个二十岁,跑去找他们的枪;没有人注意到我,我抓起一把气枪,准备随同出征。

队伍马上出发。我父亲、我舅舅和拿着一盏提灯的巴蒂斯特走在前面。我的两个哥哥雅克和保尔紧紧跟随在后,我不顾母亲的央求,走在后面;母亲、舅妈和我的表姐妹们留在家门口。

一小时以来,又开始下雪;树木满载着雪。枞树在这银白色的服装重压下弯曲着,酷似白色的金字塔和巨大的方糖;透过细而密的、灰蒙蒙的幕布,隐约看见显得更加轻盈的、在黑暗中白蒙蒙一片的灌木。雪下得那么密,十步以外就看不清东西了。不过提灯在我们面前投下一道强光。我们开始走下挖在墙壁内的旋转楼梯时,我当真害怕了。我觉得有人跟在我后面,我很想返回;但是,由于必须重新穿过整个花园,我不敢这样做。

我听到开向平原那道门打开了,我舅舅又骂了起来:"他妈的,他又走了!只要看到他的影子,我不会放过他,这个狗……东西。"

平原看上去阴森森的,说得更确切一点,是感觉到它,因为看不到它;只看到一片无尽的雪幕,上下、左右、前后,到处笼罩着。

我舅舅又说:"听,那条狗又叫了;我要叫它领教我的枪法。这个办法总是奏效的。"

但我父亲心地善良,他接口说:"最好还是去找这只可怜的畜生,它在喊饿呢。这只不幸的东西在求救;它像遇难的人在呼吁。快走。"

我们上路了,穿过这幕布,穿过这厚厚的、接连不断的大雪,穿过这充满黑夜和空气的泡沫,它翻腾、飘浮、降落,在冰冻我们的肌肤时融化了,白色的雪花接触到皮肤时,就像炙伤它一样,引起一下强烈而短促的疼痛。

我们直到膝部都陷在这柔软而冰冷的积雪里;必须把腿抬得很高才能走路。随着我们前进,狗的叫声变得越来越清晰,越来越响。我舅舅喊道:"在这里!"大家停下来观察,就像在黑夜中和敌人相遇,应该正面对峙。

我呢,我什么也看不到;于是,我赶上其他人,我看到了;这条大黑狗是条牧羊犬,蓬松的毛,脑袋像狼,站在提灯照在雪地上长条亮光的顶端,看来很可怕,令人惊异。它一动不动,停止了吠叫,望着我们。

我舅舅说:"奇怪,它既不往前走,也不往后退。我真想朝它身上打一枪。"

我父亲用坚决的口气说:"不,应该抓住它。"

这时我的哥哥添上一句:"不止有它。它旁边有样东西。"

它后面确实有样东西,灰不溜秋,很难辨认。大家又开始小心地朝前走。

看到我们走近,狗便坐了下来。它的样子并不凶恶。还不如说很高兴能吸引人过来。

我父亲笔直地朝它走去,抚摸它。狗舔舔他的手;这时我们发现它被拴在一辆小车的轮子上,这是一种玩具车,整个儿被三四条羊毛毯裹住。我们小心翼翼地掀开毯子,巴蒂斯特用提灯靠近这辆有篷小推车的车门,这辆车好似有轮子的狗窝。这时我们看到里面有一个睡着的婴儿。

我们惊讶得说不出话来。我父亲第一个恢复过来,由于他心地善良,而且心灵有点爱冲动,他把手伸向车篷,说道:"可怜的弃儿,你是我们家的一员!"他吩咐我哥哥在我们前面推着这个侥幸的发现。

我父亲接着自言自语地说:"这是一个私生子,可怜的母亲想到了圣婴,在三王来朝节的夜里来叫我的门。"

他又站住了,在黑夜里朝着四个方向使劲喊了四遍:"我们已经收留了孩子!"然后,他把手放在舅舅的肩上,低声说:"弗朗索瓦,如果你朝狗开枪,后果会怎么样?"

我舅舅没有回答,但是他在黑暗中划了一个大十字,他尽管爱说大话，可是十分虔诚。

我们解开了拴狗的绳，它跟着我们。

啊！我们到家时，真够热闹的。首先，我们好不容易把车子从城墙的阶梯抬上去；大功告成，我们把车一直推到前厅。

妈妈很古怪，又是高兴，又是惶乱！我的四个小表妹（最小的六岁）就像四只母鸡。最后我们把一直睡着的孩子从车里抱出来。这是一个女孩，大约只有六个星期大。在她的襁褓里找到一万法郎金币，是的，一万法郎！她的爸爸放在那里，给她做嫁妆。因此，这不是一个穷人家的孩子……也许是某个贵族和城里的小家碧玉生的……要不然就是……我们作了各种各样的猜测，就是不得而知……这一点不得而知……不得而知……连狗也没有人认得。它不是本地的狗。无论如何，在我们家门口敲了三次钟的那个男人或者女人，很了解我的父母，才选中了他们。

这就是珍珠小姐生下才六星期，怎样来到尚塔尔家的经过。

我们叫她珍珠小姐只是后来的事。最初给她起的名字是："玛丽·西蒙娜·克莱尔"，克莱尔应是她的姓。

不瞒您说，我们抱着这个小不点来到饭厅时可有趣啦，她醒了过来，用蒙眬的、混浊的蓝眼睛望着四周这些人和灯光。

我们重新坐下，将饼分享。我是国王；而且像您刚才那样，选了珍珠小姐为王后。她这一天并没有意识到我们给她的荣誉。

孩子就这样被收养了，在家里成长。她长大了；年复一年过去。她很可爱、温柔、顺从。大家都爱她，要不是我母亲加以阻拦，我们会把她惯坏了。

我母亲是一个看重等级和门第观念的女人。她同意把小克莱尔看作自己的子女，但是她坚持我们之间的距离要分明，地位要确定。

因此，孩子刚懂事，我母亲就让她知道自己的身世，很平和地，甚至温柔地在小姑娘的脑子里灌输，对尚塔尔家的人来说，她只是一个被收养的、被收留的女孩，总之是一个外人。

克莱尔以古怪的智力和惊人的本能理解这种处境；她懂得接受和保持给她定下的位置，极有分寸，极其优雅和得体，以致我父亲感动得潸然泪下。

这个娇小的温柔的孩子热诚的感激和有点胆怯的忠诚，也使我母亲深受感动，她开始叫她："我的女儿。"有时，小姑娘做了一件体贴人的好事，我母亲把眼镜推到额头上，这一向表示她心里激动，她一再说："这个孩子是一颗珍珠，一颗真正的珍珠！"——这个名字就一直保持在小克莱尔身上，对我们来说，她变成了和始终是珍珠小姐。

## 四

尚塔尔先生住了口。他坐在球桌上，荡着双腿，左手把玩一只球，而用右手揉着一块擦石板上记分用的抹布，我们称之为"粉擦"。他的脸有点红，声音低沉，如今是对自己说话，回到往事中，穿越浮现在脑际的大小往事，徐徐而行，仿佛在家里的旧花园中漫步，我们在那里长大，每一棵树，每一条路，每一株植物，尖顶的枸骨叶冬青，芳香扑鼻的桂花树，果实殷红、多油、一捏就破的紫杉，使我们每走一步都想起往昔生活中的一件小事，正是这些无足轻重而又美妙的小事构成了人生的基础、人生的历程。

我呢，我的背倚在墙上，面对着他，双手撑在用不上的球棒上。

过了一会儿，他又说："天啊，她长到十八岁上多么漂亮啊……

多么娉婷多姿啊……多么完美无缺啊……啊！娟秀……娟秀……娟秀……又善良……又高尚……又迷人的姑娘！她有一双……一双蓝眼睛……晶莹……明亮……我从来没有见过同样的眼睛！"

他又住了口。我问："为什么她没有结婚？"

他不是对着我，而是对着掠过的"结婚"这个词来回答。

"为什么？为什么？她不愿意……不愿意。可是她有三万法郎的嫁妆，好几次有人向她求婚……她不愿意！她在那个时期好像很忧郁。那时，我娶了我的表妹小沙洛特，我和她订婚已经有六年了。"

我望着尚塔尔先生，我觉得我深入到他的脑际，我突然深入到那些高尚、正直、无可指摘的心灵发生的寻常而又残酷的悲剧中，深入到没有袒露过、没有被探索过、没有人了解、甚至默默地忍受的受害者也不了解的心灵中。

突然，我在好奇心的推动下，大胆地问：

"尚塔尔先生，您本该娶她呀？"

他颤抖起来，望着我说：

"我？娶谁？"

"娶珍珠小姐。"

"为什么？"

"因为您爱她超过爱您的表妹。"

他用奇特的、瞪圆的、惊惶的眼睛望着我，然后期期艾艾地说：

"我……我爱过她？……怎么？谁对你这样说的？……"

"当然啰，这是一目了然的……甚至正是因为她，您才耽搁那么久才娶您的表妹，她等了您六年。"

他松开左手拿着的球，双手抓住粉擦，掩住了脸，抽泣起来。他哭得又悲痛又可笑，仿佛用力挤海绵滴出水来一样，他从眼睛、鼻子、嘴巴同时流下眼泪。他咳嗽，吐痰，用粉擦擤鼻涕，擦眼睛，打喷嚏，脸上的五窍又开始冒出水来，喉咙里发出咕噜的声音，使人想到在漱口。

我呢，惶乱，不好意思，很想溜走，我不知道该说什么，该做什么，该怎么办。

陡地，尚塔尔太太的声音在楼梯那儿响起："你们抽烟快抽完了吧？"

我打开门喊道："完了，太太，我们下来了。"

然后，我快步朝她丈夫走去，抓住他的双肘："尚塔尔先生，我的朋友尚塔尔，听我说；您的妻子在叫您，不要这样激动，赶快振作起来，该下楼了；不要这样激动。"

他嗫嚅着说："好……好……我就来……可怜的姑娘！……我就来，告诉她，我就来。"

他开始用那块两三年来擦拭石板所有记分的抹布仔细擦脸，最后，脸露出来，半白半红，额角、鼻子、面颊和下巴涂满了白粉，眼睛肿胀，噙满泪水。

我抓住他的双手，把他拉到他的卧房里，低声说："请您原谅，尚塔尔先生，请您原谅让您难过……可是，我不知道……您……您明白……"

他握住我的手："是的……是的……有的时候控制不住……"

他将脸浸到脸盆里。他从水里抬起头来的时候，我觉得他仍然不能见人；但是我想出了一个小小的诡计。他一面照镜子，一面发愁的时候，我对他说："您只要说眼睛里掉进了一粒沙子，就可以当着大家的面，怎么哭都行。"

他下楼时果然用手绢擦眼睛。大家不放心，每个人都想寻找这粒沙子，就是找不到。有人说起类似情况，到头来不得不去找医生。

我呢，我已经走到珍珠小姐旁边，望着她，始终带着强烈的好奇心，这种好奇心又变成一种痛苦。她早年确实非常漂亮，眼睛柔和，非常大，又沉静又张得那样宽，仿佛从来不像别人那样闭上过。她的打扮有点可笑，是真正的老小姐的打扮，有损她的美，但没有使她显得笨拙。

如同刚才我看到尚塔尔先生的心灵那样，我觉得看到了她的心思，从头到尾看到了她卑微、朴实和忠诚的生平；但是一种需要来到我的嘴边，这种折磨人的需要是想询问她，想知道是否她也爱他，她是否像他一样心底里漫长地忍受这种剧烈的痛苦，这种痛苦虽然别人看不到，不知道，也猜测不出，可是夜里要在黑屋子的孤独中迸发出来。我望着她，我看到她的心在她的无袖胸衣下跳动，我寻思，这个温柔、敦厚的女人是否每夜伏在眼泪濡湿的枕头上呻吟，在燥热难眠的床上哭得浑身抽动。

我低声对她说话，如同孩子们打碎一个玩具，想看看里面有什么东西一样："如果您看到尚塔尔先生刚才哭泣，您会同情他的。"

她不寒而栗："怎么，他哭泣来着？"

"噢！是的，他哭泣过！"

"为什么这样？"

她显得很激动。我回答：

"由于您的缘故。"

"为了我的缘故？"

"是的。他告诉我，他以前多么爱您；他娶了现在的妻子而没有娶您，作了多大的牺牲……"

我觉得她苍白的脸拉长了一点；她始终睁着的眼睛、沉静的眼睛突然闭上,快得就像永远封闭似的。她从椅子滑到地板上,有如一条披肩滑落下来,轻轻地、慢慢地瘫倒了。

我叫起来:"救人!救人!珍珠小姐昏倒了。"

尚塔尔太太和她的两个女儿赶了过来,正当大家去找水、毛巾和醋的时候,我拿起帽子溜掉了。

我迈开大步,心旌摇摇,心里充满悔恨和歉意。不时又感到高兴,我觉得我做了一件值得赞赏和必要的事。

我思忖:"我做错了吗?我做得对吗?"这件事留在他们心里,就像铅弹留在他们缝合的伤口里。现在他们会不会感到轻松些?让他们的折磨重新开始为时已晚,而让他们怀着柔情去回忆折磨又为时尚早。

也许在明年春天的一个晚上,透过树枝洒落在他们脚边草地上的月光会打动他们,于是他们互相挨近,握紧了手,回忆起被压抑的、难忍的痛苦;也许这短短的握手会在他们的血管中激起从未有过的战栗,使他们这两个一刹那间复活的死人,有着迅速掠过的、神圣的陶醉和狂热的感受;这种狂热在一下战栗中给予情侣的幸福,胜过其他人一生中所得到的幸福!

# 一笔买卖①

　　两个名叫布吕芒（塞泽尔－伊齐多尔）和科尔尼（普罗斯佩－拿破仑）的人，被控企图淹死布吕芒的妻子，就是头一名被告的合法配偶，来到下塞纳省的重罪法庭受审。

　　两个被告并肩坐在一贯是被告坐的长凳上。他们都是农民。第一位是小个子，肥胖，短胳膊短腿，圆脸红彤彤的，长满粉刺，直接耸立在也是又圆又短的上半身之上，看上去好像没有脖子。他是养猪户，住在克里克托村的卡什维尔－拉古皮尔②。

　　科尔尼（普罗斯佩－拿破仑）很瘦，中等身材，手臂特长。他的脑袋有点歪，下巴扭曲，眼睛斜视。一件蓝色罩衫，像衬衫一样长，一直拖到膝盖上，稀稀落落的黄头发贴在脑壳上，给他的脸一副极其可怕的精力衰竭、邋里邋遢、受到损毁的模样。人家给他起了一个绰号叫"本堂神父"，因为他擅长完美地模仿教堂里唱圣歌的方式，甚至还能模仿塞本特③的声音。因为他是克里克的小酒店老板，这种才能吸引了一大批顾客到他店里，他们更喜欢"科尔尼的弥撒"，而不是仁慈天主的弥撒。

---

① 本篇首次用笔名发表在 1884 年 2 月 22 日的《吉尔·布拉斯报》上，1888 年收入中短篇小说集《于松太太的贞洁少男》。
② 克里克托村位于费康和勒阿弗尔之间，卡什维尔－古皮尔是个杜撰的地名。
③ 塞本特：一种弯弯曲曲的吹奏乐器，用在乡村小教堂，代替管风琴。

布吕芒太太坐在证人席上，是个瘦削的农妇，好像总是没睡醒似的。她纹丝不动，双手交叉放在膝盖上，目光呆定，神态愚钝。

庭长继续审问。

"那么说，布吕芒太太，他们走进您家里，把您扔进一只盛满水的大桶。请将事实详详细细地告诉我们。请站起来。"

她站了起来。她戴一顶白色的无边圆帽，看上去高得像桅杆一样。她用拖长的声音解释说：

"我在剥豆子。他们进来了。我犯嘀咕：'他们怎么啦？他们不正常，他们没安好心。'他们像这样斜着眼睛偷看我，特别是科尔尼，因为他是斜白眼。我压根不喜欢看到他俩在一块堆，因为他俩不是好料。我对他俩说：'你们想把我怎样？'他俩一声不吭。我几乎产生怀疑……"

被告布吕芒气呼呼地打断她的陈述，宣称：

"我喝了酒。"

这时，科尔尼向他的同谋转过身来，用好像管风琴一样深沉的嗓音说：

"你应该说我们俩都喝了酒，你没有骗人。"

庭长（严肃地）："您的意思是说，你们都喝醉了？"

布吕芒："这用不着问。"

科尔尼："这种事人人都会发生。"

庭长（对受害人）："继续您的陈述，布吕芒太太。"

"好的，那时布吕芒对我说：'你想挣一百苏吗？'我说：'想。'因为一百苏在马蹄印里是根本找不到的。于是他对我说：'睁大眼睛，像我一样干。'他就跑到角落的檐槽下，找到一只顶部打穿的大桶，

然后把桶推倒，滚到厨房里，再把桶在厨房中央竖起来，对我说："你去打水，直到装满为止。'

"于是我就提了两只桶到池塘去，把水提来，足足提了一个钟头，因为这只桶大得像个酿酒桶，请勿见怪，庭长先生。

"这时，布吕芒和科尔尼，他俩在喝酒，又喝一杯，再喝一杯。他俩你来我往，互相敬酒，我对他俩说：'你们灌满了肚子，比这只桶装得还要满。'布吕芒回答我：'不关你的屁事，你干你的，会轮到你，各人有各人的账。'我呀，我压根没把他的话放在心上，因为他喝多了。

"当桶里的水满到桶口时，我说：

"'好了，水装满了。'

"这时，科尔尼给了我一百苏。不是布吕芒，是科尔尼；这一百苏是科尔尼给我的。布吕芒对我说：'你还想挣一百苏吗？'我说：'想。'因为我不是经常得到这样多的赏钱。于是他对我说：'你把衣服脱掉。'

"'要我脱掉衣服？'

"'是的。'他对我说。

"'你要我脱到什么程度为止？'

"他对我说：'如果这使你难堪，那就留下你的衬衫吧，这对我们并不碍事。'

"一百苏，是一百苏啊，于是我脱衣服，可是在这两个脓包面前脱衣服，我实在不舒服。我脱下我的帽子，然后是我的短上衣，然后是我的木鞋。布吕芒对我说：'把你的袜子也留着吧，我们是好说话的。'

"科尔尼也凑着说：'我们是好说话的。'

"于是我脱得几乎像我们的母亲夏娃一样。他俩站起来了,他俩站不住,他俩喝得那么多,请勿见怪,庭长先生。

"我在琢磨:'他俩动什么坏脑筋?'

"布吕芒说'行了吗?'

"科尔尼说:'行了!'

"于是他俩把我抓住,布吕芒抓住头,科尔尼抓住脚,就像抓住一条漂洗的床单一样。我呀,我大叫起来。

"布吕芒冲我说:'别喊,贱货。'

"他俩用手臂把我托了起来,插进盛满水的桶里,我的血回流起来,一直凉到肠子里。

"布吕芒说:'就这样行了?'

"科尔尼说:'差不多吧。'

"布吕芒说:'脑袋没浸在里面,这很重要。'

"科尔尼说:'那就把脑袋按下去。'

"布吕芒就把我的脑袋按下去,几乎把我淹死,水呛进我的鼻子,我已经看见了天堂。他往下按,我淹没到水下。

"然后他害怕了。他把我拉起来,他冲我说:'快去把身子擦干,骨头架子。'

"我呀,我一溜烟走了,我跑去找本堂神父,神父借给我一条他女仆的裙子,因为我赤条条的,他去找乡警希科先生,乡警又到克里克托去找宪警,他们陪我回到家里。

"我们找到了布吕芒和科尔尼,他俩像两头公羊在争斗。

"布吕芒大叫:'不对,我对你说,至少有一立方的水,是这个方法不好。'

"科尔尼大叫:'四桶水,几乎还不到半立方水。你反驳说,这

行了。'

"宪警队长把他们的手铐了起来。我能说的就这些。"

她坐下来。旁听席上一片笑声。陪审官们很吃惊,面面相觑。庭长说:

"被告科尔尼,看来您是这个阴谋诡计的主谋,您来申述一下。"

轮到科尔尼站起来:

"庭长,我们喝了酒。"

庭长严肃地说:

"我知道这一点,继续说。"

"我往下讲。嗯,布吕芒九点钟左右来到我的店里,他要了两杯烧酒,他对我说:'一杯是你的,科尔尼。'我坐在他对面喝起来,我以礼相待,也请他喝了一杯。于是,他也依葫芦画瓢,我也照着做;一小杯接一小杯,一直喝到晌午,我们喝得醉醺醺的。

"这时,布吕芒哭了起来;哭得我心软了。我问他怎么啦。他对我说:'星期四我可得有一千法郎。'一听这话,我变得冷静了,这您明白。他冷不丁地向我提议:'我把我的老婆卖给你。'

"我喝多了,而且我是个光棍。您明白,这使我心动了。我压根不认识他的老婆;可是,一个女人,这是一个女人,对不?我问他:'你把她卖给我要价多少?'

"他琢磨了一下,要么假装这样。酒喝多了,脑子就糊涂了,他回答我说:'我按立方米卖给你。'

"我呀,这并不使我惊奇,因为我也喝得和他一样多。立方米,由于我干这一行,我是清楚的,这等于一千升,这对我蛮合适。

"只是还得讨价还价；一切都取决于质量。我问他：'一立方啥价钱？'

"他回答我说：'两千法郎。'

"我像兔子一样跳了一下，我寻思，一个女人，大概不会超过三百升。我仍然说：'太贵了。'

"他回答：'再少我不卖了。我要亏本。'

"您明白，没有一点本事做不了卖猪的，他熟悉他的行当。可是，他这个卖肥猪的，要是他狡猾，我呢，我也是有心机的，因为我同样做买卖。哈！哈！哈！于是我对他说：'如果她是全新的，我也不说什么了；可是你已经用过，不是吗，所以说是旧货。我给你每立方一千五百法郎，一个铜子儿也不能多。行吗？'

"他回答：'行。拍板！'

"我也拍板同意，我们俩手挽手走出去了。生活中就该互相帮助。

"可是我心里担心起来：'除非把她放到液体里，要不你怎么按升来量她呢？'

"于是他把他的想法解释给我听，挺费劲的，因为他喝多了。他对我说：'我搬一只桶过来。我放满水，满到桶口。我把她放进去。我再把溢出来的水都量一下，不就算出来了。'

"我对他说：'这看得见，这能明白。可是，溢出来的水，你怎么收回来呢？'

"于是他把我当成傻大个儿，给我解释，等到他老婆从桶里出来，再把桶里缺掉的水装满，装进去的水有多少，就可以算出来了。假设有十桶：那就是一立方米。他喝多了还是不笨哪，这个可恶的家伙！

"总之，我们来到他家，我端详这个女人。要说是一个漂亮女人,那是谈不上的。大家都能看到嘛,因为她就在这儿。我寻思:'我上当了,没关系,女人就行;不管是漂亮是丑,反正派一样的用场。'不是吗,庭长先生?然后我看到她像竿子一样瘦。我寻思:'不到四百升。'我很在行,因为我是做饮料生意的。

"怎样做的,她已经告诉您了。我甚至让她还穿着袜子和衬衣,吃亏的是我。

"事情一完,她就颠儿了。我说:'当心!布吕芒,她跑了。'

"他说:'别担心,我总能抓到她。她要回家过夜。我去量一量缺了多少水。'

"我们量了一下,不到四桶水。哈!哈!哈!哈!"

被告笑了起来,没完没了,一个宪警不得不拍了拍他的背。平静下来以后,他又说:

"总之,布吕芒宣称:'与事实根本不符,不止这些。'我呀,我大叫起来,他也大叫,我叫得更响,他动手,我还手。这要吵到世界末日呢,因为我俩喝多了。

"宪警终于来了!他们抓走我俩,他们绑走了我俩。进了监狱。我要求赔偿损失。"


他坐下了。

布吕芒声称他的同谋的供词全部实话实说。陪审团感到为难,退庭进行审议。

过了一个小时,他们回来了,宣告被告无罪;摆出几条严正的理由,既立足于婚姻的尊严,又确定了商业交易的准确界限。

布吕芒在他的妻子陪同下,向他们共同生活的家走去。

科尔尼返回他的酒店。

# 图瓦纳[①]

一

周围十法里的人都认识图瓦纳老爹，胖子图瓦纳，"纯烧酒"图瓦纳，绰号"加糖烧酒"的安东尼·马什布莱，"旋风村"的小酒店老板。

他使这个小村子出了名。村子深陷在一条山坳里；这山谷往下通到大海。可怜的小村庄由十户诺曼底的农家组成，周围是沟壑和树木。

这些房子蜷缩在杂草和荆豆丛生的山沟沟里，在一道弧形的山冈背后，旋风村的地名就是从这山冈来的。这些房子似乎在这个洞穴里寻找到一个隐蔽处所，有如鸟儿在暴风雨的日子藏在垄沟里，躲避呼啸的海风，海湾带咸味的劲风，这风像火一样能啃啮和烧掉东西，又像冬天的霜冻一样能使东西干燥和毁掉。

但是，整个村子似乎是安东尼·马什布莱的产业。他的绰号是"加糖烧酒"，人们也时常管他叫图瓦纳或者"纯烧酒"图瓦纳，来自于他不断使用的一句话：

"我的纯烧酒在法国要数第一。"

---

[①] 本篇首次用笔名发表在1885年1月6日的《吉尔·布拉斯报》上，次年收入同名短篇小说集。

他的纯烧酒自然就是他的白兰地了。

二十年来,他以他的纯烧酒和加糖烧酒来解本地人的酒瘾,因为每当有人问他:

"图瓦纳老爹,咱们喝什么呀?"

他一成不变地回答:

"来杯加糖烧酒吧,我的姑爷,又暖肚,又清脑;对身体来说,没有更好的东西了。"

他习惯管所有人都叫"我的姑爷",虽然他从来没有出嫁的女儿或待嫁的女儿。

啊!是的,大家都认识"加糖烧酒"图瓦纳,这个全乡甚至全区最肥胖的人。他的小房子仿佛嘲弄般地太狭窄、太低矮,容不下他。看到他整天站在门口,会纳闷他怎么能走进他的家。每当出现一个客人,他便进屋去,因为他有权受到邀请,在每个到他店里来的人所喝的酒中提取一小杯酒。

他的酒店招牌是"聚友居",而他,图瓦纳老爹,也确是全乡之友。费康和蒙蒂维利埃的人来看他,听他讲话,乐上一乐,因为这个胖子能把一块墓碑逗笑。他有办法取笑人而不使他们生气,眨眨眼睛表达他没说出来的话,乐极时拍拍大腿,每次都引得你不由自主地笑痛肚子。单单看他喝酒,也是稀奇好玩的。只要有人给他喝酒,他都喝下去,并且什么酒都喝,狡猾的目光里含有快乐,来自双重乐趣的快乐,先是狂饮的乐趣,然后是喝了酒还可以捞钱的乐趣。

当地爱开玩笑的人问他:

"图瓦纳老爹,为什么你不把大海也喝下去?"

他回答:

"有两件事妨碍我,第一,海水是咸的,第二,必须把它装在瓶子里,因为我的肚子弯不下来,不能在这只杯子里喝!"

还有,可得听他跟他老婆吵架!简直是一出喜剧,花钱买票看也心甘情愿。他们结婚三十年来,天天都要拌嘴。只不过图瓦纳嘻嘻哈哈,他的老婆大动肝火。她是一个高大的农妇,走路迈着长脚鹬的大步子,瘦削而扁平的躯体上,扛着一只发怒的猫头鹰脑袋。她在酒店后面的小院子里养鸡,消磨时间,而且她以善于养肥家禽声名在外。

费康的大户人家请客,要让宴席值得一尝,就得吃上图瓦纳大妈喂养的一只母鸡。

但是她生来脾气坏,始终对一切都不满意。她对全世界有气,特别怨恨她的丈夫。她怨恨他的快活脾气,怨恨他有名声,怨恨他身体健康和肥胖。她把他看成饭桶,因为他什么事不做就赚钱;把他看成赃货,因为他吃喝顶得上十个平常人。没有一天她不是怒气冲冲地说:

"像这样一头猪,撂在猪圈里不是更合适吗?这一身肥肉,看了叫人恶心。"

她冲着他的脸喊道:

"等着瞧,你等一等,咱们会看到出事,咱们会看到的!这样虚胖,早晚会像种子口袋一样撑破完蛋。"

图瓦纳开怀大笑,拍着肚子,回答说:

"喂!母鸡大妈,我的薄板儿,设法把母鸡也养得这样肥吧。你倒试试看。"

他把袖子卷起,露出粗大的胳臂:

"瞧瞧这翅膀,大妈,瞧瞧这翅膀。"

顾客们用拳头捶着桌子，笑得前仰后合，用脚跺着地面，乐得发狂，往地上吐唾沫。

气急败坏的老女人又说：

"等着瞧……等着瞧……咱们会看到出事……早晚像种子口袋一样撑破完蛋……"

在喝酒的人的笑声中，她怒不可遏地走开了。

图瓦纳确实令人看了吃惊，他变得这样臃肿、肥胖、红通通、气喘吁吁。他是这样一种大块头，死神似乎在他们身上寻开心，用诡计、戏谑、滑稽的恶毒言语，使它缓慢的毁灭工作令人抵挡不住的可笑。死神在别人身上从白发、瘦骨嶙峋、皱纹日益增长和体衰力弱中显现出来，这种衰弱令人打个寒噤说："天哪！他容颜大变！"它对图瓦纳可不一样，它把他养肥，让他变得又可怕又逗人，给他涂上红蓝两色，把他吹胀，给他超人的健康的表面，以此为乐；它给所有其他人强加的变形，在他身上变成可笑、滑稽，令人开心，而不是凄惨可怜。

"等着瞧，等着瞧，"图瓦纳大妈一再说，"咱们会看到出事的。"

## 二

图瓦纳果然中风了，瘫痪在床。人们让这个大胖子躺在酒店隔板后面的小房间里，这样他能听到隔壁人们的说话，又能和朋友们交谈，因为他的脑子仍然是清醒的，而他的身体，巨大的身体，不可能移动，不可能抬起来，它已受到瘫痪的打击。开始，还希望他的粗腿会恢复一点活力，可是这种希望不久便消失了，"纯烧酒"图瓦纳日日夜夜都在床上度过，每星期拾掇一次床，靠了四个邻居的帮助，抓住他的四肢，将酒店老板抬起来，以便把他的草褥子翻个身。

然而他仍旧很乐观，不过是不同的乐观，较为胆怯，较为谦卑，面对妻子带着小孩的害怕，她整天叽叽喳喳地说：

"瞧瞧这个脏胖子，瞧瞧这个饭桶，这个懒汉，这个胖醉鬼！真脏，真脏！"

他不再回答。他仅仅在老女人的背后眨一眨眼，他在床上翻个身，这是他唯一能做的动作。他管这个叫"往北走"或者"往南走"。

他如今最大的消遣是，倾听酒店里的人谈话，当他认出朋友的声音时，隔开隔板和他们说话。他叫道：

"喂，我的姑爷，你是塞莱斯坦吗？"

塞莱斯坦·马卢瓦塞尔回答：

"是我，图瓦纳老爹。你又能跑了吗，胖兔子？"

"纯烧酒"回答：

"跑还不行呢。可是我一点没有见瘦，身子骨好着呢。"

不久，他把最亲密的几个人叫到他卧室里，他们把他当作伴儿，虽然他看到别人喝酒没有他的份儿，心里挺难受。他一再说：

"我的姑爷，不能尝尝我的纯烧酒，叫我难受死了，真他妈的。别的我还能有口福，但是，不能喝酒，叫我难受死了。"

图瓦纳大妈的猫头鹰脑袋出现在窗口。她叫道：

"瞧瞧他，瞧瞧他，在这种时候，这个懒胖子，还要养着他，还要给他洗，还要像头猪一样给他弄干净。"

老女人走开以后，有时候一只红羽毛的公鸡跳到窗口，睁着圆圆的、好奇的眼睛，张望屋内，然后发出响亮的打鸣声。也有时候，一两只母鸡一直飞到床脚下,在地上寻找面包屑。

不久,"纯烧酒"图瓦纳的朋友们不再坐在店堂里,每天下午都过来坐在大胖子的床边聊天。图瓦纳这个爱开玩笑的人,虽然躺卧在床,还能给他们逗乐。这个机灵鬼,说不定会逗笑魔鬼呢。这三个人天天出现:塞莱斯坦·马卢瓦塞尔,瘦高个儿,像苹果树干一样身子有点扭曲;普罗斯佩尔·奥拉维尔,矮小干瘦,长个老鼠鼻子,像狐狸一样狡猾诡诈;塞泽尔·波梅尔,从来不说话,可是仍然爱作乐。

他们从院子里搬来一块木板,架在床边,大家玩多米诺骨牌,见鬼,玩得兴致勃勃,从两点玩到六点。

但是图瓦纳大妈不久就变得忍耐不住了。她绝对不能容忍她的肥胖的懒惰丈夫在床上玩骨牌,继续消遣;每当她看到牌局开始了,便怒不可遏地冲进来,掀翻木板,抓起骨牌,拿回酒店,宣称养着这个什么事也不做的大胖子已经够受了,她不能看到他继续取乐,就像在嘲弄整天干活的可怜人。

塞莱斯坦·马卢瓦塞尔和塞泽尔·波梅尔耷拉着头,而普罗斯佩尔·奥拉维尔却在刺激老女人,觉得她的怒气好玩。

有一天,看到她比平日更加怒气冲冲,他对她说:

"呃,大妈,您知道,如果我是您,我会做什么吗?"

她对他瞪着猫头鹰的眼睛,等待他作解释。

他又说:

"您的男人决不下床,像炉子一样热烘烘的。要是我,我就叫他孵鸡蛋。"

她愣住了,心想他在跟她开玩笑,端详这个农民瘦削而狡猾的脸;他继续说:

"我会在他的一只胳膊底下放上五只,在另外一只胳膊底下也放上五只,同一天我让一只母鸡孵蛋。孵出来之后,我把您的男人孵出的小鸡抱给您的母鸡抚养,大妈,这就给您添上一窝家禽。"

老女人目瞪口呆,问道:

"这能行吗?"

那人回答:

"能行吗?干吗不行?既然在暖箱里也能孵出小鸡,也就可以放在一张床上孵啦。"

这番道理打动了她,她气消了,若有所思地走开。

一个星期以后,她兜着满满一围裙鸡蛋,走进图瓦纳的卧室。她说:

"我刚把黄母鸡和十个鸡蛋放进窝。这是给你的十个。尽量小心别压碎了。"

图瓦纳慌了神,问道:

"你要干吗?"

她回答:

"我要你孵鸡蛋,没用的家伙。"

他先是笑起来;由于她坚持,他生气了,抗拒不从,坚决不肯让人将这窝鸡蛋放到他肥胖的胳膊底下,借他的体温来孵化。

但是老女人火冒三丈,表示:

"你不肯孵小鸡,就甭想吃烩肉。咱们走着瞧吧。"

图瓦纳惶恐了,一声不吭。

他听到晌午的钟声敲响时,叫道:

"喂,老太婆,汤煮好了吗?"

老女人在厨房里喊道:

"没有你的汤,懒胖子。"

他以为她在开玩笑,等了一会儿,然后他恳求、哀告、咒骂,绝望地"往北去和往南去"地翻身,用拳头捶着墙壁,最后只得认命,让人把五个鸡蛋塞进被窝,贴着身子的左侧。然后他才有汤吃。

当他的朋友们来到时,他们以为他的病加重了,他显得非常古怪和不自在。

同每天一样,大家玩骨牌。可是图瓦纳似乎一点不感兴趣,伸出手去的时候慢吞吞的,小心翼翼。

"你的胳膊伸不开啦?"奥拉维尔问。

图瓦纳回答:

"我肩膀上似乎有东西坠着。"

突然,传来有人走进酒店的声音。玩牌的人沉默下来。

是村长和他的助理。他们要了两杯纯烧酒,开始谈起村里的事务。由于他们在低声说话,"加糖烧酒"图瓦纳想将耳朵贴在墙上,忘记了他的鸡蛋,他蓦地来了一个"往北去",压在一摊鸡蛋上。

听到他的咒骂声,图瓦纳大妈跑来了,猜到出了事,一下子揭开被窝。面对贴在她男人胁部的"黄膏药",她先是一动不动,气愤填膺,激动得透不过气来,以至于说不出话。

然后,她气得哆嗦,扑向瘫痪的人,一拳又一拳打在他的肚子上,恰如她在池塘边洗衣服那样。她的双手好像兔子击鼓时的两只爪子,一上一下快速起落,发出沉闷的响声。

图瓦纳的三个朋友笑得喘不过气来,又是咳嗽,又是打喷嚏,又是喊叫,惊慌失措的大胖子小心地抵挡老婆的攻击,不让再压碎身子另一边的五个鸡蛋。

## 三

图瓦纳被制服了。他只得孵鸡蛋,放弃玩多米诺骨牌,放弃一切活动,因为他每次压碎一个鸡蛋,老女人就凶狠地剥夺他的食物。

他平躺着,眼睛望着天花板,纹丝不动,两只胳膊像翅膀似的抬起,紧贴着烘热白壳里的鸡胚胎。

他说话压低了声音,仿佛对声音也像对动作一样感到害怕,而且对那只在鸡窝里做着同他一样工作的黄母鸡很关心。

他问他的妻子:

"黄母鸡今儿个吃东西了吗?"

老女人看完了她的母鸡去看她的男人,看完了她的男人去看她的母鸡,像着迷一样,一心想着在床上和鸡窝里长成的小鸡。

知道这件事的当地人既好奇又认真,前来打听图瓦纳的消息。他们蹑手蹑脚地进来,就像走进病室,关切地问:

"怎么样,好不好?"

图瓦纳回答:

"好倒是好,不过我感到痒痒,烘烘热。皮肤上有蚂蚁在爬。"

但一天早上,他的妻子很激动地走进来宣布:

"黄母鸡孵出了七只。有三只蛋是坏的。"

图瓦纳感到他的心怦怦地跳。——他呢,他能孵出几只?

他问:

"是不是快了?"说的时候带着就要做母亲的女人的焦急神态。

老女人担心不成功,气呼呼地回答:

"应该是吧!"

他们等待着。朋友们得到消息说时间临近了,不久都跑来了,也惴惴不安。

人们在家里谈论着这件事,还跑到邻居家打听消息。

将近三点钟,图瓦纳睡着了。现在他白天也要睡上半天。他突然被右臂底下一阵没有过的痒痒弄醒了。他赶紧用左手去摸,抓住了一只全身黄绒毛的动物,在他手里乱动。

他激动得喊叫起来,松开小鸡,小鸡在他的胸脯上奔跑。酒店挤满了人。酒客跑过来,冲进卧室,围成一圈,好像围住一个卖艺的人。老女人过来小心翼翼地捧起缩在丈夫胡子中的小动物。

谁也不说话了。这是四月里炎热的一天。从打开的窗子传来黄母鸡召唤刚出生的小鸡的咯咯声。

图瓦纳激动、焦虑和不安得出汗,喃喃地说:

"这会儿在左臂底下又有一只。"

他的妻子把她干瘦的大手伸进被窝,以助产婆细心的动作捧出第二只小鸡。

乡亲们都想看看。大家把小鸡传来传去,仔细端详一番,仿佛这是一样稀罕的东西。

在二十分钟之内一只也没有出生,然后四只小鸡同时破壳而出。

在场的人发出一阵喧闹声。图瓦纳在微笑,对自己的成功感到高兴,开始对这种奇特的父亲身份觉得自豪。毕竟不大见到像他那样的情况。他确实是个不同寻常的人!

他宣布:

"一共是六只。他妈的,洗礼可热闹了!"

大伙儿中间爆发出哄然大笑。店堂里挤满了人,还有人等在门口。他们互相打听:

"一共是几只呀？"

"六只。"

图瓦纳大妈将这一窝新生下的小鸡送到母鸡那里，母鸡狂叫起来，竖起羽毛，大张开翅膀，保护增大的子女队伍。

"又有一只！"图瓦纳嚷道。

他搞错了，是三只！大获成功！最后一只在晚上七点破壳而出。所有鸡蛋都是好的！图瓦纳快乐得发狂，得到解脱，感觉荣耀，吻着这只脆弱动物的背，差点用嘴唇把它闷死。他想把这一只留在床上，直到第二天，他对这个他给了生命的小生物，产生了一种母爱的柔情；但是老女人不顾她男人的恳求，像其他小鸡一样把它拿走了。

在场的人十分快活，走时猜测着后事如何。奥拉维尔留在最后走，问道：

"喂，图瓦纳老爹，烩第一只鸡的时候，你要邀请我呀？"

想到烩肉块，图瓦纳的脸放出光彩，大胖子回答：

"我一准请你，我的姑爷。"

# 月　光[1]

　　马里尼昂神父与这个战斗的名字十分匹配[2]。这是一个瘦高个子的教士，有狂热信仰，心灵总是很兴奋，但是很正直。他所有的信念都是坚定不移的，从来没有动摇过。他真诚地认为自己了解他的天主，洞悉天主的意图、愿望和旨意。

　　当他在自己的乡下小住宅的曲径大步溜达时，有时脑际会冒出一个疑问："天主为什么造出这个？"在他的思想中，他占据了天主的地位，坚持不懈地探索，几乎总是找到答案。他不会因虔诚的、自卑的冲动而喃喃地说："主啊，您的意图是深不可测的！"他心里想："我是天主的仆人，我应当了解他行动的理由，即使我不了解，也应该揣测出来。"

　　在他看来，大自然中的一切是按照绝对的、奇妙的逻辑创造出来的。"为什么"和"因为"总是相互平衡。黎明创造出来是为了使醒来愉快，白天创造出来是为了使庄稼成熟，下雨创造出来是为了灌溉庄稼，黄昏创造出来是为了打盹，黑夜创造出来是为了睡眠。

　　四季完全同农业的各种需要相适应；这个教士从来不会怀疑，

---

[1] 本篇首次用笔名发表在1882年10月19日的《吉尔·布拉斯报》上，1884年收入同名短篇小说集。
[2] 马里尼昂是意大利城市梅累尼亚诺的法国名称。法国人曾在1515年和1859年在该城打败瑞士人和奥地利人。

大自然根本没有意图，相反，凡是有生命的东西都要屈从季节、气候和物质的、严厉的必然性。

但是他憎恨女人，下意识憎恨她们，出于本能蔑视她们。他常常重复基督的话："女人，你我之间有什么共同之处？①"他添上说："好像天主本人对这一创造也不满意。"在他看来，女人正是诗人所说的十二倍不纯洁的孩子②。她是把第一个男人拖下水的诱惑者，而且始终继续这种该下地狱的工作，她是弱的一方，危险，神秘地撩拨人心。比起她们使人堕落的身体，他更憎恨她们多情的心灵。

他时常感到她们对他怀有温情，虽然他知道自己是不可攻克的，但是他看到她们身上颤动着爱的需要，便气愤难平。

照他看来，天主创造女人仅仅是为了诱惑和考验男人。跟女人接近时必须抱着防备的审慎和面临陷阱的担心。女人向男人伸出胳膊，张开嘴唇，确实和一个陷阱完全一样。

他只有对修女还有宽容，因为她们发过的誓愿使她们不会犯人；但是他仍然严厉地对待她们，因为他感到在她们受到禁锢的内心和谦卑的内心深处，这种永恒的柔情还是活生生的，对着他而来，虽然他是个教士。

他在她们比修士们的目光更虔诚的湿润目光中，在她们掺杂着性的痴迷中，在她们对基督的爱慕冲动中，他感觉出这种柔情；她们对基督的爱慕使他愤怒，正因为这是女人的爱；他在她们顺从的本身中，在她们低垂的眼睛中，在他粗鲁地对待她们时她们忍着的眼泪中，他感觉出这种该诅咒的柔情。

---

① 见《福音书》卡娜婚礼的著名插曲，耶稣对他母亲所说的话，小仲马在《男人—女人》中曾引用过。

② 引自维尼的诗歌《参孙的愤怒》第 100 行。

从女修道院的大门出来时,他要抖一抖他的道袍,大步流星地走开,仿佛他避开了一个危险。

他有一个外甥女,跟她母亲住在附近的一所小房子里。他竭力让她当修女。

她俏丽,没有头脑,好嘲弄人。神父讲道时,她却在笑;他对她发火时,她把他抱紧在心口上,热烈地吻他,而他不由自主地力图挣脱拥抱;不过,拥抱使他感受到甜蜜的快乐,在他的内心唤起在所有男人身上潜伏着的父爱感。

他常常和她并肩走在田野的路上,对她谈起天主,他的天主。她似听非听,望望天空、草地、花朵,在她的眼里可以看到生之欢乐。有时,她扑过去捕捉一只飞虫,带回来时喊道:"瞧,舅舅,它多么美丽啊;我真想吻它。"这种想"吻飞虫"或者想"吻丁香籽"的需要,使教士不安、气恼、愤怒,他在这儿又看到了女人心中始终孕育的、根除不了的柔情。

有一天,给马里尼昂神父做家务的、圣器室管理人的妻子,小心翼翼地告诉他,他的外甥女有一个情人。

他感到激动得难以自制,气都透不过来,满脸是肥皂泡沫,因为他正在刮脸。

待他回复到能思索、能说话的状态时,他嚷道:"这不是真的,您撒谎,梅拉妮!"

但是乡下女人把手放在心口上:"如果我撒谎,本堂神父先生,让天主惩罚我。我告诉您,每天晚上,您的姐姐一睡下,她就去那儿。他们沿着河会面。你只要在十点到十二点之间到那儿去看看就知道了。"

他停止刮下巴,开始快步走个不停,他在严肃思考时总是这样做。待他想重新刮胡子时,从鼻子到耳朵,他刮破了三次脸。

整个白天,他一肚子愤懑和怒火。除了面对不可战胜的爱情,他作为教士的气愤以外,还要加上作为道义上的父亲、监护人、灵魂导师被一个女孩子欺骗、隐瞒、玩弄时产生的愤怒。就像女儿向父母宣布,她不顾他们,自作主张,选择了一个丈夫时,做父母的出于私心,愤怒得喘不过气来。

吃过晚饭,他想看一点书,可是办不到;他越来越气愤。十点刚敲过,他拿起拐杖,一根可怕的橡木棍,每当夜里去看望病人时他总是使用它。他带着微笑望了望这根粗大木棍,捏在他那乡下人结实的手里,咄咄逼人地抡了几个圈儿。突然,他举起棍子,咬牙切齿地打在一把椅子上,打裂的椅背落在地板上。

他打开门出去;但是在门口站住了,几乎从来没有见过的一片皎洁月光使他惊呆了。

由于他拥有容易激动的头脑,早期基督教的教会圣师和那些富于幻想的诗人就有这类头脑,白茫茫的夜色崇高而宁静的美打动了他,突然使他分了心。

在他的小花园里,一切都沐浴着柔和的光线,排列成行的果树将新绿的细枝的阴影投射在曲径上;而攀爬在他屋子墙上的巨大金银花,散发出甜蜜的美妙气息,好像有个芬芳的灵魂在温暖的白蒙蒙的夜晚中飘荡。

他长时间地呼吸着,像酒鬼喝酒一样渴饮空气,他漫步而行,欢愉,惊奇,几乎忘了他的外甥女。

他一来到田野,便停下来欣赏整个平原,平原沉浸在这柔和的光辉里,淹没在宁静的夜温柔而令人忧郁的魅力中。青蛙不停地把它们短促的、金属般的鸣声投向空中,远处的夜莺把使人梦想而不是思索的连续啁啾、使人接吻的轻轻颤抖的啁啾,与月光的魅力混合在一起。

神父又走起来,勇气不明不白地消散。他感到自己突然间体衰力弱,精力竭尽;他想坐下来,待在那里欣赏、赞美天主的作品。

那边,沿着蜿蜒曲折的小河,一长溜杨树逶迤而去。薄薄的水汽、白茫茫的水汽,被月光透过,变成银白色,闪烁有光,悬在河岸周围和上方,以一种轻飘飘的、透明的棉絮包裹着弯曲的河道。

教士再一次站住,一种越来越大的、不可抗拒的情动于怀透入他的心灵深处。

一种怀疑,一种模糊的不安潜入他的心底;他感到他时常给自己提出的问题之中有一个在心中冒了出来。

为什么天主要这样做?既然黑夜是用来睡眠、不再思索、休息、忘却一切的,为什么要让它变得比白天更加迷人,比黎明和黄昏更加柔和?为什么这颗缓慢运行、富有魅力的星球比太阳更有诗意,它那么隐蔽,似乎为了照亮那些对强烈的阳光过于敏感和神秘的事物,竟至于把黑暗照得这样明晃晃呢?

为什么鸣禽中最善于唱歌的鸟儿,不像别的鸟儿一样休息,却在撩人的黑暗中练习歌喉?

为什么在世界上投下这半透明的薄纱?为什么心儿这样颤动,灵魂这样激动,肉体这样疲惫?

既然人已睡在床上,为什么还要显示他们根本看不到的诱惑?这崇高的景象,这从天上降到人间的、丰盈的诗情画意,又是为谁准备的呢?

神父一点不明白。

但是,在那边,在草地边上,在被闪光的雾笼罩的树丛拱顶下,出现了两个身影,并肩而行。

男的个子更高,搂着女友的脖子,不时吻她的额头。他们突然使这幅静止不动的景致有了生气;这景致就像一个为他们而设的神圣背景,把他们包裹起来。他们俩如同一个人那样,这宁静、沉寂的夜是为这个人准备的;他们朝教士走来,仿佛一个活生生的答案,天主给他的疑问投下的答案。

他站在那里,心怦怦跳动,心烦意乱,他以为看到了《圣经》上的记载,就像路得和波阿斯①的爱情,天主的意志在圣书中描写的伟大背景中实现了。他的脑子中响起了《雅歌》②的诗句、热情的呼喊、肉体的召唤、这燃烧着柔情的诗章全部火热的诗意。

他心想:"也许天主造出黑夜是为了用理想罩住人间爱情。"

面对这对搂抱着不断向前的情侣,他后退了。但这是他的外甥女;而如今他思索的是,他会不会违反天主。天主既然明显地用这样的光辉围绕爱情,难道根本不允许有爱情吗?

他逃走了,失魂落魄,几乎感到羞愧,仿佛他闯进了他无权进入的神庙。

---

① 路得和波阿斯:《圣经》中的人物。波阿斯遵照上帝意志,娶路得为妻,见《旧约·路得记》。
② 《雅歌》:《旧约》的一卷,共八章,采用诗体和男女对话形式。

# 哈丽特小姐①

献给……夫人②

四轮马车上,我们是七个人,四个女的,三个男的,一个男的坐在车夫旁边的座位上。大路在高坡上面蜿蜒伸展,马儿一步步拉着我们往上爬。

我们黎明时起从埃特尔塔出发,去游览唐卡维尔的废墟③。早晨空气清新,我们迷迷糊糊,还在打瞌睡。尤其是女的,不习惯猎人的早起,时刻都让眼皮合上,耷拉脑袋,或者打哈欠,对旭日初升的动人心魄漠然置之。

眼下是秋天。道路两边伸展着光秃秃的田野,燕麦和小麦收割后留下的麦茬,仿佛没有刮干净的胡子,覆盖着泥土,田地一片黄色。雾气笼罩的土地似乎在冒气。几只云雀在空中啁啾,其他鸟儿在灌木丛中唧唧喳喳地鸣叫。

太阳终于在我们前方升起,在天际红彤彤的;随着太阳上升,天色越来越亮,田野好像苏醒了,微笑着,抖动着,宛若下床的少

---

① 本篇首次发表在 1883 年 7 月 9 日的《高卢人报》上,次年收入同名中短篇小说集。
② 这位夫人有可能是波托卡伯爵夫人。
③ 埃特尔塔是滨海塞纳省的沿海小城,莫泊桑小时跟随母亲住在这里;四十公里外的唐卡维尔村位于塞纳河小港湾的前端,有两个中世纪的城堡,一个后来成了废墟。

女脱下白雾的睡衣。

德·埃特拉伊伯爵坐在车夫旁边，叫了起来："瞧，一只野兔。"他向左边伸出手臂，指着一块苜蓿地。野兔一溜烟逃走，几乎被这块地遮住，只露出两只大耳朵；然后它穿过一片耕过的地，停下来，又狂奔而去，改变方向，不安地重新停下，窥测一切危险，犹豫着走哪一条路；接着又开始奔跑，屁股一颠一颠蹦得老高，消失在一大块四方的甜菜地里。所有的男人都醒了，注视着兔子的奔跑。

勒内·勒马诺阿说："我们今天早上不够风流倜傥。"他望着邻座、娇小的德·塞雷纳男爵夫人，她在跟睡意作斗争，他低声对她说："您在想念您的丈夫，男爵夫人。放心吧，他要到星期六才回来。您还有四天时间。"

她带着睡眼惺忪的微笑回答："您真蠢！"然后，她摆脱掉麻木状态，补充说："喂，给我们说点好笑的事。您，舍纳尔先生，您被看成比德·黎世留公爵① 交过更多的桃花运，随便讲一个您遇到的爱情故事吧。"

莱昂·舍纳尔是个老画家，从前很俊美，很强壮，对自己的体格十分自豪，得到不少爱情。他将一将自己白花花的长髯，笑了笑，沉吟一下，突然变得严肃起来。

"夫人们，这不是令人愉快的故事；我要给你们叙述我一生中最悲哀的爱情。我希望我的朋友们绝不要产生同样的悲情。"

一

当年我二十五岁，我沿着诺曼底海岸学习绘画。

---

① 德·黎世留公爵（1696—1788），法国元帅，是个情场老手。

我把以画习作和风景写生为借口，背着背包，从一家旅店来到另一家旅店这种流浪生活，称作"学习绘画"。我不知道还有什么比四处漂泊的生活更美好的了。自由自在，没有任何束缚，无忧无虑，甚至都不考虑第二天的事。走哪条路随你挑，除了自己的兴致，没有别的向导，除了悦目，没有别的顾问。你停下来是因为一条小溪吸引你，是因为你在一家客店门前闻到了炸土豆的香味。有时，决定你选择的是铁线莲的芬芳，或者是客店一个姑娘的天真目光。绝不要轻视这种乡村的温情。这些姑娘，她们也有心灵和感官、结实的脸颊和娇嫩的嘴唇；她们热烈的吻既有力，又像野果子一样美味。爱情总是有价值的，无论它来自哪里。你出现时就怦然跳动的心，你离开时要泫然泪下的眼睛，是那么稀罕、那么美好、那么宝贵的东西，绝不应该受到轻视。

我曾经在开满报春花的壕沟里，在母牛安睡的牛圈里，在白天的热气还暖烘烘的谷仓的麦草里幽会过。我对穿在富有弹性的结实肉体上的灰色粗布衣服记忆犹新，对纯朴的坦诚的温存念念不忘，这种温存虽然粗野却真诚，要比从高雅可爱的女人那儿得到的细腻乐趣更加暖人心窝。

在这些探奇觅宝的奔波中，尤其令人喜爱的是田野、树林、日出、黄昏、月光。对画家来说，这是与大地结合的新婚旅行。你在这长时间的静谧约会中，独自待在这片土地上。你躺在草地上面，四周是雏菊和虞美人草，在明亮的阳光下，你睁大眼睛，眺望远方的小村庄，村里的尖顶钟楼敲响正午的钟声。

你坐在泉水边，泉水从一棵橡树脚下，在柔弱而高耸、朝气勃勃的密密草丛中汩汩涌出。你跪下来，弯下身子去喝透明的凉水，水沾湿了你的髭须和鼻子，你身心舒畅地喝着，仿佛嘴唇对着嘴唇，你亲吻泉水。有时候，你沿着这细长的溪水走去，你赤裸裸地跳到水里，从头到脚皮肤都仿佛感到冰凉的美妙的抚弄，这是轻快地流动的活水的颤动。

你在山冈上感到快乐，在池塘旁边感到忧郁，当太阳淹没在血红色的云海里，河水也被映红了的时候，你感到兴奋。晚上，皓月当空，你想起千百件稀奇古怪的事，而在白天的烈日下，这些事是不会来到你脑海中的。

我就是这样漂泊到我们今年来到的这个地方，一天晚上，我到了伊波尔和埃特尔塔之间，悬崖上的贝努维尔小村庄。我是从费康沿着海岸来的，高高的海岸像墙壁一样垂直，白垩质的峥嵘悬崖陡峭地落入海中。从早晨起，我就在这片像地毯一样细密柔软的浅草地上行走，草地一直伸展到深渊边，海湾的咸风吹拂着。我放开喉咙唱歌，迈开大步，有时望着一只海鸥在蓝天上展开弯曲的白翅膀，缓慢地绕圈飞走，有时望着青蓝色的海面上一只渔船的褐色风帆，度过无忧无虑、自由自在的幸福的一天。

有人指给我看一个小农庄，那里给旅行者留宿，类似客店，是一个农妇开设的，坐落在两行山毛榉围绕的诺曼底式的院子中。

离开悬崖后，我来到大树围住的小庄院，走进勒卡舍尔大妈家里。

这是一个年老的农妇，满脸皱纹，神态严肃，似乎总是怀着戒心，勉强地接待顾客。

时值五月；开花的苹果树以花香扑鼻的树冠覆盖住院子，粉红色的花瓣如雨一般不断地洒落在人身上和草地上。

我问："呃，勒卡舍尔太太，您有房间租给我吗？"

她惊讶于我知道她的名字，回答说："看情况，房间都租出去了。不过可以想想办法。"

在五分钟内,我们谈妥了,我把背包放在一个乡下房间的泥地上,里面有一张床、两把椅子、一张桌子和一只脸盆。房间面向厨房,厨房很大,烟熏火燎的,寄宿客人和农庄雇工、守寡的女东家都在厨房里用餐。

我洗了手,然后又走出来。老女人叫人做烩鸡块当晚饭,大壁炉里吊着一只被烟熏黑的铁钩挂锅。

"眼下您有旅客吗?"我问她。

她带着不满意的神态回答:"有一个太太,一个上岁数的英国女人。她住在另一个房间。"

我每天多付五苏,获得天晴时单独在院子里吃饭的权利。

因此,我的餐具放在门前,我一口口咬着诺曼底母鸡的瘦身子,一面喝着淡色的苹果酒,嚼着已经放了四天,但是还上好的大白面包。

突然,朝向小路的木栅栏门打开了,一个古怪的女人朝房子走来。她很瘦削,身材很高,紧紧裹着一块红方格苏格兰披肩,要不是一只长长的手露出在胯骨那儿,拿着一把白色旅游伞,别人还会以为她没有手臂呢。她的脸像木乃伊,镶嵌着一缕缕鬈曲的花白头发,每走一步,发卷都一颠一颠的,不知道为什么,使我想起一条戴着卷发纸的熏鲱鱼。她匆匆从我面前走过,垂下眼睛,走进茅屋。

这个古怪女人的出现使我乐了;她一准是我的女邻居,我的客店女主人说到的上年纪的英国女人。

这一天我没有再看到她。第二天,我坐在你们都知道的一直下降到埃特尔塔的迷人山谷中画画,猛一抬头,我望见山冈上伫立着一样古怪的东西;好像是一根悬挂彩旗的桅杆。这是她。看到我,她消失了。

中午我回来吃饭,在公共餐桌上落座,想认识这个别具一格的老女人。但是她不理会我的彬彬有礼,甚至对我献的小殷勤不理不睬。我固执地给她倒杯水,忙不迭地给她递盆子。她轻轻地点一下头,几乎觉察不出,一句英语声音说得那么低,我一点听不清,这些就算是道谢。

我不再关注她,虽然她令我心神不安。

过了三天,我对她的情况知道得跟勒卡舍尔太太一样多。

她叫哈丽特小姐①。她寻找一个偏僻的村子消夏,六个星期前她在贝努维尔停下来,看来一点不准备离开。她在饭桌上从来不说话,吃得很快,一面看着一本新教的布道小书。她把这种书分发给大家。本堂神父收到过四本,是一个得到两个苏跑腿钱的孩子送去的。她有时毫无准备地冷不丁对我们的女主人声称:"我爱上帝胜过一切,我在他创造的万物中赞赏他;我在他创造的大自然中崇拜他,我总是把他放在我心中。"她马上把用来使世界改宗的小册子,塞一本给目瞪口呆的乡下女人。

村子里的人根本不喜欢她。小学教师声称:"她是个无神论者。"这是压在她身上的一种指责。本堂神父受到勒卡舍尔太太的询问,回答说:"这是一个异教徒②,但是天主不愿罪人死亡,而且我相信她是一个品德完美的女人。"

"无神论者、异教徒"这两个词的准确含义没人知道,在人们的头脑里投下了怀疑。另外有人认为英国女人有钱,她一生在世界各国旅行,因为她的家庭把她赶了出来。为什么她的家庭把她赶出来呢?自然是因为她亵渎宗教。

确实,这是那些狂热固守准则的女人之中的一个,就像英国造

---

① 小姐的称呼保留英文 Miss。
② 英国人信仰新教,而大多数法国人信仰天主教,所以把哈丽特小姐称为异教徒。

出的那么多固执的清教徒之中的一个,在欧洲各地的饭桌常见的、令人难以忍受的、死板的老姑娘之中的一个,她们败坏了意大利,毒害了瑞士,使地中海沿岸迷人的城市难以居住,把她们古怪的嗜好、僵化的老处女的生活方式、难以描绘的打扮和某种橡胶气味带到各处;这种气味使人认为她们晚上被人塞进一个橡皮套子里。

我在旅馆里一旦发现这种女人,便逃之夭夭,就像小鸟看到地里的一个稻草人一样。

然而这一个我觉得非常古怪,却一点不令我讨厌。

勒卡舍尔太太本能地敌视一切与农民没有瓜葛的东西,在她狭隘的头脑里,对老姑娘神情恍惚的举止感到一种仇视。她找到一个词来形容老姑娘,无疑是一个蔑视的词,不知道是怎么来到她嘴边的,也不知道是通过怎样错乱而神秘的脑力活动唤起的。她说:"这是一个魔鬼附身的女人。"这个词依附在这个刻板而多愁善感的女人身上,我觉得令人忍俊不禁的滑稽。我也除了"魔鬼附身的女人",不叫她别的名字,看到她时高声说出这几个字,感到一种奇怪的乐趣。

我问勒卡舍尔大妈:"喂,我们的魔鬼附身的女人今天干了什么?"

乡下女人愤愤地说:

"先生,想不到她捡到一只压断了腿的癞蛤蟆,带回房里,放在脸盆中,像对人一样给它包扎。这还不算亵渎神灵吗?"

还有一次,她在悬崖脚下散步,买下刚捕到的一条大鱼,仅仅为了把它扔回海里。那个水手虽然进账丰厚,却把她臭骂一顿,即使她掏走了他口袋里的钱,他也不会更加气愤。一个月后,他提起这件事还勃然大怒,大声辱骂。噢!是的!哈丽特小姐确是一个魔鬼附身的女人,勒卡舍尔大妈获得天才的灵感,才给她起这样一个绰号。

马夫年轻时在非洲服过兵役,别人叫他"工兵",他的看法不同。他狡黠地说:"这是一个服役期满的老母马。"

如果可怜的老姑娘知道了会怎样呢?

小女仆塞莱斯特不情愿地服侍她,我不知道什么缘故。也许仅仅因为她是外国人,属于另一种族,讲另一种语言,信仰另一种宗教。最后这是一个魔鬼附身的女人!

她在田野里游荡,消磨时间,在大自然中寻找和敬仰上帝。有一晚,我发现她跪在灌木丛中。我透过叶丛,分辨出一种红色的东西,我分开树枝,哈丽特小姐站了起来,被人看到这样感到难为情,用惶乱的目光盯住我,仿佛猫头鹰被人在大白天撞见那样慌张。

有时,我在岩礁中间画画,突然看到她在悬崖边上,活像信号机发出的一个信号。她热情满怀地望着被阳光镀成金色的浩瀚海面和染成火红色的广阔天空。有时我发现她在谷底,迈着英国女人富有弹性的步子疾走;我不知被什么所吸引,朝她走去,仅仅想看看这张异端教派女人的脸,这张干瘪的、难以形容的、满足于内心深深的喜悦的脸。

我时常也在农庄的一个角落里遇到她坐在苹果树荫下的草地上,她那小本《圣经》打开在膝头上,目光飘忽,投向远方。

由于我在这个宁静的地方,爱上了它广阔而柔美的景色,被千丝万缕的爱意缚住了,不再朝前走了。我很想待在这个不为人知的农庄里,远离一切,接近大地,接近这美好的、健康的、美丽的和绿色的大地,有朝一日,我们要用自己的躯体使它肥沃。也许必须承认,也有一点好奇心让我滞留在勒卡舍尔大妈的家里。我很想了解这个奇特的哈丽特小姐,获悉这些漂泊的英国老女人孤独的心灵里所发生的事。

## 二

我们结交的方式相当特别。我刚完成一幅习作,我觉得它很大胆,实际也是如此。十五年后它卖了一万法郎。再说,这比二加二等于四还要简单,它摆脱了学院派的清规戒律。我的画幅整个右边画的是一块岩石,一块巨大的峥嵘的岩石,盖满了褐色的、黄色的和红色的海藻,阳光像油一般流泻在上面。光源隐藏在我背后,光线照射在岩石上,镀上了火红色,金光闪闪。就是这样。前景明亮得耀眼,火烧似的,异常壮丽。

左边是大海,不是湛蓝的大海,板岩色的大海,而是玉石的、绿莹莹的、乳白色的、在深色的天空下风大浪急的大海。

我对自己的作品非常满意,跳跳蹦蹦地把它带回客店。我真希望大家马上看到它。我记得我让小径边的一头母牛看画,对它喊道:

"看它一看吧,我的老大姐。你不会经常看到一样的画。"

到达茅屋前面,我立刻扯着嗓子喊勒卡舍尔大妈出来:

"喂!喂!老板娘,您来呀,看看我的画。"

乡下女人来了,用她一窍不通的傻眼观看我的作品,甚至看不出画的是一头牛呢还是一所房子。

哈丽特小姐回来了,她从我背后经过时,正好我拿着画幅,伸直手臂,给客店老板娘看画。魔鬼附身的女人不能不看画,因为我有心显示我的画,它决不会从她眼皮下滑过去。她一下子站定,惊得呆住了。看来,这是她那块岩石,她时常爬上去自由自在地遐想。

她低声说出一个英国腔的"噢!",那么音调铿锵,那么表示赞美,我不由得微笑着转过身来,对她说:

"这是我最新的习作,小姐。"

她用入迷的、滑稽的和动情的声音喃喃地说：

"噢！先生，伶（您）以口（扣）人心弦的方式理解大次（自）然。"

说实话，我脸红了，这句恭维话即使出自王后的嘴里，也不会这样使我激动。我被吸引住了，被征服了，被慑服了。我以名誉担保，我真想拥抱她！

吃饭时我像平时那样坐在她旁边。她第一次开口说话，继续高声吐露她的思想："噢！我多么哀（爱）大次（自）然！"

我给她递面包，斟水和葡萄酒。这时她带着木乃伊的微笑接受了。我开始谈论风景。

吃完饭，我们一同站起来，开始在院子里溜达；后来无疑被夕阳在海上点燃的大火吸引了，我打开通向悬崖的栅栏门，两人并排出发，像两个刚刚互相了解、互相交融的人那样感到高兴。

这是一个温暖、柔和的夜晚，是使人身心都畅快的舒适夜晚。一切给人享受的感觉，一切让人陶醉。空气暖和，散发芬芳，充满青草和海藻气味，它以野外的香味轻触嗅觉，以海洋的味道轻触味觉，以沁人肺腑的柔和轻触心灵。我们走到深渊边，站在浩瀚大海之上。在我们底下一百米处，大海翻滚着细碎的浪花。我们张开嘴，深呼吸，畅饮越过大洋，轻轻吹拂着我们皮肤的新鲜气息；因为和波浪长吻，海风带有咸味。

英国女人紧紧裹着方格披巾，带着受到神灵启示的神态，迎风露出牙齿，望着偌大的太阳向海面沉落。我们面前，那边，那边，极目远眺，一艘三桅帆船张满帆，在火烧似的空中映出它的侧影。还有一艘轮船在较近的地方经过，喷出浓烟，后面留下一片绵延不绝的云烟，横亘在整个天际。

大红球一直在缓慢地下降。一会儿它就触到了海面,正好在那艘静止不动的帆船后面,帆船出现在光灿灿的星球正中,仿佛嵌在火焰的框架里。太阳渐渐沉没,被大洋吞没。只见它沉下去、缩小、消失,没了影儿,唯有小船始终在遥远天边的金色背景中显现出它的侧影。

哈丽特小姐用充满热情的目光凝视满天霞光的日暮。她有一种拥抱天空、大海和整个天边的强烈渴望。

她喃喃地说:"噢!我哀(爱)……我哀(爱)……我哀(爱)……"我看到她眼里含着泪花。她又说:"我陈(真)想变成一只小鸟,在天空飞翔。"

她站着,正像我经常看到的那样,伫立在悬崖上,脸色红得也像她的红披巾那样。我真想把她速写在我的画册上。简直是一幅表现沉醉的漫画。

我转过头去,免得笑出来。

然后,我跟她谈绘画,就像跟一个同行交谈那样,用专门术语来评论色调、明暗和气势。她聚精会神地听我讲,一面去理解和竭力猜测字句的隐晦含义,洞察我的思想。她不时发出:"噢!我命(明)白,我命(明)白。这非常口(扣)人心弦。"

我们返回。

第二天,她看到我时,赶快走过来向我伸出手。我们很快成了朋友。

这是一个正直的人,像有弹簧的心灵,不时弹进兴奋之中。如同所有到五十岁仍然是姑娘的女人,缺乏平衡。她似乎浸泡在变酸的贞洁里;但是内心保留着一些非常年轻和火热的东西。她喜欢大自然和动物,这属于一种狂热的爱,像发酵得太久的酒,属于一种她根本没有给过男人的肉欲的爱。

毫无疑问,看见一只母狗喂奶,一匹母马腿下带着马驹在草地奔跑,一窝大脑袋、浑身没毛的小鸟张着嘴、叽叽喳喳地叫,会使她过分激动,心怦然乱跳。

在旅馆桌边那些孤独的、四处漂泊的、忧愁的可怜人,那些可笑而又可悲的可怜人啊,自从我认识了这一位以后,我爱上了你们!

不久,我发觉她有事要告诉我,但是她不敢说,她的胆怯使我感到有趣。早上,我背上画箱出发,她陪我走到村口,默默无言,显然忐忑不安,字斟句酌要开口。然后她突然离开我,跳跳蹦蹦地很快走了。

终于有一天,她鼓足了勇气:"我正(真)想看看伶(您)怎样画画。我很好奇。"她脸红了,仿佛她说了极其放肆的话。

我把她带到小山谷的底部,我在那里画一幅很大的习作。①

她站在我背后,聚精会神地注视着我的每一个动作。

后来,也许担心妨碍我,她突然对我说了声"谢谢",径自走了。

不久,她变得更加亲近,开始每天带着明显的乐趣陪伴我。她带上折凳,夹在腋窝下,决不肯让我拿,她坐在我身边。她待在那里好几小时,一动不动,沉默不语,注视着我的画笔笔端的每一个动作。当我用调色刀突然抹上一大块颜色,得到恰到好处和意想不到的效果时,她便情不自禁地发出轻轻的一声"噢",表示惊讶、快乐和赞赏。她对我的油画有一种由衷的敬重感,是对人复制出一部分神的作品近乎虔诚的敬重感。在她看来我的习作就像宗教题材的画;有时她对我谈起上帝,企图让我改宗。

噢!她的上帝是个怪人,是一个乡村哲学家,本事不大,也不是万能,因为她总是把他设想为对在他眼前犯下的不义感到抱

---

① 小山谷:埃特尔塔有两个山谷,小山谷荒凉,大山谷有田地,欣欣向荣。

歉——仿佛他无法加以阻止。

再说,她看来同他关系非常好,甚至洞悉他的秘密和不快。她说"上帝愿意"或者"上帝不愿意",就像一个班长对新兵宣布:"上校他下了命令。"

她对我不知道上天的意图从心底里感到可惜,她竭力给我昭示出来;每天,我在口袋里,我放在地上的帽子里,我的颜料盒里,早上,擦好鞋油放在门口的皮鞋里,发现那些宗教小册子,无疑这是她直接从天堂收到的。

我像老朋友一样对待她,热诚而坦率。但是,不久,我发现,她的举止有点变了。开始我并不在意。

我要么在山谷深处,要么在低洼的路边画画时,突然看到她迈着有节奏的快步来到。她蓦地坐下,气喘吁吁,仿佛她是奔跑而来,或者激动异常。她面孔通红,是英国人那种红,任何别的民族都不会有这样红;然后,她又无缘无故地脸色刷白,变成土灰色,显得几乎瘫倒了。然而,渐渐地,我看到她又恢复平常的脸色,她说起话来。

突然,她一句话说到一半,站了起来,飞快地逃走,这样古怪,我寻思是不是做了什么令她不快或者伤害她的事。

最后我想,这本应是她正常的举动,在我们相识之初无疑由于敬重我而有点改变。

她常在海风劲吹的岸上走上好几小时,才回到农庄,卷成螺旋形的长发散开,似乎弹簧断了。她以前不太在意,头发虽然被她的风姐妹弄得乱糟糟的,仍然毫不难堪地过来吃晚饭。

现在她上楼到自己房间,整理一下我称之为"玻璃灯罩坠子"的头发;我以总是得罪她的、亲热而讨好的态度对她说:"今天您美若晨星,哈丽特小姐。"一股红晕升上她的面颊,这是十五岁的少女才有的红晕。

后来她又变得完全孤僻，不再来看我画画。我心想："这是神经质的发作，会过去的。"可是并没有过去。如今我对她说话时，她回答我时，要么抱着佯装的冷漠，要么怀着暗暗的气恼。她粗暴、急躁、神经过敏。我只在吃饭时看到她，我们几乎不谈话。我确实在想，我在什么事情上得罪了她；有一晚，我问她："哈丽特小姐，您待我为什么不像从前那样？我做了什么事让您不高兴啦？您让我好生难过！"

她带着十分恼怒的口吻回答："我待伶（您）像从前一样。不是这样的，不是这样。"她跑去关在自己的房间里。

她不时以古怪的方式望着我。从这时起，我时常心里想，被判处死刑的人听到宣布末日来临时，就会这样看人。在她的目光里，有一种疯狂，神秘而剧烈的疯狂；还有另外一种东西，一种狂热，一种对未实现的和无法实现的东西，急迫而又无能为力的强烈欲望！我觉得在她身上有一场斗争，她的心在与她想制服的陌生力量进行斗争，也许还有别的东西……我知道什么呢？我知道什么呢？

三

这真是一个独特的发现。

最近我每天早上从黎明起，就开始画一幅画，主题是这样的：

一道很深的沟壑，两道长着荆棘和树木的陡坡把它夹住，高耸其上；深沟伸展着，消失和隐没在乳白色的雾霭中，消失于拂晓时常常飘浮在山谷里的那种絮状的雾气里。在这透明的浓雾深处，可以看到，不如说可以揣测到有一对男女，一个小伙子和一个姑娘搂抱着走来，她的头向他抬起，而他俯向她，两人嘴对着嘴。

第一道曙光穿过树枝,透过晨雾,在乡村恋人后面以粉红色的光芒把晨雾照亮,把他们朦胧的身影投在银白色的光辉里。说实话,这很好,非常好。

我在通到埃特尔塔的小山谷的斜坡上画画。这天早上,我运气好,有我所需要的飘浮的雾气。

有样东西好像幽灵一样矗立在我面前。这是哈丽特小姐。看到我,她想溜走。但是我大声把她叫住:"过来,过来嘛,小姐,我有一小幅为您画的画。"

她好像勉强地走近。我把我的画稿递给她。她一言不发,但是久久伫立不动地看画,突然她哭泣起来。仿佛强忍住眼泪,又忍不住,便一面要忍一面哭出声来那样,她带着神经质的抽搐在呜咽。我一下子跳起来,受到这种我不明白的忧伤的感动,出于突如其来的情感冲动,这种比念头来得更快的法国人的真正冲动,我抓住了她的手。

她让自己的手在我的手里留了几秒钟,我感到她的手在抖动,好似她所有的神经都在抽搐。她突然抽回了手,不如说她是挣脱了手。

这种颤抖,我很熟悉,我以前感受过;我决不会弄错。啊!一个女人,不管她是十五岁还是五十岁,不管她是平民还是上流社会的,她的爱情的颤抖会直达我的心底,我毫不犹豫就领会到了。

她整个可怜的身体都在抖动,战栗,快要瘫倒。我是知道的。我还没说一句话,她就走了,让我惊讶得好像面对一个奇迹,难堪得好像犯了罪。

我没有回去吃中饭。我在悬崖边转了一圈,既想哭又想笑,感到事情既滑稽又可悲,觉得自己可笑,又认为她不幸变得疯疯癫癫的。

我思忖我该做什么。

我认为只有一走了之,我随即下了决心。

我一直徘徊到吃晚饭,有点忧郁,有点迷惘,在开饭时回来了。

大家像平时那样坐在桌边。哈丽特小姐坐在那里,严肃地吃饭,闷声不响,也不抬头。而且她的脸色和举止跟平常一样。

我等到晚饭结束,然后,向女房东转过身来:"嗳,勒卡舍尔太太,我不耽搁,要向您告辞了。"

老女人又吃惊又不快,用拖长的声音嚷道:"您说什么,我的好先生?您要离开我们!我们已经跟您相处惯了!"

我瞟了一眼哈丽特小姐;她的面孔一点没有颤动。但是小个女仆塞莱斯特刚朝我抬起头。这是一个十八岁的胖姑娘,脸色红扑扑的,娇嫩,她结实得像一匹马,爱干净,这是很少见的。我出于以旅店为家的人的习惯,有时在角落里抱吻她,仅此而已。

晚饭吃完了。

我在苹果树下抽烟斗,从院子的这一头到另一头来回踱步。我在白天所做的一切考虑,早上奇异的发现,这种对我的滑稽而热烈的爱情,随着这次袒露而来的回忆,迷人而又令人不安的回忆,也许还有女仆听到我宣布要离去时投向我的目光,这一切混杂和交融在一起,使我心里乐滋滋的,嘴唇上想接吻,血管里有促使人干蠢事的、难以形容的东西。

黑夜来临,把黑暗送到树下,我看到塞莱斯特去关院子另一头的鸡窝。我冲过去,脚步非常轻,她一点没听到,她把母鸡进出的小活门盖上以后,直起身子,我把她抱在怀里,如下雹子般吻着她肥胖的阔脸。她在挣扎,仍然笑着,已习惯了。

为什么我霍地把她放开?为什么我一下子转过身去?我怎么会感到身后有人?

是哈丽特小姐回来了,她看到我们,像面对幽灵一样呆住了。

然后她消失在夜色中。

我羞愧而不安地回到房间,即使她发现我犯了什么罪,也不像被她当场抓住更使我无地自容。

我神经过度紧张,内心苦恼不已,睡得不好。我好像听到有人哭泣。我可能搞错了。有好几次我以为有人在屋子里走动,便打开了通到外面的大门。

将近早晨,疲惫压垮了我,我终于睡着了。我醒得很迟,直到吃中饭才露面,仍然不好意思,不知所措。

没有人看见哈丽特小姐。大家等待她;她没有出现。勒卡舍尔大妈走进她的房间,英国女人出去了。她甚至像平常那样,该是一大清早就出去看日出了。

大家一点不感到奇怪,开始默默地吃饭。

天气很热,非常热,这是没有一片树叶颤动的闷热天气。饭桌搬到外面的一棵苹果树下;"工兵"不时到食物贮藏室往瓦罐装满苹果酒,大家喝得很多。塞莱斯特从厨房将菜端上来,有羊肉炖土豆、炒兔肉、凉拌生菜。然后她把一盆时鲜的樱桃放在我们面前。

我想把樱桃洗一洗,冰镇一下,便请矮小的女仆去打一桶冰凉的水来。

五分钟后她回来了,说是井水枯竭了。井绳全部放下去以后,水桶触到底,吊上来是空的。勒卡舍尔大妈想亲自了解一下,她走去朝井口张望,回来说可以看见井里有样东西,一样不正常的东西。一准是邻居出于报复扔下去几捆麦秸。

我也想去看一看,希望能辨别出来,我趴在井沿上。我模模糊糊看见一样白色的东西。但这是什么呢?我想到用绳子吊一盏提灯放下去。黄色的灯光在石头的井壁上跳荡,渐渐降下去。我们四个人都俯在井口,"工兵"和塞莱斯特也赶来了。提灯停在黑白两色分辨不清的一团东西上方,这团东西很古怪,说不清怎么回事。"工兵"嚷道:

"这是一匹马。我看见马蹄了。昨儿夜里马从牧场偷跑出来,掉进去了。"

但是突然,我直到骨髓都在打颤。我刚认出一只脚,然后是一条竖直的腿;整个身体和另一条腿淹没在水中。我颤抖得非常厉害,以致提灯在鞋子上方乱晃;我低声结结巴巴地说:

"里面……里面……是一个女人……这是哈丽特小姐。"

只有"工兵"没有皱眉。他在非洲见得多了!

勒卡舍尔大妈和塞莱斯特开始发出刺耳的尖叫声,跑着逃走了。

必须把死人捞起来。我用绳子结实地绑住男仆的腰,然后用辘轳缓慢地把他放下去,看着他淹没在黑暗里。他用手抓住提灯和另一根绳子。过了一会儿,他的声音好像来自地心,声音在叫:"停。"我看见他从水里捞起一样东西,那是另一条腿,然后把两条腿捆在一起,又叫道:"拉。"

我把他往上提;但我感到双臂无力,肌肉松弛,我担心一松手,又让他掉下去。他的头在井口出现时,我问:"怎么样?"仿佛我期待他给我井下女人的消息似的。

我们俩登上井沿的石头上,面对面俯向井口,开始将尸体往上提。

勒卡舍尔大妈和塞莱斯特躲在房子的墙壁后面,从老远窥测我们。当她们看见淹死鬼的一双黑鞋和白袜露出井口时,便消失不见了。

"工兵"抓住脚踝,我们把她拉了出来,这个可怜的、贞洁的姑娘处在极不体面的姿态中。脑袋黑乎乎的,被擦伤了,十分可怕;花白的长发完全散开,发卷永远伸直了,垂挂而下,水淋淋的,沾上污泥。"工兵"用轻蔑的口吻说:

"妈的,瘦猴一个!"

我们把她抬回她的房间,由于两个女人根本不再露面,我和马夫给她做死后的化妆。

我洗干净她那张变容的、悲伤的脸。在我的手指触碰下,她的一只眼睛睁开一点,用那种死尸的苍白目光、冰冷的目光、可怕的目光望着我,这目光仿佛来自另一个世界。我尽量把她乱糟糟的头发梳理好,用我不灵活的手在她的额头上梳了一个新奇的发式。然后我脱掉她湿漉漉的衣服,我仿佛在亵渎圣灵一样,带着羞愧露出一点她的肩膀、胸部和瘦得像树枝一样的长臂膀。

我去采摘野花、虞美人草、矢车菊、雏菊和新鲜芳香的野草,铺满她的灵床。

然后,由于只有我一个人在她身边,必须由我来完成例行手续。我在她的口袋里找到一封信,是在最后时刻写下的,信中要求把她埋葬在她度过最后日子的这个村子里。一个可怕的想法揪紧了我的心。她想留在这个地方,绝不是由于我吧?

将近傍晚,邻近的大妈都来了,要瞻仰遗容;但是我阻止她们进来;我想独自一人守在她身边;我守了一整夜。

我在烛光下望着她,可怜的女人大家都不熟识,死在这么远的地方,死得这么悲惨。她在什么地方还留下朋友和亲戚呢?她的童年和她的一生是怎样度过的?她孑然一身,四处漂泊,像丧家犬一样,是从哪里来的呢?在这难看的身体里,在这就像整个一生都带着一个丢脸的瑕疵的身体里,在这把一切热情和一切爱情都吓跑了的可笑皮囊里，隐藏着多少痛苦和绝望的秘密呢？

世上有多少不幸的人啊！我感到无情的大自然永恒的不公正，压在这个女人身上！对她来说，一切都结束了，说不定她这辈子连被爱一次的希望都不曾有过，而这是对最不幸的人的支持！否则，她为什么这样躲藏呢？这样避开他人呢？为什么她以这样强烈的温情去爱排除了人的一切事物和生物呢？

我明白了这个女人为何信仰上帝，她希望对她的悲苦有所补偿。如今她要腐烂，也要变成植物了。她会在阳光下开花，被母牛啃吃，被鸟儿带走种子，从动物的肉又变成人的肉。但是我们称之为灵魂的东西，在黑暗的井底消逝了。她不再受苦。她用自己的生命换取她使之诞生的其他生命。

在这种阴森森的、沉寂无言的单独相处中，时间过去了。泛白的光预示黎明到来；然后一注红光射到床上，将一条火带落在被单和她的手上。这是她酷爱的时刻。苏醒的鸟儿在树丛中啁啾。

我将窗子大开，我把窗帘拉开，让上天能看到我们，我向冰凉的尸体俯下身子，将变容的脑袋捧在手里，没有恐惧，也没有厌恶，慢慢地在这两片从来没有被人吻过的嘴唇上按上一个吻，一个长吻……

莱昂·舍纳尔沉默了。几个女的在啜泣。只听见埃特尔塔伯爵在座位上一下接一下擤鼻涕。只有车夫在打瞌睡。马儿不再感到鞭子的抽打，放慢了脚步，有气无力地拉着车。四轮无篷大马车勉强在往前走，突然变得沉重，仿佛载满了一车悲愁。